Alice Thomas Ellis

Das Gasthaus am Ende der Welt

Roman

Aus dem Englischen von Herbert Genzmer

Insel

Originaltitel: *The Inn at the Edge of the World.*

Erste Auflage 1993

Satz: IBV Satz- und Datentechnik GmbH, Berlin
Druck: Ebner Ulm
Printed in Germany

Das Gasthaus am Ende der Welt

Es ist den Robbenmenschen nicht gegeben, jemals zufrieden zu sein … denn ihre Sehnsüchte nach dem Land werden Sehnsüchte nach der See, ihre Sehnsüchte nach der See Sehnsüchte nach dem Land.

»Die Inselmentalität«, sagte Eric. Er saß in seinem winzigen Büro, starrte auf den Innenhof des Gasthauses und fragte sich, was er damit gemeint und ob er gerade laut gesprochen hatte. Vielleicht wurde er langsam verrückt.

»Du hast einen Kater«, sagte seine Frau. »Wenn du einen Kater hast, führst du immer Selbstgespräche.«

Eric fuhr zusammen. Seine Frau bewegte sich so leise wie eine Stubenfliege. Sie stand in der Tür, und zum Beweis dafür, wie kalt ihr war, zog sie ihre Strickjacke mit beiden Händen vor der Brust zusammen. »Es ist beschissen kalt«, sagte sie.

»Ich habe in der Bar den Kamin angemacht«, sagte Eric.

»Rausgeschmissenes Geld«, sagte seine Frau. »Kommt sowieso keiner.«

Nicht zum erstenmal stellte sich Eric jetzt vor, wie er sich wohl fühlen würde, wenn er sie umbrächte. Nicht, wie ihm dabei zumute wäre – obwohl ihm der Akt an sich zweifellos eine momentane Befriedigung gegeben hätte –, vielmehr, wie er anschließend reagieren würde. Wahrscheinlich wäre es ihm in erster Linie peinlich, schließlich war Mord weder respektabel noch kultiviert; er würde sich für den Rest seines Lebens elend und verlegen fühlen, wenn ihn jemand auch nur ansähe. Allein das Getuschle – *»Sie müssen wissen, er hat seine Frau umgebracht.«* Vor den unmittelbaren Konsequenzen fürchtete er sich nicht, denn er war davon überzeugt, nur ein paar Jahre im Gefängnis verbringen zu müssen und wegen guter Führung vorzeitig entlassen zu werden. Er könnte für die anderen Sträflinge einen Ingenieurkurs organisieren. Eine ganze Reihe von Männern, die ihre Ehefrauen umgebracht hatten, waren in jüngster Zeit sehr glimpflich davongekommen. Einmal hatte er einen Gast, einen Anwalt aus Edinburgh, über die Schwierigkeiten einer Scheidung befragt. Der hatte ihm davon abgeraten. Es sei heutzutage eine langfristige, teure und zermürbende Angelegenheit mit gegenseitigen Vorwürfen und viel bösem Blut. Schneller und geschickter sei es, die

Gattin zu ermorden, dann auf erlittene seelische Grausamkeit, Unzurechnungsfähigkeit oder was auch immer, zu plädieren, seine Schuld an der Gesellschaft zu begleichen, um darauf aus dem Strafvollzug entlassen zu werden, seinen Besitz vollständig vorzufinden und sich keine Sorgen über Unterhaltszahlungen machen zu müssen. Eric war schockiert, aber da der Mann den Tag mit Angeln verbracht hatte und sich gegenwärtig mit ein paar Whiskys aufwärmte, war er bereit, ihm Zugeständnisse zu machen. Der Mann konnte das nicht ernst gemeint haben, denn wenn er tatsächlich von dem überzeugt war, was er da gesagt hatte, dann gefährdete er seine eigene Existenz. Es war allgemein bekannt, daß Anwälte von den rechtlichen Früchten ehelicher Disharmonien fett wurden. Manchmal dachte er darüber nach, daß ein wegen Mordes verurteilter Gastwirt morbides Interesse auf sich ziehen könnte, aber das Rampenlicht war ihm schon immer zuwider, und der Gedanke begeisterte ihn nicht wirklich, auf eine solche Weise zu einer Attraktion zu werden. Abgesehen davon war seine Frau ab und zu doch noch für eine Überraschung gut. Sie hatte eine Art, mit plötzlichem Lächeln aufzublicken, daß sich ihr ganzes Gesicht, ja ihre gesamte Person veränderte. Im Moment schaute sie so mürrisch wie ein Bulle, gelangweilt und ziemlich gefährlich.

»Dann zieh doch deinen Pelzmantel an, Mabel«, sagte er boshaft. Sie haßte es, wenn man Mabel zu ihr sagte, und einen neuen Pelzmantel wollte sie schon lange. Früher einmal hatte er sie Ma Belle genannt. Später, als er sich an sie gewöhnt hatte, rief er sie Maybe und manchmal Maybe Baby, bis zu dem Zeitpunkt, als sie glaubte, ihn gut genug zu kennen und ihn bat, damit aufzuhören. Sie selbst hatte es gern, wenn man Poppet zu ihr sagte. Inzwischen nannte er sie mehr aus Verlegenheit Mab, aber wenn sie zu unausstehlich wurde, dann war's Mabel.

»Was machst du da?« fragte sie. Er versuchte das Blatt Papier, auf das er geschrieben hatte, zu verstecken, doch sie trat hinter ihn und nahm es ihm aus der Hand. »Hassen Sie Weihnachten?« las sie mit gezierter Stimme. »Dann vergessen Sie es in einem kleinen Hotel am Ende der Welt...« Eric griff nach dem Bogen, aber sie hielt ihn über ihren Kopf. »Also, *ehrlich*...«, sagte sie.

»Warum sprichst du mit dieser blödsinnigen Stimme?« fragte Eric.

»Weil das eine blödsinnige Anzeige ist«, sagte Mabel.

Eric verlor geringfügig die Haltung. Er schob den Stuhl zurück, ohne die Folgen zu bedenken, und verpaßte ihr einen heimtückischen Stoß in den Magen, als die Armlehne sich drehte. Es war ein sogenannter Kapitänsstuhl, auf dem er saß.

»Aua«, sagte Mabel mit ungerechtfertigter Wut, bedachte man die Umstände. »Kannst du nicht aufpassen, du Affe?«

»Ich hab' hinten keine Augen«, erklärte Eric und gewann wieder festen Boden unter den Füßen.

»Wenn du mich fragst, hast du vorn auch keine«, sagte Mabel und strich sich über das Zwerchfell.

Eric verlor wieder die Kontrolle über sich. »Gib das her«, schrie er und langte nach dem Blatt Papier.

Erschrocken wich Mabel zurück. »Wag bloß nicht, mich anzurühren«, sagte sie. »Das hab' ich dir beim letztenmal schon gesagt; solltest du es noch einmal wagen, mich...«

»Das war ein Unfall«, sagte Eric entnervt. »Du weißt ganz genau, daß es ein Unfall war.« Ein kleines Faß Bier war ihm im Hof aus den Händen gerollt, und Mabel hatte ihren Fuß darunter gestellt. So sah Eric das jedenfalls.

»Unfall, von wegen«, sagte Mabel. »Du wußtest ganz genau, daß ich da stand. Ich hab's dir damals gesagt – wenn du mich noch einmal anpackst...«

Das war nur ihr Schuldgefühl, dachte Eric, daß sie ihn so verbissen für den Vorfall verantwortlich machte. Sie war an jenem Tag ganz besonders gemein gewesen. Verhöhnt hatte sie ihn, als er ganz allein mit den vielschichtigen Aufgaben eines kleinen Gastwirts kämpfte; ob er jetzt endlich zufrieden sei, hatte sie gefragt, daß er sie aus ihrem luxuriösen Heim in Telford gerissen und sie hier fernab einer Menschenseele, mit der man sich unterhalten konnte, und ohne jedwede Vergnügungen, in den Fängen der atlantischen Stürme abgeladen hatte.

Es war zum Teil wegen der Leute, mit denen sie sich unterhalten, und der Lokalitäten, die sie aufgesucht hatte, daß Eric sich einen langgehegten Wunsch erfüllt und ein Gasthaus am Ende der Welt gekauft hatte. Denn, es war nicht so, daß sie sich damit begnügt hätte, sich mit den glatten, geschniegelten Vertretern zu unterhalten, die Terrasse und Wohnzimmer dessen bevölkert hatten, was der Makler als freistehendes Luxushaus bezeichnete. Es war auch nicht ihre Art, am damaligen Ort, den sie heute als »Zivilisation« bezeichnete, Museen, Theater oder Galerien zu besuchen. Nein, in zweifelhafte Spelunken war sie gegangen, ihre Gesundheit hatte sie gefährdet. Und behauptete obendrein, daß sie ihre gesamte Freizeit in den Dienst seiner Karriere gestellt und sich nur für ihn mit einflußreichen Leuten abgegeben hatte. Das alles war so absurd, daß er nicht einmal Worte gefunden hatte, um sie zu widerlegen, und es war sehr gut möglich, daß Mabel heute selbst an all das glaubte. Er hatte zu lange damit gewartet, ihr zu sagen, daß sie Unsinn redete, und dadurch, daß er sie ohne die nötige Erklärung von dort weggebracht hatte, hatte er sich selbst ins Unrecht gesetzt. Sie hielt ihn für exzentrisch, gefühl- und verantwortungslos – ohne jede erotische Ausstrahlung –, und es gab nichts, was er dagegen hätte tun können.

»Ich habe dich gewarnt«, sagte seine Frau. »Faß mich bloß noch mal an…« Gelangweilt ließ sie das Blatt Papier auf den Tisch fallen und strich sich im Weggehen schlechtgelaunt über ihre Magengrube.

Jetzt haßte Eric seine Annonce. Er fühlte sich bloßgestellt und beschämt, als hätte er ein zärtliches, geheimes Gedicht über seine Seele geschrieben und seine Frau hätte sich darüber auf dem Marktplatz lustig gemacht. Er zerknüllte das Papier, ging über die schmale Straße bis zur Klippe und warf es in die Wellen.

Draußen im Meer war eine graue Robbe. Er beobachtete sie und hatte das Gefühl, auch von ihr beobachtet zu werden, wie sie den Kopf für einen Moment aus dem Wasser reckte, aus diesem Wasser, das wohl ganz bestimmt bis ans Ende der Welt reichte.

Wie gewöhnlich war Eric abends weniger melancholisch. Selbst unter Folter hätte er niemals zugegeben, daß er sich manchmal von der grauen Leere des Ozeans erdrückt fühlte, von der Weite des Himmels mit seinen blinkenden, kalten Sternen. Dafür hatte er also die Enge der Midlands verlassen, den grauenerregenden

Komfort moderner Häuser, in denen die Badezimmer keine Fenster hatten und Begonien in Blumenkästen wuchsen. Er war hierher in diese zeitlosen Räume auf der Suche nach Frieden gekommen, aber er verdiente nicht genug, und manchmal glaubte er, man habe ihn hereingelegt, – was übrigens tatsächlich zutraf. Der Vorbesitzer hatte ihn belogen, ihm eine ungenaue Veranschlagung der Einnahmen durch Touristen gemacht und ihm eine völlig falsche Schätzung des durchschnittlichen Jahresgewinns gegeben. Irgendwie hatte er das damals geahnt, ja, er hatte es gewußt, aber darauf verzichtet, es in Betracht zu ziehen. Er wollte den Pub zu sehr, um sich von den Nachteilen abschrecken zu lassen, und so verübelte er dem vorigen Besitzer seine Unehrlichkeit nicht einmal; damit mußte man ohnehin rechnen. Worüber er sich jedoch aufregte, war die Gleichgültigkeit, mit der Land und Meer ihn umgaben. Wäre er entschlossen genug gewesen, seine Gefühle zu analysieren, hätte er festgestellt, daß er sich darüber ärgerte, wie sie ihn ignorierten. Sie waren einfach da. Er hätte Gott-weiß-wer sein können. In Erwartung einer Liebesaffäre mit Land und Meer war er hier angekommen, aber seine Liebe blieb unerwidert, und jetzt starb sie. Manchmal hatte er Angst, denn er war ein rationaler Mann, und rationale Männer weichen auch der Einsamkeit nicht aus. Rationale Männer geben dies aber niemals zu, denn sie haben Wichtigeres im Kopf.

Er schloß die innere Tür der Bar gegen den Wind vom Meer und trat gegen den funkensprühenden Holzscheit auf dem Kaminrost; die roten Schirme der Lampen schufen eine Illusion von Wärme, und seine ersten beiden Whiskys lieferten ihm die dazu passende Wirklichkeit. Mabel saß auf ihrem Stammplatz an der Bar. Nicht dahinter, wie er es sich naiverweise vorgestellt hatte, als sie Telford verließen, sondern auf einem Barhocker, mit einer Hand zog sie noch immer die Strickjacke zusammen, in der anderen hielt sie ein Glas. Da nur ihr Mann und der Bootsführer anwesend waren, hatte sie ihren Rock über die Knie gezogen, um sie gegen die Kälte zu schützen.

Der Bootsführer sprach. »Ja, ja«, sagte er, »nich viel Leute da für die Jahreszeit.«

»Finlay«, sagte Eric, aufgebracht über diese unnötige Bemerkung, »es ist Oktober. Natürlich sind nich viel Leute da. Die Saison ist vorbei.«

Finlay, ein hochgewachsener Schotte mit einer großen schottischen Nase und einer Stirn, die eher geologisch als anatomisch war, sprach unbekümmert weiter. Wenn der freundliche Eingeborene versucht, einem Außenseiter die Sitten seines Landes zu erklären, tut er das gewöhnlich mit einer Miene, auf der sich bescheidener Stolz mit selbstverachtender Zurückhaltung verbindet, denn obwohl er seine Traditionen schätzt und auch liebt, kann er sich doch nicht vorstellen, daß sie für Fremde wirklich interessant sein können, denn die kommen – das ist hinlänglich bekannt – aus einer größeren und verfeinerten Welt. So oder ähnlich denkt sich das der Unschuldige auf jeden Fall. Finlay hatte diesen Gesichtsausdruck nicht! Finlay schien den Fremden mit leicht amüsierter Geringschätzung zu betrachten. Er machte den Eindruck, als wüßte er, was er wußte, und als scherte er sich einen Dreck um die Erfahrungen oder Meinungen des Außenseiters – wie auch immer die aussehen mochten. Wie er sich so warmredete, wurde sein Akzent nahezu unergründlich; egal: »Wie Allan Maclean den Laden hier noch hatte«, sagte er, »da ham die Leute in Massen aufm Boden kampiert.«

»Wieso?« fragte Mabel, jetzt, nachdem sie auch ihre ersten Whiskys getrunken hatte, mit besserer Laune.

»Weil alle Zimmer voll warn«, sagte Finlay.

»Wieso?« fragte jetzt auch Eric. »Wieso war es hier im Oktober so voll?«

»Wegen der Jagd«, sagte Finlay. »Wegen dem Wild.«

»Was für Wild?« fragte Eric und hatte wieder dieses Gefühl, ausgeschlossen zu sein, etwas nicht zu verstehen. Soweit er das verstanden hatte, waren bestimmt zwei Jahrhunderte vergangen, seit Allen Maclean den Gasthof besessen hatte.

»Also, die Insel war voll mit allen möglichen Tieren«, sagte Finlay, der zweifellos übertrieb. »Rebhühner und Auerhähne, Fasane, Enten und Rotwild.«

»Davon habe ich hier noch nichts gesehen«, sagte Mabel. »Das einzige, was ich sehe, sind pockige Möwen.«

»Es gibt auch Austernfischer«, sagte Eric verteidigend, »und Kormorane, und Enten habe ich schon gesehen.«

»Was ist denn aus dem ganzen Wild geworden?« fragte Mabel. »Ich vermute mal, sie haben sie alle abgeschossen.« Ihre Stimme wurde spöttisch, und Finlay warf ihr einen kurzen gleichgültigen Blick zu.

»Zeiten ändern sich«, sagte er unwiderlegbar.

»Wir könnten alles wieder aufzüchten«, sagte Eric. »Ein paar Hennen vom Festland, ein Pärchen Rotwild...«

Niemand griff den Faden auf, und das Gespräch erstarb für einen Moment, bis Erics Whiskys seinen Lebenswillen wiederhergestellt hatten.

»Finlay«, sagte er, »wenn ich, sagen wir, ein halbes Dutzend Gäste über die Weihnachtsfeiertage bekomme, glaubst du, deine Schwägerin würde kommen und mir zur Hand gehen?«

»Klar«, sagte Finlay, »klar, das würd' se machn.«

Niemanden erstaunte die Zusage im Namen der Dame. Finlays Schwägerin wurde ständig irgendwo ausgeliehen, wie ein Rasenmäher oder ein landwirtschaftliches Gerät, das zu wertvoll ist, um ständig von nur einer Person oder Organisation besessen zu werden. Sie stand in jeder Art von Krise zur Verfügung, scheuerte die Rücken der Bettlägrigen, bewachte die Sterbenden, hütete die Kinder der Mütter, die nach Glasgow durchgebrannt waren, um sich dort auszutoben, und sie half im Gasthof – entweder hinter der Bar oder hinter den Kulissen, machte die Betten, buk Teegebäck und putzte die Zimmer. Finlay achtete darauf, daß ihre Nützlichkeit gut vergolten wurde, denn seine Schwägerin lebte bei ihm und seiner Frau, und er war für sie verantwortlich.

»Klar«, sagte Finlay wieder, »sag mir einfach, wann du se willst.«

»Wenn der Mond aus grünem Käse ist, würde ich sagen«, sagte Mabel.

»Ich werde eine Anzeige in einige der Londoner Wochenblätter setzen«, erklärte Eric, dessen Mut wieder gewachsen war, seitdem die Nacht den Tag verdrängt hatte, und das Gasthaus, geschlossen und gut abgeschottet gegen die Gleichgültigkeit der

Wildnis, auch sehr gut ein kleines Boot hätte sein können, das auf ewig seetüchtig durch die Unendlichkeit tänzelte. Ich leide ganz sicher unter Agoraphobie, dachte Eric, aber er sagte: »Wir alle haben doch schon gehört, wie Leute über Weihnachten stöhnen, daß sie nicht feiern, sondern sich ein kleines Hotel am Ende der Welt suchen wollen, um die ganze Angelegenheit zu ignorieren. Bitte, und ich gebe ihnen Gelegenheit dazu. Es muß Tausende solcher Leute geben!«

»Für die alle hast du aber keinen Platz«, sagte Mabel.

»Ich werde nur die ersten sechs annehmen«, sagte Eric mit der ruhigen Würde, die ihm der dritte Whisky verlieh.

Mabel starrte ihm ins Gesicht und fragte sich, ob das eine Antwort wert sei. Dann entschied sie sich dagegen: einen solchen Streit gewann immer derjenige, der am lautesten schreien konnte, und da sie wußte, daß sie das war, schien es den Aufwand nicht wert.

Ein Mann, der früher Bauer gewesen war, kam auf ein Bier aus der Dunkelheit herein. Er hatte sein Vieh verkauft, nachdem sich sein kleiner Landbesitz als unrentabel erwiesen hatte. Jetzt wartete er die Traktoren anderer Leute, fing Hummer in Töpfen und animierte Inselbesucher dazu, in seinem gebraucht gekauften Campingwagen zu übernachten, den er auf einem brachliegenden Feld aufgestellt hatte. Eric ärgerte sich über diese Unternehmungen, da er als Neuer auf der Insel nicht in der Lage war, seine Energien in ähnlicher Weise zu streuen. Er glaubte im stillen, hier voll akzeptiert zu sein, solange er sich darauf beschränkte, wenn auch in gewisser Weise unwillig, den Gasthof zu führen. Begänne er jedoch mit der ansässigen Bevölkerung durch die Anwendung seiner technischen Fertigkeiten in Konkurrenz zu treten oder dadurch, daß er Hummer fing, so glaubte er, geschähen unangenehme Dinge. Er war ziemlich empört und hielt es für unfair, daß zwar die Inselbewohner Reisenden Unterkünfte anboten, die sonst im Gasthaus abgestiegen wären, wie es sich gehörte, er aber nicht die Gelegenheit bekam, sein Einkommen aufzubessern. Das hatte, so glaubte er, etwas mit der Inselmentalität zu tun.

Am selben Abend, nach Geschäftsschluß, schrieb er seine Anzeige erneut nieder, und am nächsten Tag schickte er sie an die verschiedenen Zeitungen, die er für geeignet hielt.

»... Gasthaus am Ende der Welt...« las Harry. Er hatte jedes Wort des *Spectator* gelesen, wie gewöhnlich hatte er auf der letzten Seite begonnen und war ihn wie ein Araber von rechts nach links durchgegangen. Er wollte das Preisrätsel lösen, hatte diese Fingerübung aber aufgegeben. Jetzt las er die Kleinanzeigen. Die Überbleibsel seines Frühstücks – Eierschalen, Brotkrumen und Bitterorangenmarmelade, den Teesatz – hatte er mit peinlicher Genauigkeit beseitigt und das Geschirr mit kaltem Wasser abgewaschen. Er war Soldat, diszipliniert und ordentlich, und so lange er sich erinnern konnte, traurig. Gleich würde er den Mantel anziehen und seinen täglichen Spaziergang im Hyde Park machen. Anschließend, denn es war Donnerstag, würde er in seinem Club zu Mittag essen. Gelegentlich, oder vielleicht jeden Tag, dachte er über den Tod nach, aber da er Christ und Soldat war, kam für ihn Selbstmord nicht in Frage.

Die Verehrung und auch der Neid, die er für General Gordon empfand, der relativ jung gestorben war, wenn auch auf eine möglicherweise nicht beneidenswerte Art – aber was bedeutete schon das Wie bei einem so erstrebenswerten Ergebnis –, hatten ihn veranlaßt, sich an einem Essay über die letzten Tage von Khartum zu versuchen. Der Aufsatz war länger und länger geworden und hatte sich auf alles erstreckt, was er über Charles George Gordon herausfinden konnte, und so war er nun, zu seiner eigenen Überraschung, auf dem besten Weg, ein Buch zu schreiben. Das war zwar nie seine Absicht gewesen, doch bald hatte er festgestellt, daß dies eine Tätigkeit war, die, so gut wie jede andere auch, die endlosen Stunden ausfüllte; eigentlich fast noch besser als viele andere. In ihm war eine Leere, von der er einstmals geglaubt hatte, sie ließe sich durch Liebe oder Glück oder Frieden füllen. Er hatte gelernt, daß sie sich lediglich verringern ließ, zusammenziehen, bis das Vakuum nicht mehr existierte und er gesund und heil wäre. Und das konnte nur der Sensenmann schaffen, aber das Schreiben half ein wenig.

Vor Weihnachten graute ihm nicht mehr als vor jeder anderen

Zeit, und »grauen« war nicht das richtige Wort für seine Art, das Leben zu betrachten. Es war mehr ein mattes Erstaunen darüber, in eine solch scheinbar sinnlose Existenz eingebunden zu sein. Sein Glaube half lediglich, die Bestürzung zu erhellen und in gewisser Weise zu definieren: der Glaube offenbarte die Gegenwart eines Fensters, das sich zur Freiheit öffnete. Aber das Fenster war vergittert – und es war der Glaube selbst, der dem Gitter seine Form gab.

»Mein Gott«, sagte Harry, als alte und halbvergessene Bilder der Insel durch seine Erinnerung trieben. Ohne genau zu wissen warum, zog er Papier und Umschlag aus seiner Schreibtischschublade und schrieb an Eric.

Jessica nahm ihr Frühstück im Stehen ein, denn es kam ihr lächerlich vor, allein an einem Tisch mit Essen zu sitzen. Allein zu essen, war schon absurd genug, fand sie, selbst wenn es sich nicht um eine richtige Mahlzeit handelte. Sie zerpflückte eine Pampelmuse in ihre Einzelteile und spuckte die Kerne in den Aschenbecher. Das tun zu können, war einer der Vorteile, wenn man allein aß, denn man wurde dabei nicht von irgendeinem Mann schief angesehen. Im Moment genoß sie es, solo zu sein, war sich aber nicht sicher, wie lange das anhielte. Gegenwärtig hatte sie hauptsächlich Angst davor, sich zu betrinken und Mike zu bitten, zu ihr zurückzukommen. Was auch immer dabei herauskäme, das Ergebnis wäre verheerend. Lehnte er es ab, würde das ihren Stolz verletzen, willigte er ein, begänne die gesamte traurige Affäre von vorn. »Pfui Teufel«, sagte Jessica. Sie öffnete den Kühlschrank in der Hoffnung auf eine Flasche Apfelsaft. Es war keiner da, und sie trank ein wenig Milch direkt aus der Tüte. Dann dachte sie darüber nach, was sie als nächstes tun sollte. Natürlich könnte sie jederzeit ihre Agentin besuchen, die solche kleinen Aufmerksamkeiten anscheinend schätzte. Jessica konnte sich noch nicht recht daran gewöhnen, von Agenten mit freudigen Rufen begrüßt zu werden, da sie sich nur zu gut an die Zeiten vor ihrem Erfolg erinnerte, als diese Leute ständig in Besprechungen waren, wenn sie anrief, oder durch unbeschilderte Türen davonflitzten, wenn sie persönlich in ihren Büros vorsprach.

Im Vorzimmer war immer eines von diesen vielseitig verwendbaren jungen Mädchen, wie man sie überall im Verlagswesen, in der Werbung und in Werbeagenturen antraf. Lügnerinnen; eine wie die andere. Böse Welt, dachte Jessica streng, die all diesen voneinander nicht zu unterscheidenden jungen Frauen beibrachte, derart zu lügen, um sich den Lebensunterhalt zu verdienen. Aber darum brauchte sie sich jetzt nicht mehr zu sorgen, denn sie war berühmt – nun, ziemlich berühmt. Sie erhielt große Summen dafür, in Werbespots zu erscheinen oder ihnen nur ihre Stimme zu leihen, und ihre Agentin liebte sie dafür. In Film und Fernsehen war sie ebenfalls erfolgreich; aber aus irgendeinem Grund dachte sie, immer wenn sie sich beruhigen mußte, an die enormen Beträge, die man ihr dafür zahlte, um Seife oder Tee anzupreisen. Gleichzeitig glaubte sie, daß eine ernsthaftere Person sich dafür schämen oder diese Tätigkeit zumindest heimlich mißbilligen würde, während es ihr nur ein Gefühl von Befriedigung gab, von allgemeiner Anerkennung. Sie stellte eine Haushaltsstimme und ein Haushaltsgesicht vor, wenn nicht sogar einen Begriff dafür. Das Wissen darum beruhigte und amüsierte sie. Mike hatte deutlich ausgesprochen, wie sehr er diese Werbespots verachtete, was einer der Gründe dafür war, daß sie ihm den Kaffee ins Gesicht gekippt hatte. Dann hatte er sie verrückterweise beschuldigt, Starallüren zu haben. Nur eine Schauspielerin brächte es fertig, so etwas Lächerliches zu tun. Er sagte, sie sei eine Angeberin. Jessica fand das unsinnig, und es machte sie rasend, denn jede Frau mit Verstand, egal, ob sie Kellnerin, Ehefrau oder weiß der Teufel was war, hätte dasselbe getan. Daraufhin hatte sie beschlossen, daß sie nicht zueinander paßten, obwohl sie gestehen mußte, daß es Mike war, der seine Sachen gepackt hatte und gegangen war. Durch den überstürzten Aufbruch hatte er jedoch einiges zurückgelassen. Jeden Tag überlegte sie, ob sie es ihm mit einem Lumpensammler schicken und ihm damit zeigen sollte, was sie von ihm hielt, oder ob sie warten sollte, bis er vorbeikäme, um es sich abzuholen, und dann sehen, wie er sich herausreden würde. Das war ein Problem.

Draußen fiel ein schäbiger Novemberregen, der die Aussicht auf einen Spaziergang nicht gerade verlockend erscheinen ließ.

Andererseits, was sollte sie tun, bliebe sie daheim? Die Proben für ein Stück begannen erst im neuen Jahr, und das war noch lange hin. Also hatte sie in der Zwischenzeit nichts weiter zu tun, als sich selbst im Fernsehen zuzuschauen oder zuzuhören (das hatte Mike auch verrückt gemacht). Vielleicht fand ihre Agentin etwas, das sie nicht zu sehr beanspruchte, während sie wartete. Sie haßte diese Warterei. Sie hatte Angst. Sie betrachtete sich im Spiegel über dem Kamin und fragte sich, ob sie dem Klischee einer Schauspielerin tatsächlich entsprach, die sich unwirklich fühlte, wenn sie nicht auf der Bühne stand. Nein!, entschied sie, denn sie hatte in eben diesem Beruf gelernt, daß Ehrlichkeit die Voraussetzung für Leistung ist. Sie war nichts weiter als eine Frau, die von ihrem Liebhaber verlassen worden war. Warum sie das so verängstigte, wußte sie nicht. Es hätte sie verständlicherweise wütend oder traurig machen sollen, aber sie empfand Angst. Sie sah dem Kaffee beim Durchlaufen zu, als sie darüber nachdachte, denn irgend etwas zu tun war besser, als nichts zu tun. Wenn Mike tatsächlich der Grundpfeiler ihrer Existenz gewesen war, überlegte sie, dann schien es nur natürlich, daß ihr Selbstvertrauen zumindest erschüttert wurde, als er sich zurückzog – und Selbstvertrauen war ihr Kapital. Aber es fühlte sich nicht so an, denn das Vertrauen in ihre Fähigkeiten blieb unerschüttert. Wahrscheinlich war sie einfach daran gewöhnt, die Hälfte eines Paars zu sein, entschied sie enttäuscht. Da sie zweimal Ehefrau und oftmals Geliebte gewesen war, erschien es ihr ungewohnt, allein zu sein. Es war ein trübes, atavistisches Überbleibsel, das ihr das Leben schwer machte, ein primitiver Instinkt, der sich aus den Zeiten gehalten hatte, als es besser war, wenn es zwei gab, als es zweckmäßig schien, daß einer jagen ging, während der andere Nüsse und Beeren sammelte und das Baby vor dem Wüten des Säbelzahntigers beschützte. Aber ich habe kein Baby, und es gibt keine Tiger mehr, sagte sie sich. Und ihr zwei wärt nichts weiter als Teil eines großen Stamms, und es ginge mir gewaltig gegen den Strich, Teil eines Stamms zu sein. Teil einer Besetzung zu sein, machte allerdings einen Unterschied.

Diese Überlegungen ermüdeten Jessica, und so begann sie den

Privatdetektiv zu lesen. Sie fing mit den Kontaktanzeigen an. Es war reiner Zufall, daß ihr beim Umblättern das Wort Weihnachten ins Auge sprang und sie Erics Anzeige las. Aus dem Verlangen, etwas Konstruktives zu tun, rahmte sie die Anzeige mit ihrem Augenbrauenstift ein, dann zog sie sich an. Beim Schminken fiel ihr auf, daß ihr Augenbrauenstift durch den Mißbrauch stumpf geworden war, und sie spitzte ihn fröhlich an, denn auch das bot ihr die Gelegenheit, etwas zu tun. Sie nahm ihren Mantel, fuhr mit einer Hand in den Ärmel, zog sie aber wieder heraus. Es regnete immer noch, und sie hatte ihren Regenschirm irgendwo liegengelassen. Sie drehte das Radio an und hörte den Ansager den Morgengottesdienst ankündigen. Sie schaltete es wieder aus, denn auf den anderen Sendern würden sie doch nur Liebeslieder spielen.

Auf ihrem Kaminsims standen bereits mehrere Einladungen zu Weihnachtsparties. Die Vorstellung bereitete ihr ein Gefühl von mildem Ekel, und sie ärgerte sich über die hartnäckige Anwesenheit dieser Karten. Sie mußten beantwortet werden, und wenn sie zusagte, dann mußte sie auch erscheinen, lehnte sie ab, über Ausreden nachdenken, ihr Beruf hatte sie gelehrt, solche Dinge sorgfältig zu behandeln. Leute zu brüskieren – ob nun ihr Publikum oder solche, die mit den Aufträgen zu tun hatten –, könnte die Karriere beeinträchtigen. Ihr Ärger wuchs, bis sie dann einen Briefbogen und einen Umschlag vom Schrank unter dem Telefon nahm und eine Antwort auf Erics Anzeige schrieb. Da habt ihr's, sagte sie zu den blaßgesichtigen Einladungskarten, jetzt kann ich zu keiner von euch kommen. Das verschaffte ihr eine solche Befriedigung, daß es ihr gelang, beide Arme in ihren Mantel zu schieben und sich selbst durch die Eingangstür auf die regnerische Straße, um den Brief einzuwerfen. Es dauerte eine Weile, bis sie ein Taxi fand, doch schließlich gelangte sie zum Büro ihrer Agentin.

»Jessica«, sagte die Lügnerin, die bei ihrer Agentin angestellt war, »du bist ja völlig durchnäßt.« Das war zweifellos richtig.

»Sie haben's nicht lange genug im Kühlschrank gelassen«, sagte Jessica, die in der Gegenwart dieser Befehlsempfänger, die irgendwie mit ihrem Beruf zu tun hatten, immer eine Haltung von Munterkeit und Originalität behielt. »Hätten sie all diese Regentropfen ein bißchen länger gefroren, dann hätten sie sich in Schneeflocken verwandelt, und es sähe reizend aus, wie sie in meinem Haar glitzerten.«

»Du bist immer wunderschön«, sagte die Lügnerin, die diesen Gedankengang nicht wirklich nachvollzogen hatte. »Es ist gerade jemand bei ihr, aber es dauert nicht lange.«

Jessica nahm Platz, öffnete ihre *Privatdetektiv*-Illustrierte und begann die Rubrik Wahre Geschichte zu lesen, denn die Lügnerin hatte zu tippen begonnen.

Eine Tür öffnete sich, und sie hörte die leicht angehobene Stimme ihrer Agentin. »... und wenn es noch weitere Faxen gibt, Jon«, sagte sie, »dann will ich nichts mehr damit zu tun haben.«

Ein junger Mann trat durch die Tür. »Von jetzt an werde ich brav sein. Auf Wiedersehen.« Als er Jessica sah, sagte er »Jessica,« als wäre er ihr bester Freund.

Ihre Agentin rief ebenfalls »Jessica?«, und Jessica, hin und her gerissen, bewerkstelligte es, dem jungen Mann ein Lächeln frohen Wiedererkennens zuzuwerfen – soweit sie sich erinnerte, hatte sie ihn noch nie im Leben gesehen –, während sie gleichzeitig aufsprang, um ihre Agentin zu begrüßen und zu umarmen.

»Darling«, sagte ihre Agentin, wie zu erwarten, »wie schön, eine vernünftige Person zu sehen. *Manche* Leute...«

»Der schöne junge Mann?« fragte Jessica mitfühlend, denn sie wußte, daß Agentinnen sehr viel aushalten mußten.

»Er ist ein Alptraum«, sagte ihre Agentin. »Irgendwie mag ich ihn ganz gern, aber immer gerät er in Schwulitäten und verscherzt es sich mit allen.«

Jessica war das alles völlig gleichgültig, aber sie wußte, daß Agenten sich anfänglich immer mit großem Interesse ihren Kunden zuwendeten, für den Fall, daß irgendein merkwürdiger Umstand sie nach oben katapultierte.

»Aber vergessen wir ihn«, sagte die Agentin. »Wie geht es dir? Ich habe mir Sorgen um dich gemacht.«

Das konnte höchstens wegen Mikes Abtrünnigkeit sein, denn ansonsten gab es in Jessicas Leben keine unerfreulichen Ereignisse, die Anlaß zur Sorge geboten hätten. Wenigstens hoffte sie das. Besorgnis, die niemals weit entfernt vom Leben eines Künstlers ist, rührte sie vage an. Hatte sich ein Regisseur abschätzig über sie geäußert? War eine Managementfirma zu dem Entschluß gekommen, nichts mehr mit ihr zu tun haben zu wollen? Aber sie unterdrückte diese Zweifel und sagte, ihre Agentin sei süß, habe aber keinen Grund, beunruhigt zu sein. Einer der merkwürdigen Aspekte dieser Art von Leben, dachte sie, war die unerhörte Offenheit. Niemand hatte ein Geheimnis. Jeder in ihrer Welt schien umgehend zu wissen, was jeder andere vorhatte. In gewisser Weise war das eine Erleichterung, denn war es auch einerseits um seines Stolzes willen nötig, gute Miene zum bösen Spiel zu machen, so gab es doch andererseits keinen Grund zur Verstellung.

»Ich mache mir nicht vor, daß ich ihn nicht vermisse«, sagte sie, denn obwohl sie es eigentlich nicht tat, wußte sie doch, daß ihre Agentin ihr nicht glauben würde, »aber es ist irgendwie wunderbar, mal wieder die ganze Wohnung für mich allein zu haben. Immer wenn er sich eine Tasse Tee machte, trug er zwei Löffel Zucker von dort, wo der Zuckertopf gerade stand, bis dahin, wo seine Tasse stand. Im Sommer hatten wir Ameisen«, fügte sie hinzu. Es war ihr in den Sinn gekommen, daß die Zuckerspuren der Grund dafür waren. »Und…«, fuhr sie fort, »er hat sich immerzu an den Eiern gekratzt.« Das war ein weiterer Grund, warum sie den Kaffee über ihn gekippt hatte. So gut wie sie ihn kannte, schien es irgendwie geschmacklos, sich offen mit ihm über diese Angewohnheit auseinanderzusetzen.

»Das kann ich nicht ertragen«, stimmte ihre Agentin zu. »Es ist fast schlimmer als Nasebohren.«

»Das hat er auch getan«, sagte Jessica.

»Wie gut, daß du ihn los bist«, stellte ihre Agentin fest. »Was kann ich für dich tun?«

»Nichts«, sagte Jessica. »Ich kam zufällig vorbei.« Seit sie das Haus verlassen hatte, war ihre Angst verschwunden. Es machte ihr nichts mehr aus, auf das neue Jahr zu warten, und jetzt war ihr auch nicht mehr einsichtig, warum sie sich Arbeit suchen sollte, wo sie doch kein Geld benötigte. Sie glaubte unter einer zuvor nicht diagnostizierten Klaustrophobie zu leiden und beschloß, einen Psychiater aufzusuchen, sollte sie dieses Gefühl wieder überwältigen. »Ich fahre Weihnachten weg«, sagte sie, »sollte ich dich also nicht mehr sehen, bevor ich fahre, dann rufe ich an, sobald ich zurück bin.«

Sie sagte nichts weiter über ihre Reise, und ihre Agentin stellte keine Fragen: Sie wußte über die Angelegenheiten ihrer Klienten nicht dadurch Bescheid, daß sie sie befragte, sondern durch die Gerüchteküche. Im Laufe der Zeit würde sie haargenau erfahren, wie Jessica Weihnachten verbracht hatte. Sie war nicht einmal besonders versessen darauf, aber sie wußte, sie würde es erfahren.

Als sie ging, sah sich Jessica nach ihrer Ausgabe vom *Privatdetektiv* um, aber sie war verschwunden. Auf der Suche nach einem Taxi dachte sie, wie seltsam es doch war, mit Menschen die intimsten Details ihres Liebhabers zu besprechen, während man gleichzeitig die Notwendigkeit verspürte, vor ihnen die Tatsache verborgen zu halten, daß man Weihnachten in einem kleinen Hotel am Ende der Welt verbrachte.

Als Jon wie gewöhnlich in seinen Pub ging, stießen die Stammgäste an der Bar wie gewöhnlich einen Seufzer aus. Wie gewöhnlich wertete Jon das als freundliche Zuwendung. Er war überzeugt, daß seine Schönheit und seine Persönlichkeit in anderen nur Eifersucht erzeugen konnten, aber war großmütig genug, es ihnen zu verzeihen.

»Hallo, Jon«, sagte einer, »wie geht's Kenny und Emma?«

Jon ignorierte das. »Doppelten Brandy«, sagte er zum Kellner. »Ich habe Grund zum Feiern«, sagte er, ohne dabei jemanden bestimmten anzusprechen. Er war erfreut, nicht weil Jessica ihn erkannt hatte, denn damit hatte er in jedem Fall gerechnet, sondern vielmehr weil das Schicksal es so gut mit ihm gemeint und sie beide wieder zusammengebracht hatte.

»Grund zum Feiern?« fragte einer, lächelte höhnisch und zwinkerte seinem Nachbarn zu.

»Guten Job gekriegt«, sagte Jon. Er führte nicht weiter aus, daß das bedeutete, mit dem Kopf nach unten aus einem Fenster zu hängen, während eine tiefere Stimme als seine eigene die Vorzüge einer Substanz anpries, die, großzügig verwendet, dem erwähnten Fenster einen überirdischen Glanz verliehe. »Und ich verbringe Weihnachten mit Jessica«, fügte er hinzu. Bis jetzt, da er es aussprach, hatte er keinen Zweifel daran gehegt, daß Jessica sich tatsächlich an dem Ort aufhalten würde, den sie so bestimmt mit schwarz angestrichen hatte. Warum sonst sollte die Vorsehung ihre Ausgabe von *Privatdetektiv* dort liegengelassen haben, wo er sie finden und mitnehmen konnte? Es war alles vorherbestimmt, das wußte er. Sein Horoskop hatte auf eine solche Gelegenheit hingewiesen und geraten, sie beim Schopfe zu pakken.

Als er sich jetzt reden hörte, empfand er ein momentanes Unwohlsein. Sollte es einen anderen Grund dafür geben, warum sie die Anzeige markiert hatte? Nein, entschied er. Als Rückversicherung jedoch fügte er hinzu, daß die Pläne noch einer letzten Bestätigung bedürften. Die Spötteleien, die auf seinen Zusatz folgten, nahm er nicht zur Kenntnis.

Er ging, nachdem er seinen Brandy ausgetrunken hatte, denn er legte keinen Wert auf die weitere Anwesenheit seiner Kumpel: Sie hatten gehört, was er zu sagen hatte und dienten keinem weiteren Zweck mehr.

Anita ließ ihren Blick mit einem ungewöhnlichen Gefühl von Unzufriedenheit über ihre Abteilung schweifen. Die Abteilung hatte sich, wie immer in der Weihnachtszeit, in die Gärtnereiabteilung hinein ausgedehnt, die nach unten umgezogen war, bis die Hyazinthen aus ihren Zwiebeln keimten und Misteln und Stechpalmen nichts als staubige Erinnerung waren. Diese Beanspruchung hatte im August begonnen, ein Zeitpunkt, der selbst Anita, die mit Leib und Seele Schreibwaren und Büromaterialien verkaufte, zu früh erschien. Die Einkäuferin reiste bereits seit April um die Welt. Diese Einkäuferin war der eigentliche Grund für Anitas Unwohlsein. Sie hatte in dieser Saison nicht das richtige Gefühl für den Einkauf entwickelt. Irgendwo im Fernen Osten hatte sie eine ziemlich kitschige und altmodische Kollektion von Weihnachtskarten geordert, wo doch der Trend in letzter Zeit eindeutig hin zu einer weltlicheren und witzigeren Form der Grußkarte ging. Die Schäfer, die Engel, die Weisen aus dem Morgendlande, die aufgemotzten Kamele, Esel, fettschwänzigen Schafe usw. machten sie schwindelig und erinnerten sie an ihren Religionsunterricht; sie hatte sich sogar mit der Einkäuferin gestritten. »In der Filiale in Brent Cross«, sagte die Einkäuferin, »können sie nicht genug Mütter mit Kinder kriegen.« Anita war versucht, ihre Grammatik zu korrigieren, ließ es aber. Sie begann darüber nachzudenken, ob die Einkäuferin trank. Erstaunlich wäre es nicht bei all ihren Auslandsreisen zu Herstellern und Messen.

Während ihres bescheidenen Mittagessens in der Kantine – sie aß nur ein Stück Quiche mit Salat – las sie mit großer Konzentration *Die Lady*, denn sie wollte sich mit niemandem unterhalten. Als sie zu den Kleinanzeigen kam, erregte das Wort »Weihnachten« ihre Aufmerksamkeit. Ich hasse Weihnachten, dachte sie, fühlte sich schuldig bei dem Gedanken und war über sich selbst erstaunt. Als sie gerade zu einem Artikel über die Zubereitung von Wachteln zurückschlagen wollte, sah sie die Wörter »am Ende der Welt«. Sie könnte also allem entkommen und irgendwohin fahren, wo es keine Weihnachtskarten oder Weihnachtsmänner gab, keine großspurigen Einkäuferinnen, nichts, was sie an die Arbeit erinnerte oder daran, daß ja Weihnachten selbst sich am Ende immer als eine Enttäuschung herausstellte. Niemals zuvor hatte sie sich das eingestanden. Sie faltete die Illustrierte, steckte sie in die Tasche, und als sie in die leere Wohnung zurückkam, schrieb sie Eric, um problemlose Weihnachten zu buchen. Es war eine Trotzhandlung: Sie verbannte all das Rauschegold und den Glimmer, mit denen sie sich schon viel zu lange beschäftigt hatte, aus ihrem Kopf, denn all die geleistete Arbeit hatte ihr nur unzureichende Anerkennung eingebracht.

Ronald stierte mit wildem Unverständnis auf den Toaster, der sich stur weigerte, den Toast freizugeben. Es schien Ronald, daß dieses Ding, könnte es sprechen, nicht nur etwas Rebellisches, sondern sogar Unverschämtes sagen würde. Es hatte es darauf abgesehen, ihm zu trotzen; ein ähnlicher Fall übrigens wie die Geschirrspülmaschine. Die Küche war vollgestellt mit zwei Tage altem Geschirr; sein Bett war ungemacht und seine Wäsche ungewaschen. Nicht nur, daß ihn seine Frau verlassen hatte, die Putzfrau hatte ebenfalls gekündigt. Die beiden Ereignisse, argwöhnte er, konnten sicherlich nicht getrennt voneinander betrachtet werden. Es würde ihn nicht erstaunen, wenn seine Frau die Putzfrau bestochen hätte zu gehen, um ihn zu verärgern und den Ablauf seines Lebens unmöglich zu machen. Wie sollte er sich auf seine Arbeit konzentrieren, wenn sein Heim sich im Zustand der Auflösung befand? Der Schmerz, den er über den Vertrauensbruch seiner Frau empfand, war eigentlich kleiner als sein Unwohlsein, die stumme Feindschaft des Toasters verletzender als ihre Kälte in letzter Zeit. Tatsächlich kündigte die Putzfrau, als seine Frau ging, weil sie schon früher für alleinstehende Herren gearbeitet hatte, dies aber als zu beschwerlich empfand. Eingefleischte Junggesellen waren in Ordnung, in Hausarbeit erfahren und ordentlich, aber verlassene Ehemänner stellten ein zu großes Problem dar. Die ließen alles für sie liegen – ungemachte Betten, ungewaschene Wäsche, und den Geschirrspülautomaten füllten sie auch nicht. Meistens konnten sie nicht einmal mit dem Toaster umgehen und überließen es ihr, die Kohle herauszukratzen, in die sich das Brot verwandelt hatte, und dann sollte sie ihn auch noch reparieren.

»Verdammte Weiber«, sagte Ronald und riß das Toasterkabel aus der Wand. Über diese resolute Tat war er sehr erfreut. Die Wörter »denen zeig ich's« traten durch sein Verhalten eindeutig zu Tage. Es war fast Zeit für seinen ersten Patienten, und da seine Frau nicht da war, um ihn hereinzulassen, stand er hinter der Gardine und schaute verstohlen aus dem Fenster. Seiner Theorie nach gerieten Patienten in Panik, wenn man sie zu lange mit dem Finger auf der Klingel warten ließ. Es bereitete ihnen ein Gefühl von Ablehnung – ein erschreckendes Erlebnis, wie Ronald aus eigener Erfahrung wußte.

Nachdem er seinen ersten Patienten behandelt und losgeworden war, blieben ihm zehn Minuten bis zur Ankunft des zweiten. Zehn Minuten, um irgendwie ein Frühstück zusammenzuschustern, das ihn während der folgenden fünfzig Minuten bei Kräften hielte. Er glaubte, der Übertragungsprozeß könnte gestört werden, wenn sein Magen knurrte. Da er alle Hoffnungen auf Toast aufgegeben hatte, entschied er sich für Brot mit Butter und ein weichgekochtes Ei, aber er hatte die Butter zu lange im Kühlschrank gelassen, und als er sie auf das Brot streichen wollte, stellte er fest, daß die Scheibe zu dünn geschnitten war, so daß sie sich in Krumen und Klumpen verwandelte. In einem solchen Zustand hatte er Brot und Butter noch nie zuvor gesehen. Ronald war bis zum Tag seiner Hochzeit von seiner Mutter versorgt worden, das Ergebnis war, daß er kein Ei kochen konnte. Es war hart. Beides, sowohl das Ei als auch seine Lebensumstände, war hart. Sein zweiter Patient bemerkte sofort bei seinem Eintreten, daß der Doktor ein wenig Eigelb in seinem Bart hängen hatte. Das beschäftigte ihn während der gesamten Sitzung und beeinträchtigte ernstlich seine Fähigkeit zur freien Assoziation. Nach fünfzig Minuten hatte es sich tief in seinem Unterbewußtsein verankert, und er war danach niemals wieder derselbe.

Zu Mittag aß Ronald kalte Bohnen aus der Büchse – jedoch erst, nachdem es zu einem Zwischenfall mit der Büchse und dem an der Wand befestigten Büchsenöffner gekommen war. Schließlich hatte er den altmodischen benutzt, den seine Frau aus unerfindlichen Gründen in einer Schublade aufbewahrte und der dort stumpf und rostig geworden war. Als es Zeit fürs Abendessen wurde, gestand er sich ein, daß er die Zeit mit seinen letzten beiden Patientinnen nicht damit verbracht hatte, über deren verschiedene schizoide, paranoide und ödipale Tendenzen nachzudenken, sondern darüber, ob sie Eier kochen könnten. Er war an Phantasien darüber gewöhnt, wie selbst seine unattraktivsten Patientinnen wohl im Bett sein würden, und hatte das mehr oder weniger unter Kontrolle, aber niemals zuvor war seine Aufmerksamkeit in Richtung Küche gewandert. Schlimm, schlimm! Wenn seine Frau wüßte, in welche Lage ihr bösartiges Verlassen ihn gebracht hatte – sie würde sich sicher entsetzlich fühlen. Mit diesem Glauben bewegte sich Ronald außerhalb der Grenzen dessen, was gewöhnlich als gesunder Menschenverstand akzeptiert wurde und betrat damit jene obskuren Regionen, die nur der besorgte Spezialist zu betreten wagt. An den Pforten dieser Region – so sieht das der Berufsstand der Psychiater – beginnt der Mann auf der Straße, der Patient, zu bocken, zu scheuen und sich gegen alles aufzulehnen; denn hier, im Unbewußten, werden alle Arten von Verhalten unterdrückt, mit denen er nicht konfrontiert werden will. In seiner Verwirrung sagte sich Ronald, daß seine Frau geheilt wäre, wenn man sie dazu zwingen könnte, das enorme Ausmaß ihrer Tat zu erkennen, und dann würde sie zu ihm zurückkehren. Das war natürlich ein unzutreffender Schluß. Ronald wandte seine Kenntnisse falsch an, eher wie ein Automechaniker, der sich für qualifiziert hielt, mit seinen Fähigkeiten ein Pferd zu operieren. In Wirklichkeit sagte er sich, daß seine Frau verrückt sein mußte, wenn sie aufgehört hatte, ihn zu lieben.

Seine über Jahre in der Analyse gewonnenen Erfahrungen hatten ihn zu einem ebenso kompetenten Therapeuten gemacht wie alle anderen auch, aber es hatte – wie ja so oft – nicht dazu beigetragen, seinen eigenen Weg durch die verworrenen Pfade menschlichen Zusammenlebens zu erleichtern. Es hatte ihn vielmehr zu einem einseitigen, wuseligen Wesen gemacht, mit einem Ziel im Leben, das für andere nicht erkennbar war. So wie die Dinge standen, hatte seine Frau auf einem Ast gehockt und ihn voller Unverständnis beobachtet, wie er damit beschäftigt war, im Dickicht ein Mittel zu finden, mit dessen Hilfe er eine perfekte Liaison mit ihr schaffen konnte. Am Ende hatte sie einfach die Nase voll, nicht weil sie darauf wartete, daß ihm diese Verbindung gelang – denn es war ihr nicht bewußt, daß sie etwas Ähnliches herbeisehnte –, sondern davon, ihm zuzuschauen und seinem scheinbar bedeutungslosen Geschwafel zuzuhören. Es hatte sie unglaublich gelangweilt, denn sie konnte nicht nur nie verstehen, wonach er suchte, sondern zudem auch nicht, wovon er eigentlich sprach.

Ronalds vorletzte Patientin war eine wohlhabende junge Frau, Miterbin eines Vermögens, das mit Zucker erworben worden war. Eine Zeitlang hatte er lüsterne Phantasien über sie gehegt, sich jedoch eine zu offene Äußerung versagt. Jetzt aber, durch den körperlichen Hunger geschwächt, ertappte er sich dabei, wie er auf sie hinabstarrte, wie sie da vor ihm lag, mit ihren Rundungen und Kurven, warm und wohlgenährt; er dachte nicht nur darüber nach, wie sie ohne Kleider aussähe, sondern auch, was sie wohl zu Abend äße. Als sie ging, begleitete er sie die Treppe hinunter und mußte vorgeben, daß er nur hinausgegangen war, um den Abfall aufzulesen, der sich dort angesammelt hatte. Er stand in der Dämmerung und umklammerte ein zerrissenes Zeitungsblatt und eine Styroporschachtel, die einmal einen Hamburger enthalten hatte. Nachdem seine Patientin in ihrem BMW davongefahren war, warf er beides aufs Pflaster zurück. Er war ausgehungert. Er war einsam. Er hatte nur wenige Freunde. Die meisten Menschen betrachteten Vertreter seines Berufsstandes mit demselben Mißtrauen wie den Steuereintreiber, den Polizeichef und möglicherweise den Pfarrer; seine Kollegen mochten sich untereinander nur wenig, denn die mörderische Rivalität, die in jenen Sphären oft angetroffen werden kann, in denen unvereinbare und oft gegensätzliche Theorien um die Vorherrschaft kämpfen, ließ das nicht zu.

Immer noch stand er in einer äußerst unprofessionellen Art auf der Eingangsstufe, als sein letzter Patient einige Minuten zu früh eintraf.

»Was gibt's, Doc?« wollte der Patient wissen, ein aufdringlicher und träger junger Mann, mit dem Ronald nie warm geworden war. Ronald gab keine Antwort, sondern wies gemessenen Schrittes den Weg zum Behandlungszimmer, wo er dann zum x-ten Mal zu Tode gelangweilt zuhörte, wie der junge Mann, der offensichtlich Gefallen an diesen Sitzungen fand, wieder einmal eine Folge von Erinnerungen, Träumen und unschicklichen sexuellen Phantasien vor ihm ausbreitete. Auf die Sekunde genau unterbrach Ronald ihn nach fünfzig Minuten, wartete ungeduldig darauf, daß der Bursche seinen Scheck über die magere Summe schrieb, die er sich nur erlauben konnte, bis er Arbeit gefunden hatte, und warf die Tür hinter ihm ins Schloß. Wenn seine Frau mit ihrer Abwesenheit hartnäckig bliebe, würde er eine Sprechstundenhilfe einstellen müssen, und das erschien Ronald als lächerliche Geldverschwendung.

Zum Abendessen ging er aus und erinnerte sich gerade noch rechtzeitig daran, seinen Schlüssel einzustecken, um hinterher wieder ins Haus hineinkommen zu können; seine Frau hatte sich immer um diese Details gekümmert, und es war schwer für ihn, an solche Trivialitäten zu denken, um sich endlose Scherereien zu ersparen. Jemand – wahrscheinlich einer der bessergestellten Obdachlosen, deren Zahl durch die Sparpolitik der Regierung wuchs – hatte eine Zeitschrift zwischen den Stäben des Geländers zurückgelassen; er hatte sicherlich daran gelehnt, gelesen und die Reste eines Hamburgers gegessen, die jemand Reicheres in die Abfalltonne geworfen hatte.

Ronald nahm die Zeitschrift mit in das indische Restaurant um die Ecke, wo er zu viele Gerichte bestellte, denn seine Frau war nicht bei ihm, um es zu verhindern. Er blätterte die Illustrierte durch, ohne zu wissen, um welche es sich handelte, bis seine Augen zu tränen begannen, weil er unklugerweise einen Chili zerbissen hatte. Beim Verzehr einer Schale Dosenlychees kühlte er sich ab und las die Kleinanzeigen auf der letzten Seite, wo ihm das Wort »Weihnachten« ins Auge sprang. Bis jetzt hatte er noch nicht über die herannahenden Feiertage nachgedacht, und er fragte sich, ob das indische Restaurant am Weihnachtstag geöffnet sei. Er untersuchte seine Gefühle mit klinischer Distanz und kam zu dem Ergebnis, daß er in ein unannehmbares Stadium von Depression abdriftete. Dies wurde bestätigt, als er sich auf dem Heimweg zunächst bückte, um in ein parkendes Auto zu schauen, weil er vermutete, seine Frau könne darin sitzen, und dann bemerkte, daß er auf der Straße einer Frau gefolgt war, die eine entfernte Ähnlichkeit mit ihr hatte.

Er saß auf der Kante seines ungemachten Bettes und stierte auf die Tapete, als ihm plötzlich die Zeitschrift auffiel, die auf seinem Mantel auf dem Boden lag. Jetzt las er die Anzeige, die Weihnachten erwähnt hatte, sorgsam durch. Wenn er schon das Weihnachtsfest allein durchleben mußte, dann in dem kleinen Hotel am Ende der Welt. Wenn er nämlich noch einige Zeit in dem Zustand wäre, in dem er sich jetzt befand, wäre zu befürchten, daß er sich einer seiner wohlgenährten Patientinnen in unanständiger Weise näherte, und dann wäre er erledigt. Dieses Gefühl war so stark, daß er Eric am nächsten Morgen anrief, um ein Zimmer zu reservieren.

»Das wären dann sieben«, sagte Eric und verbarg seine Befriedigung hinter einem flüchtigen Stirnrunzeln, während er sich Ronalds Namen notierte.

»Sieben was?« fragte Mabel, die natürlich genau Bescheid wußte. Sie aß gerade ein Sardinensandwich und langte mit fettigen Fingern nach der Liste ihres Mannes. Er sah von ihrer Hand weg und begann aufzuschreiben, welche Vorräte er vom Festland benötigte. »Die klingen wie ein trauriger Haufen«, bemerkte Mabel.

»Woher willst du das wissen?« fragte Eric, der entspannt genug war, das eher unterhaltsam als nur kindisch und nervig zu finden.

»Die Chinesen glauben, daß man anhand des Namens alles über eine Person herausfinden kann«, sagte Mabel, durch seinen milden Tonfall dazu verleitet, Erklärungen abzugeben, obwohl sie eigentlich nur vorgehabt hatte, Eric zu verletzen. Als Eric zu lächeln begann, wünschte sie, sie hätte sich eine andere Erklärung ausgedacht. Eine Person, die Mabel hieß, konnte es sich eigentlich nicht erlauben, sich über die Namen anderer Menschen erhaben zu fühlen. »Ich dachte, du wolltest nur sechs Leute aufnehmen«, sagte sie.

»Ich habe sieben genommen«, sagte Eric, »weil ja noch jemand abspringen könnte.«

Mabel hielt es für durchaus plausibel, wenn alle abspringen würden. Sie hatte die Insel noch nie gemocht, schon beim ersten Mal nicht, da sie sie betreten hatte, und als die Monate verstrichen, hatte sie begonnen, sie mit einer wilden und boshaften Leidenschaft zu hassen. Für sie war es nichts anderes als eine Falle, und sie fühlte sich wie ein Tier, das darin verzweifelt im Kreis lief, machtlos und dumm. Sie spürte, wie sie mit jedem Tag dümmer und dümmer wurde, sie konnte nur an ihre Einkerkerung denken und vergaß alles, was zuvor existiert hatte. Sie machte sich nicht einmal mehr die Mühe, an das frühere Leben zu denken – die Freiheit, die Freude, die langen Nächte, das Lachen, die Männer –, sondern nahm nur den dunklen Hügel, die schmalen Strände und das endlose Stöhnen des Meeres wahr. Sie mußte über Dinge nachdenken, über die sie nicht nachdenken wollte:

Trauer und Verlust. Die gesamte Insel schien ihr auf nichts anderes hinzuweisen als auf Verlust, war ein Symbol für Entbehrung und Traurigkeit; beschwerte sie sich, sprach sie jedoch nur von der Kälte, der Langeweile, dem Mangel an modernen Einrichtungen und fehlender Gesellschaft. Mit der Folge, daß Eric sie für zunehmend hohler und trivialer hielt. Meist konnte er sich nicht mehr an das Mädchen erinnern, das sie einmal war. Anfangs hatte er noch gesagt: »Ich habe das nur für dich gekauft. Ich dachte, du wärst hier glücklich.« Das war allerdings nicht ganz wahr, jedoch auch nicht wirklich falsch. (Als er sie das erste Mal sah , tauchte sie aus dem Wasser auf, aus dem unglaublich blauen Wasser des städtischen Schwimmbads. Ihre grauen Augen waren groß und leuchtend, als sie den Chlor wegblinzelte, und ihr dunkles Haar hatte sich – kurz und weich – eng an ihren Kopf gelegt.)

Wenn sie jetzt jammerte und quengelte, sagte Eric: »Jetzt kannst du schwimmen, soviel du willst. Jetzt steht dir das ganze Meer zur Verfügung.« Sie antwortete dann mit apathischer Stimme wie ein geschlagenes Kind: »Ich will gar nicht im Meer schwimmen.« Für diese Verdrehtheit hätte Eric sie schon einige Male erwürgen mögen; er hatte echte Freude bei diesem Mädchen gesehen, wenn sie im Wasser war.

Manchmal träumte Mabel vom Meer, aber wenn sie aufwachte, dachte sie nur an die Wasserstraße zwischen der Insel und dem Festland.

Sie summte eine langvergessene Melodie vor sich hin. »Und was, wenn sie alle kommen?« fragte sie und brach ihre Melodie ab.

»Ich richte auf alle Fälle das Zimmer am Ende des Korridors her«, sagte Eric. »Ich nehme eins der Einzelbetten aus einem der vorderen Zimmer, dann haben wir im Korridor noch die einzelne Kommode. Kein Problem.«

»Faszinierend«, sagte Mabel und schob gedankenverloren die Nagelhaut an einem Finger zurück.

»Wir holen uns Finlays Schwägerin, damit sie mir hilft«, sagte Eric.

»Tu das«, sagte Mabel.

Das Zimmer am Ende des Korridors ließ Eric an ein Waisenhaus denken oder vielleicht an ein Irrenhaus, so vollgestopft war es mit unerwünschten Dingen oder solchen, für die niemand mehr eine Verwendung hatte. Die meisten hatte der Vorbesitzer zurückgelassen, und einige schienen von jemandem gemacht worden zu sein, der nicht ganz bei Trost war. Was zum Beispiel war das für ein komisches Objekt, das man aus geschäumtem rosa Plastik geformt hatte? Irgend jemand hatte sich wohl plötzlich im Besitz eines Stücks geschäumten rosa Plastik gesehen und einen Kegel daraus gemacht. Nur warum? Erich schob es von dem fleckigen Diwan, auf dem es lag, und trat darauf, aber sein Erschaffer hatte ihm ein Stahlgerippe gegeben, darum verbeulte es nur ein wenig. Finlays Schwägerin stopfte es, ohne einen Ton zu sagen, in einen Müllsack. »Was zum Teufel ist das?« fragte Eric bockig. Sie zuckte mit den Achseln und stopfte ein altes Kissen hinterher. Eric protestierte nicht. Wie fast alles hier drinnen war auch das Kissen zu alt, um aufgehoben zu werden. »Ich mache ein Feuer im Hof«, sagte er und zerbrach einige Stücke Sperrholz über seinem Knie.

Sie fanden Stapel von alten Illustrierten, einen kaputten Regenschirm, einen Rollstuhl ohne Sitz, einen Überseekoffer ohne Deckel, in dem eine tote Maus lag, und ein Nähtischchen, das Eric an Ort und Stelle in Stücke schlug. Der Staub, der durch diese Aktivitäten aufgewirbelt wurde, brachte ihn zum Niesen.

»Ach«, sagte Finlays Schwägerin, sie war eine Frau, die nicht viele Worte machte. Im Zimmer standen jetzt nur noch ein Kleiderschrank und eine Truhe. Eric öffnete beide. Im Schrank war nichts als eine Hutschachtel, die aus der Zeit um die Jahrhundertwende stammen mußte. Eric entschloß sich, sie zu behalten. In der Truhe lag ein fadenscheiniger, mottenzerfressener, dunkler Pelzmantel. Einen Moment lang glaubte er, der Mantel gehöre seiner Frau, und wunderte sich, wie er hierhergekommen war, doch dann sah er, daß er viel schäbiger war als ihrer, und er steckte ihn in die Mülltüte. Finlays Schwägerin zog ihn wieder heraus. Eric protestierte nicht. Wenn sie ihn wollte, so sollte sie ihn haben.

Auf dem oberen Regalbrett im Schrank waren einige alte wollweiße Pullover. Eric nahm sie heraus und betrachtete sie; er bemerkte, daß Finlays Schwägerin ihn beobachtete, und fragte sich, ob sie sie ebenfalls wollte. Er hatte keine Lust, sie zu fragen. Sie schienen noch ganz brauchbar zu sein und hatten nicht zuviel Löcher, obwohl sie kratzig und ölig waren. Sie fühlten sich nicht wie gewöhnliche Kleidungsstücke an; nicht weich und praktisch, um ihre Träger warmzuhalten, sondern als hätten sie einen eigenen Verwendungszweck, der nichts mit den alltäglichen menschlichen Gewohnheiten zu tun hatte. Er legte sie ins Regal zurück. »Kratzige Dinger«, maulte er und schloß die Schranktür.

Alles, was brennbar war, trug er in den Hof und legte es auf einen Haufen, Finlays Schwägerin befeuchtete mit Wasser aus einer Sprühflasche den Staub im Zimmer. Dann wischte sie alles auf, wusch die Tür, Fensterrahmen und Sockel ab, bis das Zimmer völlig sauber war.

Eric, der gerade zurückkam, um seine Jacke zu holen, denn es war kalt in dem dämmrigen Hof, lobte die Sauberkeit und inspizierte das kahle Zimmer.

»Ich streiche die Wände und die Decke«, sagte er. »Das dauert keine fünf Minuten, wo jetzt alles sauber ist.«

Es war Finlays Schwägerin völlig egal, was er damit machte, aber sie sagte nichts. Sie hatte ihre Arbeit getan, und jetzt ging sie nach Hause.

Eric nahm eine Dose ranzigen Pflanzenöls vom Regal, wo der Vorbesitzer es zurückgelassen hatte, und kippte es über sein Feuer. Er war stolz über die gelungene Tat. Er zündete es von unten mit einem Streichholz an, und die Flammen züngelten schnell hoch. Rauch stieg auf, und zu spät befeuchtete er seinen Finger und hielt ihn hoch, um die Windrichtung festzustellen. Mabel würde es ihn schon wissen lassen, falls der Rauch in den Gasthof quoll. Glücklicherweise – wenn auch aus unerklärlichen Gründen, denn nach Erics Fingertest zu urteilen, kam der Wind vom Meer her – trieb der Rauch in Richtung Meer.

Dies schien wieder einmal ein Beweis dafür zu sein, daß er die Naturgesetze, die diese unergründliche Insel regierten, nicht verstand, aber darüber wollte er sich jetzt nicht den Kopf zerbrechen. Er stand da und beobachtete, wie die Funken im Rauch nach oben sprühten; den Hofbesen benutzte er als Schürhaken, wenn die Flammen zögerten.

Eine Gestalt ging über die schmale Straße, die das Gasthaus vom Strand trennte. »Verdammt«, sagte Eric, denn wenn das ein Gast war, war gerade niemand in der Bar, um ihn zu bedienen.

Im Näherkommen entpuppte sich die Gestalt als ein Junge, der eine Angelrute trug. Durch eine plötzliche Böe wurde der Rauch dicker, und der Junge war nicht mehr sichtbar. Eric glaubte gesehen zu haben, wie er seine Hand zum Gruß erhob, aber als der Rauch sich verzogen hatte, war er weg.

Am nächsten Tag strich er das Zimmer mit Emulsionsfarbe, die der Vorbesitzer im Schuppen gelassen hatte. Sie war fleischfarben, ein Ton, den Eric selbst nicht ausgewählt hätte, aber einem geschenkten Gaul, sagte er sich, schaut man nicht ins Maul. Am Ende machte es dann doch keinen Unterschied, denn ein Gast rief an und sagte, er könne doch nicht kommen, und ein weiterer erschien einfach nicht. Eric nahm sich vor, in Zukunft eine Anzahlung zu verlangen, gleichzeitig war er erleichtert.

Zu Weihnachten kämen nur fünf Gäste.

Jessica und Harry saßen sich an einem Tisch mit weißer Platte im Erster-Klasse-Abteil des London–Glasgow-Express gegenüber. Als Offizier war Harry immer nur erster Klasse gereist, und da Jessica jetzt recht wohlhabend und berühmt war, hatte sie sich das ebenfalls zur Angewohnheit gemacht. Anita reiste zweiter Klasse weiter hinten im Zug, in einem Nichtraucherabteil. Ronald reiste auch in einem Zweiter-Klasse-Waggon, denn seit seine Frau ihn verlassen hatte, fühlte er sich unsicher und hatte Angst, plötzlich ohne einen Pfennig dazustehen. Er versuchte diesen Entschluß vor sich selbst damit zu rechtfertigen, daß heutzutage nur ein geringfügiger Unterschied zwischen der ersten und der zweiten Klasse bestand. Er hatte recht, aber gleichzeitig rutschte er unbewußt in die unangenehme Falle des Selbstbetrugs.

Jessica hatte sich eine Taschenbuchausgabe von *Die Herrin von Wildfell Hall* gekauft, denn sie dachte sich, sie könne auf dieser Reise auch gleich etwas für ihre Bildung tun. Außer Shakespeare, Shaw, Ibsen, Ayckbourn und einigen anderen hatte sie nur wenig gelesen, und darum konnte es passieren, daß sie auf gewissen Gebieten gescheit erscheinen konnte, während sie auf anderen Gefahr lief, sich als völliger Dummkopf zu erweisen.

Seit geraumer Zeit las sie mit wachsender Skepsis, und als der Zug sich dem Lake District näherte, warf sie das Buch mit dem Ausruf »Oh, *nein*!« auf den Tisch.

Harry lächelte sie wegen dieser theatralischen Gebärde fragend an. Obwohl sie sich noch nicht darüber klar waren, daß sie ein gemeinsames Ziel hatten, beäugten sie sich doch versteckt mit stiller Zustimmung, denn sie vermuteten, zur selben Gruppe von Menschen zu gehören. Sie ähnelten sich. Harry war attraktiv mit klaren Augen und grauen Haaren, und Jessica hatte ein großes, angenehmes Gesicht, das sie, wenn es von ihr verlangt wurde, schön machen konnte. Für eine Schauspielerin das nützlichste Gesicht.

»Haben Sie das gelesen?« fragte sie und zeigte auf das Buch.

Harry nahm es und sah es an. »Nein«, sagte er, »ich fürchte nicht.«

»Befürchten Sie gar nichts«, erwiderte Jessica. »Es ist entsetzlich. Die Heldin ist entsetzlich.« Der Zug raste dahin, während sie sprach. »Hören Sie mal«, sagte sie und öffnete das Buch an einer beliebigen Stelle. »Jetzt hat sie gerade Klavier gespielt. Sie sagt: ›Ich strengte mich an, um zur allgemeinen Unterhaltung zu singen und zu spielen, und auf Wunsch meiner Tante und Millicents, und noch bevor die Herren in den Salon zurückkamen (Miss Wilmot schätzte es noch nie, ihr musikalisches Talent allein für die Ohren von Damen zu verschwenden), bat Millicent mich um ein kleines schottisches Lied, und ich befand mich just in der Mitte des Stücks, als sie eintraten.‹ Jetzt bittet Mr. Huntington, auf den sie ein Auge geworfen hat, Miss Wilmot zu spielen, also springt Helen eingeschnappt vom Klavier auf. Hören Sie zu. ›Genau in dem Moment, als ich seinen Wunsch vernahm, hörte ich mit dem Spiel auf. Wäre ich mit einem ausreichenden Maß an Selbstkontrolle ausgestattet, so hätte ich selbst mich frohgemut an die Lady gewendet und meine flehende Bitte mit der seinen verknüpfet, womit ich wohl seine Erwartungen enttäuscht hätte, wenn der Affront Absicht war, oder ich hätte ihn gar auf seinen Fehler aufmerksam gemacht, sollte er denn unbedacht begangen worden sein. Jedoch fühlte ich ihn zu tief in meinem Inneren und war nicht in der Lage, anders zu handeln, als vom Klavierschemel aufzuspringen und mich auf das Sofa zurückfallen zu lassen; nur mit Mühe unterdrückte ich einen hörbaren Ausdruck der Bitterkeit, die in mir wogte. Ich wußte Anabellas musikalisches Talent dem meinen überlegen, aber das war kein ausreichender Grund, warum ich als unbedeutende Figur behandelt werden sollte. Zeitpunkt und Art seiner Bitte, sie möge spielen, erschienen wie eine unnötige Beleidigung meiner Person; ich hätte vor Wut weinen können.‹ Sie erinnert mich an jemanden«, fügte Jessica nachdenklich hinzu. »An wen erinnert sie mich bloß?«

»Mr. Pooter«, sagte Harry.

»Aber *natürlich*«, sagte Jessica. »Sie sind klug.« Sie hatte im Radio gehört, wie einer ihrer Freunde aus dem *Tagebuch eines Niemand* vorgelesen hatte.

Eine Reisende an einem Nachbartisch erstaunte dieser Austausch. Sie hatte beobachtet, wie Jessica und Harry getrennt eingestiegen waren, und bis jetzt hatten sie noch kein Wort miteinander gesprochen. Aber offensichtlich kannten sie sich gut. Sie fragte sich, warum ihr Jessica so bekannt vorkam, hatte es aber aufgegeben, sich den Kopf darüber zu zerbrechen und konzentrierte sich lieber darauf, über ihre Beziehung zu mutmaßen. Vater und Tochter? Ehemann und zweite Frau? Nein, sie glaubte nicht, daß sie verheiratet waren. Sie lächelten sich zu offen an. Da sie kein Mensch mit großer Vorstellungskraft oder sensibler Wahrnehmung war, schloß sie, daß Harry der geschäftsführende Direktor einer internationalen Firma war und Jessica seine persönliche Assistentin. Vermutlich reisten sie zu einer Konferenz, die während der Weihnachtstage in Gleneagles abgehalten wurde.

»Aah«, sagte Jessica. »›Unerwünschte Tränen stiegen in ihre Augen, und sie vergrub ihren Kopf in den Sofakissen, auf daß sie ungesehen verströmten. Was für ein *Ekel*!‹«

»Möchten Sie vielleicht den *Spectator* lesen?« bot Harry ihr an.

»Danke«, sagte Jessica. »Möchten Sie ein Pfefferminzbonbon?«

Daß dort offensichtlich eine neue Freundschaft geschlossen wurde, verwirrte die Mitreisende erneut. Sie kam zu dem Ergebnis, daß der geschäftsführende Direktor seine persönliche Assistentin gerade erst eingestellt hatte, sie klopften sich gegenseitig ab und lernten sich langsam besser kennen.

Nach einer Weile gingen sie zusammen an die Bar, und als sie zurückkehrten, mußte die Mitreisende wieder alles umwerfen, denn sie hatten festgestellt, daß sie gemeinsam auf die Insel fuhren, und ihre Beziehung hatte eine neue Wendung genommen. Zufälle erregten und belebten Jessica immer; Harry war erstaunt und im stillen dankbar, daß er eine sympathische Begleiterin getroffen hatte, die keine großen Ansprüche stellte. Soweit das möglich wäre, hatte er sich vorgenommen, seine Zeit auf der Insel allein zu verbringen, gedankenverloren in umspülten Buchten und felsigen Schießscharten. Sollten sich dort dennoch auch andere Gäste aufhalten, so erachtete er es als notwendig, ihnen aus dem Weg zu gehen. Er hatte nicht damit gerechnet, eine Freundschaft zu schließen.

Anita hatte sich geschworen, während der gesamten Woche auch nicht einen einzigen Gedanken an die Arbeit zu verschwenden. Sie schaute aus dem Fenster auf die wenig abwechslungsreiche Landschaft und dachte darüber nach, wie die anderen Gäste wohl sein würden. Genau wie Harry war es ihr in den Sinn gekommen, daß es außer ihr keine weiteren gab. Als sie durch einen Nadelholzwald fuhren, mußte sie wieder an ihre Abteilung denken. Sie hoffte, ihre Vertretung arbeitete gut, aber nicht zu gut; sie mochte den Gedanken nicht, daß man sie nicht vermißte. Sie stellte sich Regale mit edlem Spielzeug vor und fragte sich, wie sie sich verkauften, doch da fiel ihr ein, daß sie sich vorgenommen hatte, nicht an die Arbeit zu denken, und sie schaute entschlossen auf ein Feld und einige Schafe. Sie sorgte sich ein wenig, ob ihnen nicht kalt wäre, und hoffte, sie hätte genug

Wollsachen eingepackt, um selbst nicht zu frieren. In Taiwan, wo die Einkäuferin Anfang des Jahres eine Woche verbracht hatte, um eine große Ladung Weihnachtsbaumfeen mit Schlitzaugen zu ordern, war es wahrscheinlich immer warm. Die Einkäuferin hatte ihre Wahl mit einem zu großen Maß an Überzeugung gerechtfertigt, und Anita glaubte, daß sie sie nach einem Mittagessen geordert hatte, als ihre Urteilskraft eingeschränkt war. Anita verstand sowieso nicht, warum sie in ihrer Abteilung Feen brauchte: Papierteller, Becher und Servietten vielleicht, selbst Puzzles schienen nicht unbedingt fehl am Platz, aber Flitterkram und Feen hätte man doch sicher woanders ausstellen können, und für den Ständer mit Weihnachtsmannkostümen links von den Adventskalendern sah sie keinerlei Rechtfertigung. Es war nicht leicht, Chefin einer Abteilung, dabei jedoch gleichzeitig den Launen einer anderen Person ausgesetzt zu sein.

Es begann auf die ohnehin feuchte Landschaft zu regnen, und sie fragte sich, warum sie sich nicht auf einer Pauschalreise nach Florida befand. Der Grund dafür war, daß sie es für schikker hielt, in ein kleines Hotel am Ende der Welt zu reisen. Exotische Fernreisen wurden zunehmend vulgärer. Jeder tat es ständig; entweder zum Vergnügen oder beruflich. Es war eleganter, auf eine kleine Insel zu fahren; die Kälte und Nässe stellten ein weiteres herausragendes Merkmal dar, denn es mußte jedem ins Auge springen, daß dies eine große und feine Erfahrung bieten mußte, wenn Leute bereit waren, sich auf solche Bedingungen einzulassen. Es war wesentlich *geschmackvoller*, dachte Anita mit einem ihr uneigenen Trotz. Na also.

»Die ertrinken alle«, sagte Mabel fröhlich. »Die werden alle todkrank und eiskalt, und dann geht der alte Pott unter, und sie ertrinken. Immerhin, du hast ja in jedem Fall ihre Anzahlungen.«

Eric beachtete sie nicht, erwähnte auch nicht, daß er keine Anzahlung verlangt hatte, denn damit würde er ihren furchtbaren Zorn stärker auf sich ziehen. Er hatte eines Abends beschlossen, daß es ein interessanter Beginn ihrer Ferien wäre, wenn sie mit Finlays Boot herübersegelten und nicht mit der McBrayne-Fähre kämen. Es war nicht erstaunlich, daß Finlay ihm zustimmte, denn Eric bezahlte ihn gut für seine Dienste.

»Das ist ein rostiger Kahn, und sie machen sich ihre Sachen schmutzig«, fuhr Mabel fort, »und er schlingert wie verrückt, selbst wenn die See so ruhig wie ein Mühlteich ist.«

»Du bist selbst damit gefahren, wenn du die Fähre nicht mehr erreichen konntest.«

»Darum weiß ich ja auch, wovon ich rede«, sagte Mabel, »aber ich bin nicht pingelig.«

Eric erwiderte nichts darauf, denn es fiel ihm nichts ein.

»Das Boot ist nicht seetüchtig«, sagte Mabel. »Jedenfalls nicht richtig.«

»Sicher ist es das«, sagte Eric.

»Ist es nicht«, sagte Mabel.

Finlay schien diesen Zusammenstoß gegensätzlicher Meinungen nicht zu beachten. Er trug Südwester und Gummistiefel, und Eric war fast sicher, daß er sich absichtlich in dieses Kostüm geworfen hatte. Er war froh, daß wenigstens einer anfing, sich auf das Unternehmen einzustellen. »Funktioniert das Radio jetzt?« fragte er. Dieser nützliche Ausrüstungsgegenstand war in letzter Zeit einige Male defekt gewesen.

»Klar«, sagte Finlay.

»Glücklicher Zufall«, sagte Mabel.

»Hast du die Leuchtraketen?« fragte Eric.

»Klar«, sagte Finlay.

»Und du nimmst besser einige Dufflecoats von hier mit, für den Fall, daß jemandem kalt wird«, sagte Eric, der sich fragte, ob nicht an dem, was seine Frau sagte, etwas sei. Es war ein grauer Tag, und Nebel lag in der Luft.

»Klar«, sagte Finlay.

»Du machst dich jetzt besser auf den Weg«, fügte Eric hastig hinzu, um zu verhindern, daß Finlay noch mal »Klar« sagte, denn es ging ihm auf die Nerven. »Sie sollen nicht auf dem Kai warten müssen.«

Als Finlay weg war, machte Eric eine letzte Runde durch die Zimmer, die er und Finlays Schwägerin vorbereitet hatten. Der ehemalige Besitzer hatte eine bedauerliche Vorliebe für Streifen gezeigt. Die Tapeten, Vorhänge, Tagesdecken wiesen alle kräftige Streifen auf, und auf mehreren Stühlen lagen Kissen mit Bezügen mit Schottenkaros. In seinem ersten Enthusiasmus hatte Eric alle entfernt und sie durch einen blassen und zurückhaltenden Chintz ersetzt, den er in einem Geschäft in Glasgow billig erstanden hatte, das selbst zu blaß und zurückhaltend war und pleite gemacht hatte. Auf den Böden lagen indische Flickenteppiche, die er auf dem Markt gekauft hatte, und als kleinen Witz hatte er einige Bilder mit Titeln wie *Hochlandkühe* und *Röhrender Hirsch* an die Wände gehängt. Die hatte er an einem Spätnachmittag an einem anderen Stand auf dem Markt erworben, als der Verkäufer an nichts anderes mehr dachte, als endlich aus den Pfützen heraus und nach Hause zu kommen. Eine günstige Gelegenheit, auch wenn sie sonst niemand wollte. Mabel fand sie nicht komisch. Sie sagte »Aber *ehrlich*«, und lachte, ohne den Witz zu erkennen. Jetzt ging sie hinter ihm her und stand immerzu im Weg, wenn er sich umdrehte, und fiel ihm mit dem Gesumme eines Lieds von einem kleinen Hotel und einem Wunschbrunnen auf die Nerven.

»Hast du sonst nichts zu tun?«

»Was?« wollte Mabel wissen. »Hier gibt es nichts zu tun!« Sie war grauenhafter Laune, und Eric fragte sich besorgt, wie sie sich vor den Gästen benehmen würde. Wenn sie in der richtigen Stimmung war, konnte sie unbeschreiblich beleidigend sein.

»Wenn du dich so aufführst«, sagte er, »dann frage ich mich, warum du deine Kumpel in Glasgow nicht besuchst.«

Mit diesen Kumpeln aus Glasgow hatte sie Freundschaft geschlossen, als sie ihre Ferien auf der Insel verbrachten. Mabel hatte Eric fast um den Verstand gebracht, als sie ihnen ständig Getränke ausgab, wenn er nicht hinsah, und manchmal sogar, obwohl er hinschaute. Er erfuhr, daß sie nicht schlecht von der Sozialhilfe lebten, dabei ein faules und sorgloses Leben führten und mit geliehenen Instrumenten zu ihrer eigenen Unterhaltung Musik machten.

»Vielleicht«, sagte sie, »vielleicht tue ich das sogar.«

Eric war schmerzlich hin- und hergerissen. Er konnte es kaum ertragen sich vorzustellen, was sie anstellte, wenn sie allein war, aber er hatte Angstvisionen bei der Vorstellung, was sie tun könnte, bliebe sie da. Wenn sie etwas wirklich Unvorstellbares beginge und sein Geschäft ruinierte, wäre er vielleicht endlich in der Lage, sie nicht mehr zu lieben, dachte er. Das wäre wahrscheinlich das beste.

»Du hast reichlich lange gewartet«, sagte er. »Ab morgen fahren keine Fähren mehr. Wie willst du denn hinkommen?«

»Ach«, sagte Mabel, »ich komme schon hin. Wart's nur ab.«

»Zu Fuß wohl?« sagte Eric. »Schwimmend?«

Sie bewegte sich von ihm weg Richtung Treppe, und als er redete, blieb sie stehen, drehte sich um und schlug ihm aufs Ohr. Das hatte sie noch nie zuvor getan. Eric war erstaunt und dann wütend. Er schlug zurück. Das hatte er auch noch nie zuvor getan.

»Also gut«, sagte Mabel, bevor sie durchdrehte. »Jetzt reicht's! Das ist das dritte Mal. Ich hab's dir schon mal gesagt, pack mich noch einmal an...« Dann drehte sie durch.

Finlays Schwägerin hörte das Geschrei unten in der Küche, während sie die Koteletts unter dem Wasserhahn auftaute, und schüttelte den Kopf.

Eric wollte sagen »...du hast damit angefangen...«, aber er hatte keine Gelegenheit mehr dazu. Seine Frau war außer sich.

Die vier, die mit dem Zug gekommen waren, standen auf dem Kai und blickten auf das Ödland, während ein paar Möwen über ihren Köpfen traurige Bahnen zogen.

»Oh, Mann«, sagte Jessica. Vom Glasgower Hauptbahnhof waren sie mit einem kleineren Zug direkt hierhergefahren, und somit war ihnen die besonders unangenehme Ansicht der Stadt hinter den Docks erspart geblieben. Sie erschien, so weit man das sehen konnte, verlassen und so abgewrackt, wie eine Ansammlung von Betonbunkern eben war. Sie war den weniger ersprießlichen Teilen von Calais ähnlich, wenn auch nicht so groß, und die Gegend um die Docks bot nichts, was das Auge hätte entspannen können. Kein Schiff war in Sicht.

»Keine Takelage«, sagte Jessica niedergeschlagen.

Die vier hatten sich an dem Punkt rechts von dem für die Autofähre markierten Ort getroffen, wohin Erics Brief sie dirigierte. »Sind wir alle zum Ende der Welt unterwegs?« fragte sie.

»Eigentlich ja« und »Ja« sagten Ronald und Anita.

»Ich glaube, wir sind schon da«, sagte Jessica, denn sie konnte den Horizont nicht mehr sehen, er war im Nebel verschwunden. »Wo, so frage ich mich, steckt der vielgerühmte ortsansässige Seemann?«

»Der kommt schon noch«, sagte Harry, der nie in Panik geriet.

»Und was, wenn nicht?« fragte Jessica. »Was, wenn er überhaupt nicht kommt? Was, wenn sein Boot gesunken ist und er jetzt im Bootshaus vom Klabautermann sitzt? Oh, Mann!«

»Dann nehmen wir ein Taxi zurück nach Glasgow und richten uns dort für die Nacht ein«, sagte Harry. »Aber er kommt schon. Warten Sie's nur ab.«

Anita war Jessica für ihre Unruhe dankbar. Die Umstände verlangten danach, und Jessica hatte ihr erspart, es selbst zu tun und vielleicht zu weit zu gehen. Sie kam zu dem Schluß, daß Jessica es gut gemacht hatte: Sie drückte die Bedenken aller kurz, bündig und eindeutig aus. Jetzt war es gesagt.

Jessica wurde tatsächlich zunehmend müder und kälter. Sie wollte nur ins Warme kommen, einen steifen Drink in der Hand und sich nicht länger darum sorgen, wo sie war. »Er kommt zu spät«, sagte sie.

Finlay war spät dran, weil Mabel ihn dazu gebracht hatte, umzukehren und sie zu holen. Ihre Stimme erreichte ihn über den Äther, er drehte um und fuhr wegen ihr zurück. Alles, was sie brauchte – die erstaunlichsten Artikel darunter waren ein BH und ein Schlüpfer –, warf sie in eine Reisetasche und floh aus dem Hotel.

»Hören Sie«, sagte Harry. »Jetzt kommt er.«

Die Windstärke stieg, und es wurde dunkel, als die vertraueneinflößende Gestalt Finlays durch den Gischt auf sie zukam. Die praktische und nautische Erscheinung, die er vermittelte, wurde nur durch die Frau beeinträchtigt, die ihm auf hochhackigen Schuhen fluchend folgte. Als sie auf ihre Höhe kam, sprach sie

sie an. »Sie sind total verrückt«, sagte sie. »Wissen Sie das? Sie sind alle total verrückt«, und sie stakste rasch weiter, Reisetasche in der Hand, bekleidet mit einem Minirock und einer kurzen schwarzen Jacke mit sehr breiten Schultern.

»Hätten besser Ihren Mantel mitgenommen«, rief Finlay ihr hinterher und »Wie wollense denn überhaupt nach Glasgow kommen?«

Keine Antwort. Mabel würde per Anhalter nach Glasgow fahren. Sie hatte keine Angst davor, ermordet zu werden, ein Fremder hätte niemals den Mut aufgebracht, jemanden, der so übelgelaunt war, zu töten; sie war absolut nicht in der Stimmung, zum Opfer gemacht zu werden.

Finlay wandte sich an die, die mit ihm segeln sollten.

»Nur viere? Mehr von euch sind nich da?« sagte er, als wäre es ihre Schuld.

»Oh, mein Gott«, sagte Jessica. »Sie meinen...«

»Wir warten noch nen Moment«, sagte Finlay.

Jessica beäugte ihn mißtrauisch und fragte sich, ob das Hotel einen professionellen Kaledonier ohne Ahnung von Navigation oder vom Gang der Gezeiten angeheuert hatte. Denn in seinem Südwester, seiner Ölhaut und seinen Gummistiefeln erinnerte er sie an eine Puppe, die vor einem Fischhändler stand, oder an einen Laienschauspieler, kurz davor, die Aufführung zu ruinieren, indem er den Hauptdarstellern die Schau stehlen wollte.

Jon lief leichtfüßig über den Kai. »Komme ich zu spät?« fragte er. »Ich bin geflogen.« Er beugte sich vor und küßte Jessica auf die Wange, was sie leicht erstaunte, denn immerhin hatte sie ihn, soweit sie das beurteilen konnte, noch nie im Leben gesehen. Aber sie war daran gewöhnt, von Fremden begrüßt zu werden, und sagte nichts.

»Wenn Sie sagen, daß Sie geflogen sind«, sagte Ronald, der bis jetzt mehr oder weniger still gewesen war, »meinen Sie dann, daß sie sich beeilt haben oder daß Sie mit dem Flugzeug gekommen sind?«

Jon starrte ihn an. »Ich habe einen Flieger genommen«, sagte er. »Das spart Stunden.«

»Immerhin kamen Sie zu spät«, sagte Ronald, nahm seinen Koffer in die Hand und schaute Finlay erwartungsvoll an.

»Klar«, sagte Finlay und ging zum Boot voraus.

Jessica schaute ein letztes Mal auf die Frau in den hochhackigen Schuhen, die in Richtung Zivilisation wankte. »Was glauben Sie wohl, wer das war?« sagte sie zu Harry. »Meinen Sie, die war vom Ort? Sind die alle so?«

»Nein«, sagte Harry, »die sind nicht alle so.«

»Ich hoffe sehr«, sagte Jessica, »ich bin nämlich wirklich hier, um mit solchen Sachen nichts zu tun zu haben.«

Es tat ihr leid, das gesagt zu haben, denn es klang eher nach Helen Huntington von Wildfeld Hall, aber es gab keine Gelegenheit mehr, sich näher zu erklären, denn Finlay nahm ihnen das Gepäck aus den Händen und verstaute es im Laderaum. Zumindest vermutete sie, daß er es dorthin stellte, als sich alptraumhafte Kindheitserinnerungen von Segelturns mit ihrer Familie einstellten, während der sich nicht nur ihre Persönlichkeiten, sondern auch ihr Vokabular in erschreckendem Maße veränderten. Sie hielt es für das, was man gemeinhin als Veränderung auf See bezeichnete. Sie wählte den genau richtigen Moment, um an Bord von Finlays Boot zu steigen: als eine Welle es nah an den Steg hob. Sie hatte zu viele Leute dabei beobachtet, die bei dieser Entscheidung zauderten und warteten, bis eine Welle das Schiff wieder vom Steg weg bewegte. Sie verloren ihr Gleichgewicht, ihren Schuh und zweifellos in dem engen Spalt zwischen Schiffsrumpf und Kaimauer gelegentlich ihr Leben.

Anita zögerte, aber Finlay hielt sie mit einem starken, leicht fischigen, in Ölzeug gekleideten Arm fest. Sie gingen in die Kajüte hinunter, und Jessicas Stimmung fiel mit dem Abstieg. Die hochhackige Frau mit der schlechten Laune erinnerte sie an einige ihrer Freundinnen, die davon überzeugt schienen, nicht lebendig zu sein, wenn sie nicht sehr starke Gefühle zum Ausdruck brachten. Bis heute neigte sie vielleicht selbst dazu, das zu glauben, aber Müdigkeit und die Enge der mit Leuten vollgestopften Kabine ließen sie nach Ruhe und Platz dürsten – deshalb war sie ja eigentlich gekommen. Eine Fata Morgana, ein Traum, dachte Jessica ernüchtert, denn als sie sich umsah, stellte sie fest, daß sich nur drei Personen in der Kabine befanden, da Jon und Harry an Deck standen. Da sie nur zu dritt waren, würden sie bald anfangen, sich zu unterhalten. Fünf Personen können still zusammensein, sich gelegentlich anlächeln, wenn ihre Augen sich treffen, aber drei Menschen müssen kommunizieren, oder eine peinliche und ungesellige Atmosphäre tritt ein. Jessica sagte etwas über frische Luft und stieg ebenfalls an Deck. Jon stand mit einem Fuß auf der Reling, und der Wind spielte mit seinem goldenen Haar. Der große Auftritt von Fletcher Gordon, dachte Jessica. Seine Nase verfärbte sich sicher bald in ein grelles Rot, denn es war zu kalt, um die Rolle zu spielen.

Harry stand bei Finlay, der nach vorn schaute, als er das Boot zur Insel steuerte. Jessica hörte, wie Finlay sagte: »Dann sind Se also zurückgekommen.« Und sie hörte Harry, »Ja, ich bin zurückgekommen.« Das hätte interessant sein können, dachte sie, wenn sie nicht so müde gewesen wäre, denn Harry hatte ihr nicht erzählt, daß er schon einmal hier gewesen war.

Erics Hand zitterte, als er das blaue Funken sprühende Treibholz im Kamin bewegte. Er war nicht mehr wütend. Das war er nur für eine Sekunde gewesen, und seine kurzlebige Wut hatte nicht ausgereicht, um ihn gegen den sintflutartigen Zorn seiner Frau zu schützen. Er war mit einer elementaren, feindseligen Kraft zusammengestoßen und empfand jetzt nicht nur ein Gefühl von Unzulänglichkeit, sondern auch von Verletzung: all seiner Sicherheit verlustig. Wo bin ich? fragte er sich zitternd. Was geschieht hier eigentlich? Er hatte sich nichts zuschulden kommen lassen, daß er einen solchen Angriff verdient hätte. Er verstand überhaupt nichts. Wie sollte er den Gästen gegenübertreten, die jeden Moment kommen mußten, so wie er sich fühlte? Er spielte mit dem Gedanken, ins Meer zu springen oder, weniger drastisch, in seinen Kleinbus, um zum Gipfel der Klippe zu fahren, wo er sich allein unter eine alte Persenning kauern und abwarten konnte, bis das Zittern nachließ. Sicherlich war es unnatürlich, sich derart aufgewühlt zu fühlen. Unmännlich, dachte Eric, als er sich einen Whisky eingoß, aber es war nicht sein Stolz, der verletzt war. Er hatte Angst. Er fürchtete in gleicher Weise, Mabel käme nie wieder zurück oder sie tauchte doch wieder auf. Er wünschte, er wäre in der Lage, die Gefühle benennen zu können, die er empfand, das würde sie erträglicher machen.

Im Hof war es fast dunkel; er ging hinaus, um mehr Scheite für den Kamin zu holen, als er für die Nacht brauchte. Auf der Suche nach Finlays zurückkehrendem Boot schaute er auf die See hinaus und bemerkte eine weitere Person, die dorthin sah. Sie stand am Rand des Strands; bewegungslos in Kälte und Wind.

»Worauf wartet der denn?« sagte Eric laut zu sich selbst. Er war sich fast sicher, daß es der Junge war, den er vor einigen Abenden gesehen hatte, aber er grüßte ihn nicht, wie er es getan hätte, wenn er sich normal gefühlt hätte. Neugierde und Mut hatten bei ihm vorübergehend einen Tiefpunkt erreicht, und Eric hob sich die Reste seiner angegriffenen Geselligkeit für seine Gäste auf.

Gott sei gedankt für Finlays Schwägerin. Der Gasthof war sauber und ordentlich, aufgewischt und hergerichtet, das Feuer in der Bar prasselte groß und hell. Als er in die Küche hineinschaute, begann Eric sich besser zu fühlen. Vielleicht hätte er Finlays Schwägerin heiraten sollen, allerdings war sie, kompetent wie sie erschien, ein wenig merkwürdig. Sie sprach nie ein Wort. Andererseits, dachte Eric, auch Mabel war mehr als nur ein bißchen merkwürdig, und die redete zuviel. Genau betrachtet war sie im Aussehen Finlays Schwägerin nicht unähnlich, nur daß sie sich anders kleidete. Die Frau, die den Küchentisch abwischte, trug ein braunes Kleid aus grober Baumwolle unter einer Schürze mit Blumenmuster – doch sie hatten dieselben grauen Augen und dasselbe weiche dunkle Haar. Bevor er sich darüber klar wurde, fand Eric sich dicht neben Finlays Schwägerin wieder, und er ging zu dem kleinen Waschbecken, das er aus hygienischen Gründen auf Verlangen des Stadtrats hatte anbringen müssen, und wusch sich die Hände. Der Vorbesitzer hatte sich um solche Verbesserungen keine Sorgen gemacht, worüber sich Eric immer dann ärgerte, wenn er sich über nichts anderes den Kopf zerbrechen mußte; es verschlimmerte die milde Paranoia, die Neuankömmlingen in einer Inselkommune eigen ist.

Die Tür des Gasthofs quietschte und zeigte eine Ankunft an,

und Eric ging widerwillig in die Halle und überlegte, welches Klischee eines Gastgebers er noch rechtzeitig aufsetzen konnte. Er kannte einige, vom herzlichen bis zum sardonischen, aber er fühlte sich im Moment nicht sicher genug, um auch nur einen davon zu spielen. Er brauchte es noch nicht, wie sich herausstellte. Noch nicht gleich.

»Oh, hallo Professor«, sagte er ohne Begeisterung. Es war nur einer dieser Zugezogenen, die auf der Insel ein Haus gekauft hatten, um dort ihre Ferien zu verbringen. Ein bösartiger Mann, nach Erics Einschätzung, der alkoholfreies Lager mit Limone trank, und selbst davon nur wenig. Er war in Begleitung eines Mädchens mit einem zurückhaltenden, leicht schmollenden Auftreten, das nicht zu dumm war, um zu begreifen, daß sie die neueste Errungenschaft in einer Reihe ähnlicher Mädchen war. Es war Eric in den vergangenen Monaten aufgefallen, daß mehrere Zugezogene sich nur aus einem Grund auf der Insel Häuser gekauft hatten, nämlich um dort ihren heimlichen Verhältnissen nachzugehen. Der Professor besaß einen alten Dufflecoat, den alle seine Frauen anziehen mußten. Wahrscheinlich damit er sie erkannte, wenn sein Gedächtnis ihn einmal im Stich ließ.

»Hallo Isabel«, sagte Eric.

Das Mädchen gab keine Antwort.

»Sophie?« tastete er sich vor.

Stille.

»Agnes ...?« Oh *scheiße*, er hätte doch mittlerweile gelernt haben können, seinen Mund zu halten. Er hätte es getan, wäre er nicht so aufgelöst.

»Dies ist Jennifer«, sagte der Professor fröhlich.

»Was darf es sein?« fragte Eric, während er hinter die Theke schlüpfte. »Lange hier?«

»Zwei kleine alkoholfreie Lager mit Limone«, sagte der Professor. »Nur bis Neujahr.«

Er saß auf einem Barhocker und begann Fragen zu stellen, um zu demonstrieren, wie vertraut er mit den Inselbewohnern und ihrer Lebensart war. Eric polierte ein Glas und wünschte, er würde gehen. Die Ortsansässigen, die das Gasthaus aufsuchten, machten sich schleunigst wieder aus dem Staub, wenn sie den

Professor sahen. Das Mädchen stand da und drehte rastlos ihr Glas. Arme Kuh, dachte Eric mitleidslos. Die Tür öffnete sich, und er schaute hoffnungsvoll auf, aber es war nur wieder eine Zugezogene. »'n Abend, Mrs. H.«, sagte er. Das war die weibliche Vertreterin dieser Gattung. Wenn ihr Mann auf Geschäftsreisen war, brachte sie Männer mit auf die Insel zu ihrem weißen Haus auf dem Hügel. »Wie geht's Graham?« wollte er böse wissen, denn er erinnerte sich genau daran, daß ihr Mann John hieß.

»Dem geht's gut«, sagte sie, ohne eine Miene zu verziehen.

Keine Scham, dachte Eric. Keiner von denen verfügte über Schamgefühl. Sie behandelten die Insel wie ein Bordell. Er dachte an die Zeit zurück, als er sich noch vorgestellt hatte, seine Bar wäre voll von örtlichen Originalen, die sich zur Erbauung und Belustigung der kultivierten Gäste dort einfanden, welche in der charmanten Atmosphäre seiner Gästezimmer gerade ihre Schweinslederkoffer ausgepackt hatten und nun in angeregter Unterhaltung hinunter kamen, um vor dem Abendessen eine Menge teurer Drinks zu sich zu nehmen, während seine Frau zwitscherte und glänzte wie ein Wellensittich in gestärkter Baumwolle, mit Parfüm und frischem Lippenstift. Seine Vorstellungen von Ehe und typischem Hotelgewerbe waren hoffnungslos veraltet. Mrs. H. bestellte ein Mineralwasser mit Eis und einer Scheibe Zitrone.

Finlay zurrte sein Boot fest und half seinen Passagieren über den behelfsmäßigen Steg an Land, den die Insulaner nur widerwillig instandhielten. Jeder hoffte, jemand anderes unternähme etwas, um ihn zu reparieren, und wenn nicht, daß wenigstens die Stadtverwaltung etwas daran täte. Die Lampe vor dem Gasthof verbreitete gerade genug Licht, um den Gästen zu zeigen, wo sie sich befanden, wenn sie einmal dort waren, aber nicht genug, um zu sehen, wo sie gingen. Also schlurften sie über die schmale Strandstraße, trugen ihr Gepäck und fragten sich, worauf sie sich da eingelassen hatten. Es begann zu regnen.

Als er Geräusche von mehreren Personen hörte, die ihr Gepäck abstellten, ging Eric in die Halle. Er fühlte sich schuldig, als er den Nieselregen im Lichtkegel der Laterne sah. Immerhin waren sie hier, um Weihnachten zu verbringen. »Das hat sich bis zum Morgen in Schnee verwandelt«, sagte er. »Ich werde Ihnen jetzt Ihre Zimmer zeigen. Vielleicht darf ich Ihnen, nachdem Sie sich eingetragen haben, einen Drink anbieten... auf Kosten des Hauses natürlich«, fügte er hinzu, als er ihre niedergeschlagenen Mienen sah und sich fragte, ob er sie nicht doch besser mit dem Bus am Steg erwartet hätte, obwohl es nicht einmal einhundert Meter bis dorthin waren. Einen Moment empfand er einen Anflug von Panik bei dem Gedanken, daß er allein und persönlich für das Wohlergehen dieser Leute während ihres Aufenthaltes verantwortlich war. Vielleicht hätte er auf Mabel hören sollen. Oh, Mabel...

Einer nach dem anderen fanden sie sich in der Bar ein.

Anita und Jessica zogen sich beide für den Abend um. Anita, weil sie wohlerzogen war, Jessica, weil sie auf dem Weg vom Boot ihre Hosenbeine bespritzt hatte. Sie besaß eine Menge modischer Kleidungsstücke, die sie bei der einen oder anderen Gelegenheit von freundlichen Stylistinnen bekommen hatte, die immer besser als sie selbst zu wissen schienen, was ihr stand. Das ersparte ihr Sorgen und Gedanken, aber sie fühlte sich immer schuldig, wenn sie sie schmutzig machte.

Eric war über die beiden Ladies hocherfreut, denn schon jetzt hatten sie seinem Etablissement eine gewisse Note verliehen. Er fühlte sich fast erholt und in der Lage, den Pflichten eines Vermieters nachzukommen; inzwischen dankte er Gott, daß Mabel weg war. Er mußte sich nicht länger darüber sorgen, ob sie die Gäste schockieren, befremden oder gar mit einem von ihnen schlafen würde. Als er Jon näher betrachtete, wuchs seine Dankbarkeit. Mabel hätte ihn zum Frühstück vernascht. Es war ebenfalls von Vorteil, daß alle Gäste alleinstehend waren, denn verheiratete Paare bereiteten ihm gewöhnlich Schwierigkeiten. Männer, die, wären sie allein, sich niemals beschweren würden, fühlten sich in der Gegenwart ihrer Frauen oft veranlaßt zu bemerken, die Suppe sei ein wenig kalt, die Tasse gesprungen oder das Steak zu zäh; die Frauen waren schlimmer, sie zerrten ihn durchs Haus, um mit schmallippigen Mündern zu berichten, daß das quietschende Gasthofschild ihren Mann die ganze Nacht wach gehalten habe, wo er doch gerade nach der starken beruflichen Belastung soviel Ruhe wie möglich benötige, und sie seien hierhergekommen, um sich auszuruhen: Sei ihm das denn nicht klar? Manchmal beschwerten sie sich darüber, die Kellnerin habe ihren Mann beleidigt, und da er einmal eine Aushilfe vom Festland eingestellt hatte, mußte Eric gestehen, daß sie wahrscheinlich im Recht waren. Im Sommer gab es einen Zwischenfall, als Mabels Glasgower Kumpane gerade einen draufmachten und schließlich eine Ehefrau im Nachthemd herunterkam, ihn hinter der Bar hervorzitierte und vor aller Augen beleidigte. Die Bande erwähnte sie mit keinem Wort. Oh, nein. Die trugen schwarzes Leder, und einige von ihnen – Männer und Frauen – hatten auf ihren kahlgeschorenen Schädeln Tätowierungen. Was, so fragte er sich, sollte er ihrer Meinung nach tun? Er betrieb ein Geschäft, oder etwa nicht? Ein Gasthaus. Leute kommen in ein Lokal, um etwas zu trinken, oder? Natürlich war es problematisch, wenn die Interessen der Gäste und die der Laufkundschaft unvereinbar waren, aber was hätte er tun sollen? Es konnte einen zur Verzweiflung bringen zu beobachten, daß diese verheirateten Paare, wenn sie zusammen waren, einander nicht übermäßig ergeben waren, sie aßen schweigend, es sei denn, einer von ihnen fand etwas im Salat, was nicht hineingehörte. Eric selbst war noch nicht lange genug verheiratet, um die Feinheiten des Ehelebens schätzen zu können.

Manchmal stellte er sich immer noch vor, wie er die Kumpane einzeln oder zu zweit hinaus auf den Seetang beförderte, es wäre allerdings unpraktisch gewesen, es zu versuchen. Er hoffte, daß sie es sich nicht in ihre tätowierten kahlen Köpfe setzten, während der nächsten Tage vorbeizukommen und Mabel mitzubringen. Es schien unwahrscheinlich, denn sie schätzen Komfort, und die Campingwagen, in denen sie gewöhnlich herumlungerten, waren in dieser Jahreszeit zu kalt. Eric drückte die Daumen.

Er war unentschieden über die fortwährende Anwesenheit des Professors und Mrs. H.s, die auf ihren Barhockern festzukleben schienen und sich auf eine untergründig verbissene Diskussion über die gegensätzlichen Vorteile von Glasfiber- und Holzbooten eingelassen hatten. Keiner von ihnen hatte ein besonderes Interesse an dem einen oder anderen Bootstyp, es ging vielmehr darum, unter Beweis zu stellen, daß er – oder sie – mit der Komplexität der Materie vertrauter war als der andere. Ein ödes Thema, aber es erzeugte so etwas wie eine lebendige Atmosphäre in der Bar. Er hoffte nur, der Professor machte keine seiner seltsamen Bemerkungen, mit denen er gewöhnlich Damen vor den Kopf stieß. Er vermutete, der Mann litt unter einer Art von Minderwertigkeitskomplex, aber er konnte tatsächlich peinlich werden. Auch Mrs. H. konnte fluchen wie ein Kutscher, wenn ihr danach war. Das Mädchen schien unbedeutend, bei ihr bestand die einzige Gefahr darin, daß sie zu weinen anfinge.

»Was darf es denn sein?« fragte Eric seine Gäste. Bis auf den mit den goldenen Locken war er mit allen zufrieden. Mrs. H. inspizierte ihn bereits grüblerisch, während er mit der braunhaarigen Frau sprach und sie Jessica nannte, als kenne er sie schon ewig.

»Für mich einen Brandy«, sagte Jessica. »Danke!«

»Für mich auch«, sagte Jon und verstärkte dadurch den Eindruck, er und Jessica seien alte, gute Freunde und tränken gewöhnlich gemeinsam literweise *Napoleon* in sich hinein. Jessica erhob keine Einwände, denn es war durchaus möglich, daß sie ihn vielleicht sogar recht gut kannte. Wenn sie nicht auf der Bühne stand, sahen die meisten Menschen für sie mehr oder weniger gleich aus. Aus diesem Grund begegnete sie allen Leuten mit einer warmen und respektvollen Zwanglosigkeit, die sich nicht so einfach in die Tat umsetzen ließ, wie es schien. Es bedurfte einiger Zeit, bis sie es korrekt einsetzen konnte, einmal vervollkommnet jedoch, war es so wirkungsvoll wie eine Maske. Niemand kannte Jessica wirklich.

»Whisky mit Soda«, sagte Harry.

»Ein Glas Weißwein, bitte«, sagte Anita.

»Für mich nur Wasser, danke«, sagte Ronald.

Noch einer, der hier auf den Putz hauen wird, dachte Eric sauer.

Er vergaß für einen Moment, daß dieses Wasser auf seine Rechnung ging, und spielte mit dem Gedanken, ihm ein Glas Leitungswasser zu geben.

»Sie alle sind also über die Weihnachtstage hier«, sagte der Professor und drehte sich auf seinem Barhocker, um sie anzuschauen. »Die Insel ist im Winter ein ausgezeichneter Ort«, fügte er hinzu und bewies so, daß er mit ihr in allen Jahreszeiten vertraut war.

»Im Sommer ist es besser«, sagte Mrs. H. aus denselben Gründen.

»Ich kann mir vorstellen, daß es dann sehr voll wird«, sagte Anita. »Und das gefiele mir, glaube ich, nicht so gut. Ich glaube, es ist überall hübscher, wenn die Saison vorüber ist.« Sie dachte an die Schreibwaren- und Büroartikelabteilung in der Woche vor Weihnachten und spürte ein kleines unsicheres Zucken. Sie war chaotisch, aber lebendig, und sie gehörte ihr. Da war sie jemand. Hier war sie niemand. Sie blickte hinab auf ihren Samtrock, um sich ihrer Identität zu versichern. »Was tun Sie?« fragte sie Ronald, da sie ein wenig abseits von den anderen beisammen standen.

»Ich bin Psychoanalytiker«, sagte Ronald. Dieses Wort bewirkte wie üblich, daß die Unterhaltung, die an der Theke stattfand, unterbrochen wurde, und Ronald wünschte sich, er hätte nur gesagt, er sei Arzt. Es war schlimm genug, wenn er das sagte, denn früher oder später pirschten sich die Leute an ihn heran, um ihn nach den Nebenwirkungen des Medikaments zu befragen, das ihnen verschrieben worden war, oder nach dem Schmerz in der Mitte des oberen Rückens. Sagte er aber, er sei Psychoanalytiker, so bissen Leute je nach Temperament entweder ihre Kiefer fester aufeinander, für den Fall, daß ihnen ein Wort entwiche, das ihm sofort darlegte, daß sich ihre Psychen in einem grauenvoll unhygienischen Zustand befanden, oder sie erwarteten, daß er ihnen dabei behilflich wäre, ihr Liebesleben in Ordnung zu bringen. Gratis, versteht sich.

»Meine Güte«, sagte Anita.

»Und was machen Sie?« fragte Jessica und bewegte sich weg von Jon, der sie in einen verwirrenden Austausch über ein Ereignis an einem Drehort verwickeln wollte, das sie augenscheinlich gemeinsam erlebt hatten, woran sie sich jedoch nicht erinnern konnte.

»Ich bin Einkäuferin«, sagte Anita. »Für Mode«, fügte sie hinzu und wurde sich noch im Sprechen darüber klar, daß diese Worte aus einem Teil ihres Unbewußten aufstiegen, wo sie unausgesprochene Wünsche verwahrte und das sich ihrer Kontrolle entzog. Das dürfte Ronald interessieren, dachte sie freudlos. Woher kam es, daß sie dazu neigte, sich untypisch zu verhalten, sobald sie ihrem Milieu enthoben war, fragte sie sich. Vielleicht tat das jeder. Der Gedanke war kein Trost, denn ihr wurde umgehend deutlich, daß sie sich mit ihren Mitreisenden niemals in London treffen könnte, selbst wenn sie ihr gefielen und sie sich mit ihnen anfreundete, denn dann fänden sie die Wahrheit heraus.

»Wie faszinierend«, sagte Jessica. »Wo?«

»Oh, nur in einem kleinen Geschäft«, sagte Anita, denn sie wollte nicht, daß diese aufgeweckte Frau irgendwann in die Modeabteilung platzte und nach ihr fragte, um für ein kleines Jean Muir einen Preisnachlaß zu bekommen. »Sie würden es nicht kennen.« Was für eine Zeitverschwendung. Dadurch, daß sie sich nicht an die Wahrheit gehalten hatte, vermittelte sie jetzt den Eindruck, daß sie eine Person ohne wirkliche Bedeutung war, Angestellte in einem Hinterstraßen-Klamottenladen. Nur zu gern hätte sie gewußt, was mit ihr nicht stimmte.

»Und Sie«, sagte der Professor und lehnte sich auf seinem Barhocker vor, um Jessica aus der Nähe zu betrachten. »Was tun Sie?«

Jon trat vor und legte seinen Arm um Jessicas Schultern. »Hören Sie auf«, sagte er, »Sie wissen doch wohl, wer *das* hier ist.« Aber Jessica hatte keines ihrer Schauspielgesichter aufgesetzt, sie sprach auch nicht mit ihrer Werbespotstimme. Eine ziemlich nachdenkliche Stille trat ein, die für einige der Anwesenden nicht ohne Peinlichkeit war.

»Tee für drei?« imitierte Jon sie und zitierte so einen Werbefilm für Teebeutel, in dem Jessica von zwei rivalisierenden Freiern eingerahmt wurde, während sie gleichzeitig einen Königin-Anne-Teekessel kontrollierte und von einer Gärtnerin überschattet wurde, die einen Farn hielt.

Dieser verfluchte Farn, dachte Jessica. Er taucht in jedem

Spot, jedem Drama, jeder Fernsehkomödie, jedem Dokumentarfilm, jeder Talk-Show oder Nachrichtensendung auf. Er drängt sich in Wohnzimmern, Küchen, Büros, Kirchen, Polizeiwachen, Tankstellen, Beerdigungsinstituten, Lagerhallen. Er ist allgegenwärtig. Kein Regisseur oder Produzent ließ sich auf ein Projekt ein, ohne zunächst sicherzustellen, daß der Farn an Ort und Stelle steht. Jessica ging damals so weit, sich aufzuregen und zu schreien, sie könnten nicht bei Trost sein, als sie dieses ekelerregende Laubwerk hereinkarrten; sie protestierte und sagte, sie könne mit dieser Pflanze nicht auftreten, sie heulte und behauptete, sie würde nicht einmal seinen Anblick mehr ertragen. Sie erzählte den Anwesenden, Mike und sie spielten ein Spiel und sähen nur zusammen fern, um herauszufinden, wer von beiden als erster den Farn entdeckte. Wer ihn zuerst sah, bekam einen Punkt. Was würde wohl aus ihrer Beziehung werden, wollte sie wissen, wenn Mike sie tatsächlich unter einem sitzen sähe? Er würde sich kranklachen. Jedoch alles blieb vergeblich. Der Regisseur sagte, er sei erstaunt über sie, sie sei hoch geschätzt und gerade dafür bekannt, keine Künstlerallüren zu haben und öffentliche Auftritte zu vermeiden. Was, fragte er, sei denn über sie gekommen? Danach kühlte er ihr gegenüber spürbar ab. Und der Farn blieb an seinem Platz.

Sie tauchte aus ihren bitteren Erinnerungen auf und hörte Schreie des Erkennens. Eine ihrer Möglichkeiten, mit dieser Art von Entblößung umzugehen, war, in Träumereien abzutauchen, aber sie mußte immer wieder daraus zurückkehren. Es war nicht so schlimm wie zu Beginn, als sie sich durch Anerkennung außerhalb der Bühne herabgesetzt und beschmutzt fühlte. Jetzt hatte sie zwei Methoden angenommen, damit umzugehen: Entweder begann sie zu schauspielern, oder sie wurde äußerst und im übertriebenen Maße langweilig. Das war auch eine Art von Schauspielerei, aber sie war zu unaufdringlich, um als solche erkannt zu werden.

»Sie sind sicher hierhergekommen, um mal ein wenig Abstand von allem zu bekommen, nicht wahr?« sagte der Professor. »Bißchen aus dem Rampenlicht und dem Applaus treten, wegkommen von der Schminke. Ich habe mich schon gefragt, was eine schöne Frau wie Sie hier unten tut.«

Er ist völlig daneben, dachte Eric resignierend und begann seine Gläser mit neurotischer Geschwindigkeit zu polieren.

Warum, überlegte Jessica, konnten sie keine Rosen nehmen oder Immergrün oder Chrysanthemen oder selbst eine Vase mit Gladiolen oder eine Bananenpflanze oder eine Topfpalme oder sogar eine Käsepflanze...

»Möchten Sie noch einen?« fragte Harry.

»Ja, bitte«, sagte Jessica. Die Atmosphäre hatte sich in gewisser Weise verändert, da jetzt jeder wußte, wer sie war. Nur Harry war der alte, denn er sah nie fern und wußte immer noch nicht, mit wem er es zu tun hatte, außer daß sie die reizende Frau war, die er im Zug kennengelernt hatte. Ronald hatte sie in *Hedda Gabler* gesehen, denn seine Frau hatte ihn ins Theater geschleppt, sogar in *Phantom der Oper* hatte er gemußt. Ronald schüttelte sich bei der Vorstellung. Dachte er genau darüber nach, so stellte er fest, daß seine Frau weit davon entfernt war, perfekt zu sein. Aus Illustrierten- und Zeitungsartikeln wußte Anita alles über Jessica. Sie dachte, es wäre eine wunderbare Rache an der Einkäuferin, wenn sie ihr erzählte, mit wem sie die Feiertage verbracht hatte. Als das Wissen um all das langsam in Eric einsickerte, empfand er ein tiefes Gefühl der Dankbarkeit. Er hatte den Namen auf dem Brief, den ihm Jessica schickte, nicht mit dem bekannten Star der Teebeutelwerbung in Zusammenhang gebracht, der gelegentlich das Programm unterbrach, wenn die Bedingungen eine Übertragung auf der Insel überhaupt zuließen und er die Zeit fand fernzusehen. Dieser Name verliehe seinem Gästebuch den schönen Glanz des Ruhms. Jon hatte schon immer gewußt, wer sie war, und natürlich kannte er sie besser als alle anderen. Eric traf die kühne Entscheidung, alle Gäste an einen Tisch zu setzen, ohne sie vorher um ihre Zustimmung zu fragen. Er dachte lange über die Angelegenheit nach, und nachdem er sich vorgestellt hatte, wie fünf Personen an Einzeltischen sitzen würden und einsam an aufgetauten Spargelstangen saugten, bat er Finlay darum, ihm beim Wegschaffen der kleinen Tische und dem Aufstellen des großen runden viktorianischen Tischs zu helfen, der im Salon ohnehin zuviel Raum einnahm. Für die Inselbewohner blieb das Restaurant – oder wie er es gern nannte, der Speiseraum – über die Weihnachtstage geschlossen. Einige von ihnen und mehrere der Zugezogenen würden sich darüber ärgern, denn sie kamen gern auf Hühnchen mit Pommes frites herein, wenn sie sich danach fühlten und keine Lust zum Kochen hatten. Denen soll der Kragen platzen, dachte er rachsüchtig. Die kleinen Tische standen draußen im alten Stall. So! »Kann man heute abend bei Ihnen etwas zu essen bekommen, Eric?« fragte der Professor. »Nein!« sagte Eric. Ha ha ha! Der Gedanke streifte ihn, ob alle Gastwirte einige ihrer Gäste ebenso verabscheuten wie er.

»Das Abendessen kann serviert werden, sobald Sie bereit sind, meine Damen und Herren«, sagte er. »Wir haben keine große Auswahl, aber alles, was es gibt, ist echte Hausmannskost.« Auf seine bescheidene Weise war er stolz über seine kleine Rede. Er empfand sie ehrlich, offen und gelassen. Finlays Schwägerin war eine angemessene Köchin, sogar mit gelegentlichen Inspirationen, ihre Suppen, Fleischbrühen und Eintöpfe schmeckten besonders gut, denn sie war nicht nur Schottin, sondern hatte auch eine kurze Zeit in einer *auberge* in Dieppe gearbeitet. Wenn Finlay bei Festen oder Gelagen angetrunken war, sagte er gewöhnlich, sie habe den Kanal durchschwommen, um hinzukommen, und brach anschließend in einen Lachkrampf aus. Eric gelang es nie zu verstehen, warum Finlay das so komisch fand. Sie hatte auch eine gute Hand mit Fisch, und ihre Kuchen gingen in der Mitte auf, genau wie es sein sollte. Auf Fleisch verstand sie sich nicht so gut, die Steaks gerieten immer etwas zäh. Aber mit einem Braten konnte man nicht viel verkehrt machen – und – man konnte eben nicht alles haben.

Zum Frühstück (von sieben bis neun Uhr) konnten die Gäste zwischen Eiern mit Speck und Eiern wählen: gekocht, pochiert, *en cocotte*, Rühreier, Spiegeleier oder Omelette. Sie konnten sich auch für geräucherte Heringe oder finnischen Schellfisch entscheiden, natürlich stand ihnen ein kontinentales Frühstück mit warmen Brötchen zur Wahl – die stellten kein Problem in der Zubereitung dar, man holte sie aus der Tiefkühltruhe und steckte sie für ein oder zwei Minuten in die Mikrowelle, fertig; die machten immer einen guten Eindruck – und Marmelade oder Vogelbeergelee, die Finlays Frau zubereitete. Solche anheimelnden kleinen Details machten die Sache aus. Der Lunch sollte eine einfache Angelegenheit werden, bestehend aus Suppe, gefolgt von Schinken, Käse, Tomaten und Stangengurken und solchen Dingen, denn Finlays Schwägerin ging nach Hause, um einen Mittagsschlaf zu halten. Natürlich konnten die Gäste so viele warme Brötchen zur Suppe nehmen, wie sie wollten. Wenn sie ausgehen und über die vor Nässe triefende Insel wandern wollten, konnten sie sich Sandwiches mitnehmen. Alles unter Kontrolle.

Und was das Abendessen anbelangte...

»Mein Gott«, sagte Jessica, als sie die handgeschriebene Speisekarte studierte.

»Ich nehme Suppe und Steak-und-Nierchen-Pastete und Königin-Pastete«, sagte Ronald in ungewöhnlich schneller Entscheidungsfindung, denn er war ausgehungert, und das Wort »Pastete« stach ihm ins Auge.

»Suppe und Makrele«, sagte Harry.

»Für mich das Steak – blutig«, sagte Jon.

Verdammt, dachte Eric.

»Könnte ich die Pampelmuse haben?« sagte Jessica, »aber bitte nicht gegrillt – einfach so.«

»Für mich auch«, sagte Anita.

»...und das Steak«, sagte Jessica.

»Ich auch«, sagte Anita.

Eric war versucht, ihnen die Steak-und-Nierchen-Pastete zu empfehlen, die ihnen im Mund zergehen würde (um absolut ehrlich zu sein: Er hatte sie von einem Metzger auf dem Festland gekauft), aber er zögerte zu lange.

Die Pampelmuse war ziemlich klein und bitter. Vielleicht wuchsen sie ja am Ort, dachte Jessica gereizt. Sie war mit den Problemen, frisches und makelloses Gemüse und Obst auf Inseln zu schaffen, nicht vertraut. Als sie sich umdrehte, um sich mit Harry zu unterhalten, gewahrte sie aus dem Augenwinkel ein vertrautes Objekt. Sie wendete sich auf ihrem Stuhl vollends um und sah das Farnkraut auf einem dreibeinigen Schemel zwischen den Fenstern. Sie lachte.

»Was ist so komisch?« fragte Jon mit dem Mund voller Suppe.

»Ach nichts«, sagte Jessica, »ich dachte nur gerade, egal wie weit man fortgeht, manchen Dingen kann man einfach nicht entkommen.«

Als Eric das hörte, wurde er verstimmt. Da war sie also hier, am Ende der Welt, von allem, an das sie gewöhnt war, durch die Meere getrennt, und schien es nicht einmal entsprechend zu würdigen. Er war sehr enttäuscht von ihr.

»Sie verändern den Himmel, aber nicht ihren Geist, der über die Meere segelt«, sagte Harry.

»Wer hat das gesagt?« fragte Jessica, denn sie erkannte ein Zitat als Zitat, wenn sie eins hörte.

»Horaz«, sagte Harry.

»Natürlich«, sagte Jon.

»Sind Sie Lehrer?« fragte Anita.

»Nein«, sagte Harry. »Ich bin pensioniert, ich war in der Armee.«

Das hätte jedem sofort klar sein sollen, dachte Jessica. Er besaß die unverkennbare Sauberkeit des Berufssoldaten, militärisches Benehmen.

»Woran arbeiten Sie gerade?« fragte Anita Jessica, denn ihr fiel nichts Intelligentes ein, was sie zu einem alten Soldaten sagen könnte. Sie war nach dem Krieg geboren.

»Im Moment tue ich nichts...«, sagte Jessica, denn sie haßte es, über ihre Arbeit zu reden. Das betrachtete sie als schlechtes Omen.

»Ausruhen«, sagte Jon.

O mein Gott, dachte Jessica, kratzte über die Pampelmusenschale, und ihre Gedanken wanderten zu der Blitzsauberkeit von Offizieren. Vielleicht war das eine Gegenreaktion auf den Schlamm und das Blut auf den Schlachtfeldern, die abgerissenen Gliedmaßen, die herumliegenden Eingeweide... Als sie das Steak vor sich sah, wünschte sie, sie hätte Fisch bestellt. Sie sägte halbherzig daran herum, und Blut troff in ihren Brokkoli.

Ronald genoß ein Stück Fettkruste mit Sauce und viel Niere, und er dachte, wenn seine Frau hiergewesen wäre, hätte sie ihn bestimmt dazu gebracht nachzufragen, ob das Gemüse frisch oder tiefgefroren war. Ihn kümmerte das weder so noch so. Er aß eine halbe Kartoffel und eine Möhre.

»Haben Sie schon mal jemanden getötet?« fragte Jon plötzlich.

Eric, der hereinkam, um die Teller aufzuräumen, war über diese ungewöhnliche Frage erstaunt, während die anderen, die wußten, daß sie dem Soldaten in ihrer Mitte galt, sich zurücklehnten und ihre Servietten falteten, obwohl sie alle die Frage für ziemlich unangebracht hielten.

»Hunderte«, sagte Harry, »Aberhunderte.« Hätte er nein gesagt, so hätte Jon bestimmt wissen wollen, warum nicht. Da er seinen Apfelkuchen vor sich hatte, schien es unwahrscheinlich, daß er weitere Details über die Gemetzel wissen wollte. Jon öffnete zwar den Mund, aber Jessica kam ihm zuvor, also stopfte er sich etwas Apfelkuchen hinein.

Jessica nahm sich vor, nicht untätig dazusitzen, während ihr Freund von diesem Fatzken mit den Locken in ungebührlicher Weise ausgefragt wurde. »Im kommenden Jahr spiele ich in einem neuen Stück im Westend«, sagte sie. Sie wußte, daß diese Offenbarung das allgemeine Interesse eine Zeitlang beanspruchen würde, und hoffte nur, daß Harry sie nicht für eine Angeberin hielt.

»Werden Sie nicht nervös?« fragte Anita.

»Doch...«, sagte Jessica.

»Ein Mensch ohne Nerven könnte niemals eine gute Vorstellung geben«, erklärte Jon.

»Es gab einmal einen Schauspieler«, sagte Jessica, »der wurde jedesmal krank, wenn der Vorhang aufging, und eines Tages sagte er sich: ›Der ganze Verein kann mich mal‹ und wurde Gärtner.«

»Warum tun Sie es?« fragte Ronald und wischte sich einen Tropfen Himbeerkonfitüre aus dem Bart.

»Was?« fragte Jessica, die sich gerade einem Traum über Kohlköpfe, Chrysanthemen und Bohnenbeete hingeben wollte.

»Schauspielern«, sagte Ronald. »Warum stehen Sie auf der Bühne, wenn es Ihnen nicht gefällt?«

»Aber ich bin vernarrt darin«, protestierte Jessica. »Ich bin am meisten ich selbst, wenn ich jemand anderes bin.« Sie wünschte, sie hätte zum Abendessen keinen Wein getrunken, denn das war sicherlich eine unkluge Bemerkung in Gegenwart eines Mannes, der seinen Lebensunterhalt damit verdiente, in die Tiefen der Motive und unerfüllten Wünsche anderer Menschen zu tauchen. Womöglich hatte er sie soeben als defizitäre Persönlichkeit diagnostiziert. Ronald bedauerte seine Frage ebenfalls, denn er wollte gar nicht wissen, warum Jessica auf der Bühne stand, und befürchtete wie immer, sie begänne jetzt ein längeres Gespräch über sich und ihre Probleme oder würde ihn meiden wie die Pest. Außerhalb seiner gewohnten Umgebung dämmerte ihm, daß ihn die Probleme anderer Leute vor Langeweile fast um den Verstand brachten. Er stellte aus reiner Angewohnheit immerzu sachdienliche Fragen, und es war höchste Zeit, sich das abzugewöhnen. Es war höchste Zeit, daß er mal Ferien machte.

»Der Kaffee wird im Salon serviert«, sagte Eric.

Um zwei ging er zu Bett, nachdem er den Gasthof blitzblank geputzt hatte. In der Nacht drehte er sich im Halbschlaf einmal im Bett um und suchte die Wärme seiner Frau, aber die war in Glasgow. Ihre Seite des Betts roch entfernt nach Seetang.

Um sechs stand er auf und zündete den Kamin im Speiseraum an. Finlays Schwägerin war durch die Hoftür hereingekommen, stand bereits in der Küche und schnitt Speckscheiben auf dem Holzblock ab. Eric schaute in die Kühltruhe und vergewisserte sich, daß er geräucherte Heringe und finnischen Schellfisch vom Fischhändler auf dem Festland besorgt hatte, ging den Frühstückstisch decken, und Finlays Schwägerin konnte unbehindert mit ihren Vorbereitungen fortfahren. Mit Unbehagen dachte er daran, was er täte, wenn sie sich einen Virus fangen oder abgerufen würde, um sich um einen Sterbenden zu kümmern.

Anita kam als erste in den Speiseraum. Auf ihrem Zimmer hatte sie sich bereits mit dem bereitstehenden elektrischen Kessel und den kleinen Päckchen eine Tasse Pulverkaffee gemacht. Eric bedauerte die Notwendigkeit dieser unhöflichen Einrichtung, aber er konnte es sich nicht leisten, seine Zeit damit zu vertun, die Treppen mit Tabletts voll Morgentee rauf und runter zu laufen. Die warmen Brötchen würden jeglichen Zweifel an seiner Fürsorge ausräumen. Die Butter hatte er auch in Schälchen gegeben, denn er wußte, daß jeder diese kleinen Portionspäckchen haßte, denn eines enthielt nicht genug Butter für eine Scheibe Toast, während zwei zuviel waren. Das waren die kleinen Details, die den wirklichen Unterschied ausmachten.

»Wünschen Sie Ihr Frühstück?« fragte Eric.

»Nein«, sagte Anita. »Ich warte, bis die anderen herunterkommen.«

»Kaffee?« sagte Eric.

»Mmh... ja, bitte«, sagte Anita. Sie stand am Kamin und schaute in die neu entfachte Glut. Sie durfte nicht zuviel Kaffee trinken, denn der wirkte verdauungsfördernd, und sie wollte einen Spaziergang machen.

Harry hatte bereits bei Tagesanbruch einen Spaziergang am Strand gemacht und trat jetzt ein, den Schal immer noch um den Hals gewickelt. Ronald und Jessica kamen kurz danach herunter. Aber von Jon kein Lebenszeichen. Das erstaunte Eric nicht. Nach dem, was er von Jon gesehen hatte, hielt er ihn weder für taktvoll noch pünktlich. Er entschied, daß Jon ihn einmal könne, käme er auch nur eine Minute nach neun herunter. Er war bereit für die Gäste, die es zu schätzen wußten, keine Umstände zu scheuen, aber wenn dieser Jon sich nicht vorsah, dann fände er mehr in seiner Suppe, als er sich vorstellte. Eric fing sich wieder. Er durfte sich nicht gehenlassen und es sich zur Angewohnheit machen, bestimmte Gäste zu hassen, oder er machte sich nur selbst verrückt. Er mußte eine ruhige distanzierte Haltung bewahren – eher wie ein Psychiater – und durfte sich nicht gestatten, sich aufzuregen.

Jon wachte gegen Mittag auf, als Finlays Schwägerin kam, um sein Bett zu machen. Splitternackt kroch er unter den Laken hervor und wickelte sich nur widerwillig ein Handtuch um die Hüften. Das berührte Finlays Schwägerin nicht. Wäre Eric dabeigewesen, er hätte ihren lauteren Charakter noch tiefer schätzen gelernt, denn eine andere Frau wäre schreiend nach unten gelaufen und hätte vom Wirt verlangt, etwas zu unternehmen.

»Ich glaube, wir haben recht daran getan hierherzukommen«, sagte Jessica vor dem Gasthof. Sie schnupperte die Luft wie ein Jagdhund. »Ich zweifelte einen Moment, aber jetzt bin ich sicher. Die verrückte Frau mit den hochhackigen Schuhen hatte mich ein wenig verunsichert. Ich befürchtete, es könnte hier auf der Insel noch mehr von der Sorte geben, denn sie war überhaupt nicht das, was ich mir vorgestellt hatte. Ich frage mich, wer sie war?«

»Ich glaube, das werden wir nie erfahren«, sagte Harry. »Vielleicht ist sie im Sommer gekommen und einfach dageblieben. Im Sommer kommen die Menschen in Horden.«

»Wie Vögel...«, sagte Jessica und dachte daran, wie grauenvoll es sein müßte, wenn man ein Zugvogel wäre und alle Kumpane plötzlich losflögen, während man selbst gerade versuchte zu telefonieren oder seinen BH zu finden oder so. »Sie kennen diese Insel, nicht wahr?« sagte sie zu Harry. »Sie waren schon einmal hier.«

»Ja«, sagte Harry. »Ich war schon einmal hier.«

»Das dachte ich mir schon«, sagte Jessica, »als der Seeman Sie erkannte.« In ihrer Phantasie hatte sie sich ausgemalt, daß Finlay kein Seemann, sondern Harrys Bursche im Krieg war. Eine innere Stimme, zum Teil Instinkt, zum anderen Teil erworben durch ihre Berufspraxis, machten ihr klar, daß sie die Angelegenheit nicht weiter verfolgen sollte.

»Ich zeige Ihnen die Insel ein wenig, wenn Sie möchten«, sagte Harry dankbar für ihre Zurückhaltung und ging über die Straße, von der er geglaubt hatte, er beträte sie niemals wieder. Mit aufgestelltem Kragen ging Jessica neben ihm her. In der Luft lag ein kalter Regen, der sich jeden Moment in Schnee verwandeln konnte.

»Wir kommen zum Point«, sagte Harry, nachdem sie eine Weile gegangen waren. »Hinter dieser Klippe ist bis Island nichts mehr.« Er stand da und schaute aufs Meer, drehte sich dann langsam um und blickte aufs Land. Ein rechteckiges Haus halbbedeckt von blattlosen Kletterpflanzen stand auf dem ersten Hang eines niedrigen Hügels und starrte mit blinden Fenstern aufs Meer hinaus.

»Meine Frau wurde hier geboren«, sagte Harry nach einer Ewigkeit. Jedenfalls kam es Jessica so vor, denn ihr wurde kalt. Sie fühlte, wie ihr noch kälter wurde.

»Was geschah mit ihr?« fragte sie.

»Ich habe sie von hier fortgeholt«, sagte Harry. »Nach dem Krieg war ich im Ausland stationiert und habe sie mitgenommen. Auf dem Schiff nach Hause starb sie, und wir bestatteten sie auf See.«

»Es war nicht Ihre Schuld«, sagte Jessica.

»Ich weiß...«, sagte Harry. Er schaute wieder aufs Meer. »Einige Jahre später«, fuhr er in leichtem Ton fort, »ist mein Sohn genau vor diesen Felsen da draußen ertrunken. Er war siebzehn.«

Jessica bekam das Gefühl, sie hätte ihren Text vergessen. »Oh...«, sagte sie.

»...und angesichts dessen«, sagte Harry, »das war auch niemandes Schuld. Seine Jolle kenterte, aber er konnte schwimmen wie ein Seehund. Er muß mit dem Kopf aufgeschlagen sein...«

Genau jenseits der Felsen war ein Seehund. Als Jessica hinsah, tauchte er unter. »Warum sind Sie hierhergekommen?« fragte sie. Die Frage kam überraschend, aber es gibt keinen festgeschriebenen Text für Trauernde.

»Ich weiß nicht«, sagte Harry. »Ich weiß wirklich nicht.«

»Gehen wir besser zurück«, sagte Jessica. »Es fängt an zu schneien.«

»Als wir ihn aus dem Wasser zogen, sah er aus, als schliefe er. Sein Großvater begrub ihn... habe ich Ihnen gesagt, daß der Vater meiner Frau hier Geistlicher war?«

»Nein«, sagte Jessica, »das haben Sie mir nicht erzählt.«

»Finlay grub das Grab. Es ist eine seiner Aufgaben hier, die Gräber zu graben. Wußten Sie das?«

»Nein«, sagte Jessica, »das habe ich nicht gewußt.«

»Wie sollten Sie auch«, sagte Harry. »Verzeihen Sie mir. Ich habe laut gedacht.«

Nie zuvor hatte er über diese Toten gesprochen, nur still mit sich herumgetragen hatte er sie, fest an sein Herz gebunden. »Es tut mir leid«, sagte er wieder. »Ich hätte Sie damit nicht belasten dürfen.«

»Sagen Sie so etwas nicht«, sagte Jessica abwesend, denn sie fragte sich, warum es gegen Trauer kein Mittel gab. Wenn sich jemand das Bein brach oder Kopfschmerzen oder Krebs hatte, gab es immer etwas, das man tun konnte – Aspirin oder Whisky oder Morphium oder einfach nur Freundlichkeit. »Kommen Sie, ich lade Sie zu einem Brandy ein«, sagte sie, denn etwas anderes gab es nicht.

In der Eingangshalle des Gasthofs zog sie ihren Mantel aus und hängte ihn an einen Haken neben einen alten Pelz. Sie vermutete, daß ein Gast sich betrunken und später beim Gehen vergessen hatte, ihn anzuziehen. In der Bar saßen mehrere Leute bei einem Imbiß aus Käse und Brot; »das Mittagessen des Pflügers« nannten sie es hier. Wenn die das Mittagessen des Pflügers essen, dachte sie völlig blödsinnig, was ißt dann der arme Pflüger? Eric bot in der Bar nur Suppe, Sandwiches und den Pflüger an, denn er lehnte es ab, Finlays Schwägerin Gerichte wie Grillhähnchen oder fritierte Krabben zuzumuten.

»Ihr Lunch ist im Speiseraum für Sie bereitet«, sagte er zu Jessica und Harry. »Bitte sagen Sie mir, wann Sie Ihre Suppe wünschen.«

»Das hat keine Eile«, sagte Harry. »Wissen Sie, wer im Pfarrhaus lebt?«

»Sie meinen das alte Pfarrhaus?« fragte Eric. »Der Pfarrer lebt schon lange nicht mehr, glaube ich, irgendeiner aus London hat es jetzt. Es heißt jetzt das Alte Pfarrhaus. Im Winter kommt er gewöhnlich nicht herunter – im Sommer kommt er mit einer Masse Leute, um zu segeln.«

Jessica wünschte, Harry hätte diese Frage nicht gestellt. Egal wie die Antwort ausfiele, sie wäre in jedem Fall schmerzhaft. Sie stellte sich einen jungen Harry vor, wie er bei Ebbe mit seiner jungen Liebe am Strand Muscheln suchte und dann nach Hause ging, um sie im Pfarrhaus zu kochen, während der alte Geistliche in seinem Arbeitszimmer Predigten schrieb...

»Möchten Sie einen Brandy?« fragte Harry.

Jessica nahm sich zusammen. »Der geht auf mich«, sagte sie, »und für mich eine Bloody Mary.« Sie stellte sich Harry und seine Frau vor, wie sie mit dem kleinen Jungen paddelten und lachten... Aufgebracht über sich selbst fragte sie: »Wo sind die anderen?« Sie tat es, als interessiere sie es überhaupt nicht.

Eric zuckte mit den Achseln. »Wohl unterwegs, glaube ich«, sagte er. Ihn interessierte es auch nicht, solange sie zum Mittagessen nicht zu spät kamen und er nicht die Tische abräumen mußte, wenn es Zeit wurde, den Pub zu öffnen. Trotz der laxen Gesetze schloß er den Pub nachmittags. Heute war recht viel zu tun. Der Professor, das Mädchen und Mrs. H. waren wieder da, und mehrere Insulaner gossen große Biere in sich hinein und verzehrten Schinkensandwiches. Er glaubte schon, das Blatt habe sich für ihn gewendet, als er bemerkte, daß alle Jessica ansahen, und ihm wurde klar, daß sich nur die Nachricht verbreitet hatte, auf der Insel befände sich eine Berühmtheit.

»Nun, was haben Sie heute gemacht?« wollte der Professor von Jessica wissen.

»Ich bin am Strand spazierengegangen«, sagte Jessica.

»Da müssen Sie bei mir vorbeigekommen sein«, sagte der Professor, »da unten links. Nächstes Mal müssen Sie unbedingt vorbeischauen.« Das Mädchen im Dufflecoat machte ein finsteres Gesicht. »Das ist Amalia«, fiel dem Professor dazu ein.

Jon schoß herein. »Wo warst du?« sagte er zu Jessica. »Ich habe dich überall gesucht.«

»Warum?« fragte Jessica, erstaunt über den anklagenden Ton.

Jon starrte sie mißtrauisch an. Spielt die Unschuldige, wie? Nun, sie würde schon noch lernen, daß er so was von seinen Frauen nicht einfach schluckte. »Du weißt *genau*...«, begann er, doch da bemerkte er, daß ihn die Leute merkwürdig ansahen. »Ich habe eine Idee«, sagte er, »für ein Stück – das alles hier hat mich darauf gebracht...«

Oh, zur Hölle! Jessica verfügte über eine Möglichkeit, mit so was umzugehen, aber es fiel ihr gerade nicht ein. »Erzähl mir davon«, sagte sie, und er begann tatsächlich. Also eigentlich nicht *jetzt gleich*, dachte sie, nicht in diesem Moment. Eigentlich meinte ich überhaupt nicht, und schon gar nicht *jetzt*.

»Das klingt mir nach Fachsimpelei«, sagte der Professor und beäugte abfällig Jons blonde Locken. »Keine Fachgespräche auf der Insel. Das erlauben wir nicht.«

»Nein, nein«, sagte Eric mit gedämpfter Stimme. »Nein, nein, nein. So was lassen wir hier nicht zu.« Er sah sich um und vergewisserte sich, daß genügend kräftige Männer anwesend waren, falls das nötig wurde, und kam hinter der Theke vor.

Die Insulaner vermieden Gewalt, denn das zog nur die Aufmerksamkeit der Polizei auf sich. Auf der Insel gab es nur einen Polizisten, und da sie nicht wollten, daß diese Zahl wuchs, vertraten sie ihn *in absentia*, wann immer sie konnten. Das war ein Teil der Inselmentalität. Insulaner sind daran gewöhnt, ihre Probleme selbst zu lösen, und verabscheuen Einmischungen von außen. Erst in der letzten Saison, als die Kahlköpfigen da waren, hatten es die Einheimischen vorgezogen, sich in den Hintergrund zurückzuziehen. Sie waren daran gewöhnt, diejenigen zu entwaffnen, die einen zuviel getrunken und sich deshalb in den Kopf gesetzt hatten, ihre Frauen zu erschießen, – oder sie hievten die hoffnungslos Betrunkenen aus schneeverwehten Erdlöchern, trockneten sie ab und trockneten sie aus, bevor sie sie mit von Traktoren gezogenen Anhängern nach Hause schafften, die mit Schafsmist beladen waren. Sie behandelten diese Zwischenfälle ebenso selbstverständlich, wie ein Festlandbewohner mit jemandem umgeht, der Schluckauf hat und dem er als menschliche Geste von hinten einen kalten Schlüssel in den Hemdkragen fallen läßt, oder wie ein Moskauer, der Schnee auf die Nase eines Mitbürgers reibt, der sich selbst noch nicht darüber im klaren ist, daß seine Nase erfriert. In ihrem Verhalten war ein gewisses Maß an Altruismus, aber es war nur ein geringer Aufwand, in diesen kleinen Dingen behilflich zu sein, wenn es darum ging zu vermeiden, daß die Behörden hineingezogen wurden. Mediziner standen wegen ihrer Haltung gegenüber Alkohol hier nicht in sehr hohem Ansehen.

»Ich glaube, ich hätte gern ein Bier«, sagte Harry. »Was darf es denn für die anderen sein?« Er trat zwischen Jon und den Professor und fingerte in seiner hinteren Hosentasche nach seinem Geld. Der Winkel seines Ellbogens zwang Jon ein kleines, aber sicheres Stück vom Professor weg.

»Ach, du liebe Zeit«, sagte Mrs. H. und kicherte.

Eric lehnte sich über die Theke und warf ihr einen Blick zu; sie schwieg. Ronald und Anita traten genau in diesem Moment ein, wurden in die Runde einbezogen, und die Spannung wich – hauptsächlich, weil keiner von beiden sie bemerkte.

»Oben auf dem Hügel ist es sehr schön«, sagte Anita. »Man kann meilenweit sehen, leider war es etwas neblig. Meine Sachen sind ganz klamm.«

»Sie müssen sich warm anziehen«, sagte Eric. Natürlich war es etwas neblig. Es war Dezember. »Hinter der Bergkuppe kann man Ponys mieten und Ausritte unternehmen.« Er fühlte, er sollte sie warnen, daß die Klippe im Nebel gefährlich sein konnte. Schon so manches unachtsame Tier, aber auch gelegentliche Touristen waren gedankenlos über den Rand hinausgegangen, aber er wollte andererseits die Insel nicht verunglimpfen. Egal auch, die Vorteile überwogen bei weitem die Gefahren – auf jeden Fall für die, die die Augen aufmachten.

»Gibt es hier auf der Insel eigentlich viel Kriminalität?« fragte Ronald. Die Einheimischen in der Ecke hatten seine Aufmerksamkeit auf sich gezogen: sie wirkten gefährlich und nicht besonders sauber. Die Theorien von Lombroso interessierten ihn sehr. Vielleicht lohnte es sich, sie noch einmal zu untersuchen. Es bedürfte dafür eines Außenstehenden, der über umfassendes Wissen über die Komplexität des menschlichen Organismus verfügte und das Thema kritisch und in klinischer Manier anginge.

»Nein«, sagte Eric.

»Mord, Inzucht, Vergewaltigung«, sagte der Professor lachend. »Nur das übliche.«

Ronald, der nichts anderes erwartet hatte, war nicht erstaunt, nur Anita schaute beunruhigt.

»Es gibt nur wenig Diebstähle«, sagte Mrs. H. leichthin. »Ich kann mein Haus Tag und Nacht offenlassen.« An der Seite ihres Halses leuchteten drei rote Liebesmale. Nutte, dachte Eric.

»Ich bin hungrig«, sagte Jessica in die Runde. »Sie auch?« wandte sie sich an Harry.

Jon sah ihnen nach, als sie gemeinsam zum Speiseraum gingen. Er fürchtete den alten Mann nicht als Rivalen, aber er mochte die Art nicht, wie Jessica ihn ignorierte – wie sie sich rar und damit interessant machen wollte.

Der Professor wandte Anita seine Aufmerksamkeit zu. »Glauben Sie, daß Frauen Phantasien haben, in denen sie Männer vergewaltigen?« fragte er. »Phantasieren Männer darüber, von Frauen vergewaltigt zu werden?«

»Ich habe keine Ahnung«, sagte Anita. Der Professor erinnerte sie an einen Mann in der Buchhaltung, der solche Sachen auf Betriebsausflügen sagte. Ihre Mutter hätte es als unanständiges Gerede bezeichnet, und obwohl Anita zu modern war, um eine solche Formulierung zu gebrauchen, hielt sie es doch für eindeutig unromantisch.

»Nein«, sagte Ronald, der über die Frage nicht nachzudenken brauchte, denn er kannte die Antwort. »Frauen haben keine Phantasien über die Vergewaltigung von Männern, denn sie haben kein...« Er hielt inne, denn er wurde sich bewußt, daß er nicht in seinem Sprechzimmer saß, wo man frei sprach und er stolz darauf war, die Dinge beim Namen zu nennen, sondern in einer öffentlichen Bar.

»Sie haben kein Was?« fragte Mrs. H angeregt.

»Sie haben nicht den nur kaum sublimierten libidinösen Trieb der ödipalen Kompulsion, der in der anfälligen Psyche zu einem offenen und gesellschaftlich nicht akzeptierten Ausdruck eines psychotischen Fehlverhaltens führen kann«, sagte Ronald.

»Wie war das?« sagte Mrs. H., und ihre Begeisterung kühlte sich über diese bedeutungslose Bemerkung umgehend ab. Ronald war mit sich zufrieden. Er hatte herausgefunden, daß er weder den Professor noch Mrs. H. mochte, und hatte sie mit seiner wohlformulierten Wendung mundtot gemacht. Die Ferien mußten ihn schon jetzt erholt haben, wenn er sich so entspannen konnte, daß er mit seinem professionellen Wissen Leute zum Schweigen bringen konnte, die ihm unsympathisch waren. Natürlich mußte er jetzt aufhören, bevor er unverantwortlich wurde, aber er dachte darüber nach, ob er unter Umständen einen ausgeprägteren Sinn für Humor entwickelte – eine Qualität, die seine Frau bei ihm für unterentwickelt gehalten hatte. Er fühlte, wie er lächelte.

Eric war ebenfalls mit sich zufrieden. Er wollte keine tiefsinnigen Diskussionen an der Bar, aber alles andere war immer noch besser als die Art, wie die beiden das Gespräch an sich gerissen hatten.

Anita war beeindruckt. Sie hatte Ronald auf dem Rückweg vom Hügel zufällig getroffen und fand ihn umständlich. Jetzt wurde ihr bewußt, daß sie ihn unterschätzt hatte, denn hier handelte es sich eindeutig um einen Mann, der sowohl intelligent als auch ernsthaft war. Sie fragte sich, ob er verheiratet war.

»Was für ein *Spielverderber*«, sagte Mrs. H., als Ronald hocherhobenen Hauptes und mit Anita an seinen Fersen zum Speiseraum schritt. »In seinem Fach ist er brillant, der Mann«, sagte Eric. »Weltberühmt.«

»Ich habe noch nie von ihm gehört«, sagte Mrs. H.

»Nein?« sagte Eric. »Nun ja, das hätten wir auch nicht von Ihnen erwartet, oder etwa doch?« Das war die größte Unhöflichkeit, die er sich im Umgang mit den Spielern je erlaubt hatte.

»Ja, ja! Und ich muß Sie für immer lieben und dennoch verlassen«, sagte der Professor und stand von seinem Barhocker auf. Das Mädchen folgte ihm. Niemand zeigte Anzeichen von Bedauern.

»Die Neubeurteilung einer historischen Figur stellt immer ein schwieriges Problem dar, besonders wenn ihre Geschichte noch relativ neu ist und andere Personen in den vergangenen Jahren ihre eigenen Versionen ihres Charakters und der Ereignisse in ihrem Leben gegeben haben – einige von ihnen standen ihr zeitweilig näher als andere; wiederum andere verhielten sich den Prinzipien und Ideen gegenüber feindlich, die sie auf ihrem Weg während ihres Aufenthalts auf der Erde begleiteten. Die Helden von gestern werden von der folgenden Generation oft verspottet und geschmäht, denn sie versuchen sich mit allen Mitteln von den Zwängen der Vergangenheit zu befreien.«

Immerhin kommt das der Wahrheit am nächsten, dachte Harry, aber diese Einleitung hatte ihn noch nie richtig zufriedengestellt, und deshalb pirschte er sich immer wieder heran, versuchte sie zu überraschen und sich gefügig zu machen. Die folgenden achtzig Seiten – in seiner reinlichen soldatischen Handschrift – wurden zunehmend besser, so wie sein Selbstbewußtsein und seine Fähigkeit wuchsen. Nur der Anfang blieb störrisch. Und wie könnte er darüber hinaus eine überwiegend weltliche Leserschaft von Gordons tiefem und unerschütterlichem Glauben an Gott überzeugen? Vielleicht interessierte es sie gar nicht. Gordon, mehr als alles andere dafür berühmt, ein angesehener Viktorianer gewesen zu sein, war schon zu Lebzeiten ein Anachronismus. Was hätten seine Glaubensbrüder zum Beispiel daraus gemacht: »Ich halte den Moslem für einen ebenso guten Christen wie die meisten Christen und glaube nicht, daß er eine bösartige Gefahr darstellt. Wir sind alle mehr oder weniger Heiden. Ich mag den Moslem; er schämt sich seines Gottes nicht; sein Leben ist relativ rein; zugegeben, er gibt sich einen großzügigen Spielraum in bezug auf Frauen, auf keinen Fall aber kommt er anderen ins Gehege. Können unsere christlichen Völker dasselbe von sich sagen?« Diese Anerkennung des Islam würde in bestimmten Kreisen auch heute noch böse Blicke ernten, obwohl die Gründe andere wären. Harry fragte sich, ob er zu alt dafür war, der jüngeren Generation überhaupt noch etwas mitteilen zu können.

Jessica klopfte an seine Tür. »Oh«, sagte sie, als sie die Papiere und den geöffneten Füller auf dem Tisch am Fenster liegen sah. »Sie arbeiten. Es tut mir leid.« Sie überlegte, was er wohl schrieb, war aber zu höflich zu fragen und blieb in der Nähe der Tür stehen, um nicht den Eindruck zu erwecken, sie schaue neugierig auf die dichtbeschriebenen Blätter. »Ich gehe wieder.«

»Nein, bleiben Sie ruhig«, sagte Harry. »Für heute bin ich fertig.«

»Sind Sie sicher?« fragte Jessica. »Denn ich will wirklich nicht stören, aber der griechische Gott macht mich wahnsinnig. Jon meine ich. Immerzu redet er von einer Zeit, die wir gemeinsam an einem Drehort verbracht haben sollen, aber ich kann mich beim besten Willen nicht daran erinnern. Entweder war ich stockbetrunken, oder es ist nie passiert, und er ist der Wahnsinnige.« Es war möglich, daß sie völlig in eine Darstellung vertieft war und sich darauf konzentriert hatte, ihren Text nicht zu vergessen, oder sie regte sich gerade über Mike oder jemand anderen auf, aber es war beunruhigend sich vorzustellen, die Episode hätte tatsächlich stattgefunden, und sie konnte sich an nichts erinnern. »Ich träume manchmal so vor mich hin«, sagte sie.

»Vielleicht treffen Sie einfach zu viele Leute«, sagte Harry. »Ich hatte einen Bruder im diplomatischen Dienst, der hatte dasselbe Problem. Nach einiger Zeit sagte er, alle Leute sähen absolut gleich aus, und schließlich mache es auch keinen Unterschied mehr. Er wählte zwischen zwei Gesichtsausdrücken – einem für ehrliches Interesse und einem für allgemeine Freundlichkeit, und nachdem er seinem Gegenüber eine oder zwei Minuten lang zugehört hatte, konnte er sagen, welchen er wählen sollte. Konzentrierte er sich dann für einen Moment, war er in der Lage, sich zu erinnern, wer der andere war. Er sagte, wenn man sie einfach reden ließ, sprachen sie fast immer über sich selbst.«

»In meinem Geschäft gibt es eine Menge griechische Götter«, sagte Jessica. »Dutzende. Ich finde, sie sollten Etiketten tragen, wie Marmelade. ›Schwarze Johannisbeere: Vor dem 25. Dezember 2000 verzehren.‹ Hat er Karriere gemacht – Ihr Bruder?«

»Die ganz große«, sagte Harry.

»Sie halten mich sicher für blöd«, sagte Jessica. »Was schreiben Sie?« Sie wollte eigentlich nicht fragen, aber sie fühlte sich bei Harry wohl.

»Es ist über Gordon«, sagte Harry. »Den Chinesen Gordon. Gordon von Khartum«, ergänzte er, als in Jessicas Blick kein Erkennen blitzte.

»Oh, der«, sagte Jessica. »Sie haben einen Film über ihn gemacht, mit Olivier als der Mahdi. Warum?« fragte sie.

»Diese Frage habe ich mir auch gerade gestellt«, antwortete Harry.

Jessica wurde verlegen. Er durfte sich Fragen stellen, aber sie nicht. »Verzeihen Sie«, sagte sie, »Ich wollte nicht neugierig sein.«

»Nein«, sagte Harry. »Sie können behilflich sein. Was halten Sie davon?« Er blätterte um und las: »Eines Tages stieß ein Moogi Balaam vom Ufer eines Flusses einen Fluch gegen ihn aus, und Gordon notierte, es sei merkwürdig, daß kurz darauf ein Verhängnis geschah. Er schrieb: ›Ich glaube, Gott hört auf die Schreie der Heiden, die ihn nicht kennen. Diese Gebete waren ernste Gebete um himmlische Hilfe, in denen der Betende wußte, daß er von einer unbekannten Kraft Hilfe brauchte, um die Gefahr abzuwenden. Daß der Eingeborene den wahren Gott nicht kennt, ist wahr, aber Gott kennt ihn, und er drängte ihn zum Gebet und beantwortete sein Gebet.‹ «

»Also das nenne ich großherzig«, sagte Jessica. »Ich hätte dem Moogi Dingsbums eine zurückgeflucht.«

»Ich weiß«, sagte Harry. »Gordon war ein komplexer Mann. Er war Christ, aber als er in die Hände des Königs von Abessinien geriet, der sagte: ›Sie sind Christ und Engländer‹, sagte Gordon, er sei genausogut Ägypter und Moslem. Er glaubte auch an Wiedergeburt... langweile ich Sie damit?««

»Nein«, antwortete Jessica. »Ich finde das sehr interessant. Ich kenne niemanden, der so ist.«

»Das ist das Problem«, sagte Harry, »ich glaube, das geht heute allen Menschen so. Wie soll ich also ein überzeugendes Bild von einem Typ Mann zeichnen, der ausgestorben zu sein scheint? Er glaubte auch an Fröhlichkeit; er konnte Leute mit, wie er es nannte, ›Gewürzständer-Gesichtsausdruck‹ nicht ertragen. Hören Sie: ›Warum sind Menschen wie Leichenwagen und sehen aus wie Leidensbilder? Das muß von Unzufriedenheit mit der Regierung Gottes herrühren, denn alle Dinge werden von ihm gelenkt. Wenn ein trübseliges Äußeres guttäte, würde ich sagen, sei sehr trübselig; aber das stimmt ja nicht.‹ Als der König von Abessinien ihn mit Säbeln bedrohte, sagte er schließlich, er vertue seine Zeit, denn abgesehen davon, daß er ihn fürchte, weil sein Leben in seiner Gewalt sei, wäre er jedem extrem dankbar, der ihn von eben dieser Last befreite...«

»Wie Humphrey Bogart«, sagte Jessica. »In *Casablanca*. Ingrid Bergman droht damit, ihn zu erschießen, und er sagt: ›Mach schon. Du tust mir einen Gefallen damit.‹ «

Harry sagte nicht, daß er diese Haltung sehr gut nachvollziehen konnte. Wenn er über Männer las, die jünger als er auf die eine oder andere Weise ums Leben gekommen waren, war er sich oft bewußt, daß ihn ein schmerzhaftes, sehnliches Gefühl von Neid überkam.

»Wie dem auch sei«, sagte er und drehte seinen Füller mit Entschiedenheit zu, »gehen wir und schauen, was man uns zum Tee vorsetzt.« Er bemerkte überrascht, wie sehr er es gebraucht hatte, sich mit jemandem über seine Tätigkeit zu unterhalten, und Jessica verspürte die schläfrige Dankbarkeit eines Kindes, dem eine Geschichte erzählt worden war.

Als sie hinunterkamen und den Speiseraum betraten, war Jon verschwunden. Harry bewegte sich wie gewöhnlich vorsichtig, denn er hatte gelernt, an den gefährlichen Spitzen der Geweihe, die über der Tür dräuten, kein Auge zu verlieren.

»Das schlimme an Vollpension ist«, sagte Jessica, »daß man absolut alles ißt *und* Tee und Kuchen obendrein. Die müssen die Türen verbreitern, um mich hier raus zu kriegen.«

»Ja, nicht wahr?« sagte Anita. »Ich habe mir geschworen, nichts zum Tee zu nehmen, aber es sieht einfach zu köstlich aus.«

Finlays Schwägerin, die nach ihrer Mittagsruhe zurückgekehrt war, stellte schweigend eine Schale Himbeerkonfitüre zu den anderen Dingen auf den Tisch und ging wortlos zurück in die Küche.

»Ich habe sie noch nie einen Ton sagen hören. Sie?« fragte Anita.

Keiner hatte. Ronald aß Brot und Butter und fragte sich, wie es zubereitet worden war. Da er so gut ernährt und das Bett für ihn gemacht wurde, hatte er aufgehört, sich weitere Gedanken über seine Frau zu machen. Er fand das interessant, denn die Theorie besagte, daß sexuelle Lust mit körperlicher Entbehrung ab- und mit vier soliden Mahlzeiten pro Tag zunahm. Entweder stimmte die Theorie nicht, oder er war nicht normal.

»Im Dorfsaal ist heute abend Tanz«, sagte Eric von der Tür aus. »Ich weiß, daß Sie hier sind, um sich auszuruhen, aber wenn Sie sich ein wenig Lokalkolorit anschauen möchten...« Er blickte über die Schulter, um sicherzugehen, daß kein Insulaner sich anschlich, um zuzuhören, denn im Unterschied zu anderen gehorsamen Eingeborenen haßten es die Einheimischen, zur Erbauung der Touristen zu singen und zu tanzen. Sie sind ein mürrischer Haufen, dachte er verzweifelt.

Ronald, der eine Menge Biskuittörtchen aß, zuckte zusammen: Tanz im Dorfsaal klang auf jeden Fall schlimmer als *Das Phantom der Oper*. Seine Züge hellten sich auf, als er sich darüber klar wurde, daß seine Frau, wäre sie dabeigewesen, ihn sicher dorthingeschleppt hätte. Sie betrachtete es als ihre Pflicht, Kultur, wo und wann immer sie angeboten wurde, in sich aufzunehmen. Er erinnerte sich an einen Flamencoabend damals in Andalusien...

»Gehen Sie hin?« fragte Anita.

Selbstvergessen in masochistischen Erinnerungen, merkte Ronald zunächst nicht, daß er es war, den sie zuerst ansprach. Als er es erkannte, reagierte er mit einem vehementen *Nein*, wurde sich aber umgehend bewußt, daß seine abrupte Ablehnung ein erstauntes Schweigen auf die Runde legte und fuhr fort: »Ich tanze nicht gern«, erklärte er.

»Sie müßten ja nicht tanzen, sie könnten einfach zusehen«, sagte Anita.

»Ich sehe mir nicht gern Tänze an«, sagte Ronald. Anita begann ihre kürzlich gewonnene Meinung über seinen Charakter und seine Fähigkeiten zu korrigieren... »Die Darstellung anderer anzuschauen, meine ich«, sagte Ronald, der sich ebenfalls bewußt wurde, daß er wie ein aufmüpfiger Fünfjähriger klang, »ist ein ebenso extrovertierter Ausdruck von Persönlichkeit wie die unverhohlene Darstellung selbst.« Er schlug seine Zähne in ein Stück Dundee-Kuchen.

»Dann müssen Sie«, sagte Anita, nachdem sie darüber nachgedacht hatte, »introvertiert sein.«

»Ja«, sagte Ronald gemessen. »Wenn wir die Geltung des Konzepts akzeptieren und seine Terminologie anwenden – dann, ja –, dann würde ich mich als introvertiert bezeichnen.« Er sorgte sich im Moment nicht sonderlich um die merkwürdigen Freundlichkeiten, die aus seiner Person zutage gefördert wurden, denn er beobachtete die sich langsam entwickelnde Reaktion auf die Abwesenheit seiner Frau an sich. Sie war nicht hier und... das stellte irgendwie eine Erleichterung dar. Erstaunt saß er mit leicht geöffnetem Mund da. Einige Krumen Dundee-Kuchen fielen in seinen Bart.

»Ich glaube, *ich* gehe hin«, sagte Jessica zu Anita. »Sollen wir zusammen gehen?« Sie wußte, daß Harry für diese abendliche Unterhaltung nicht zur Verfügung stand.

»Gern«, sagte Anita.

Jon, der nun seinerseits die Strategie des Sich-Rarmachens anwendete, saß weit von Jessica entfernt unter dem Farn und fragte sich, was ihre Motive sein mochten. Warum lud sie die Boutiquetante ein, mit ihr zum Dorfsaal zu gehen? Sie war noch verschlagener, als er dachte. Na gut – wenn sie Spielchen spielen wollte...

Ronald stierte noch immer ins Leere. Er sah tiefsinnig oder schwachsinnig aus – das hängt ganz von Ihnen ab –, als er eine schnelle Neubewertung all dessen anstellte, was er für heilig hielt. Er hatte widerspruchslos akzeptiert, daß zwischenmenschliche Beziehungen der Dreh- und Angelpunkt, die Stütze, Anfang und Ende von allem, der Sinn und die Bedeutung menschlicher Existenz darstellten. Und jetzt – *scheiß* auf zwischenmenschliche Beziehungen, dachte er und langte geistesabwesend nach der letzten Scheibe Brot mit Butter. Er täuschte sich nicht damit, daß er notwendigerweise in dieser Geisteshaltung verweilen würde, jedoch war es interessant, daß er sich dessen bewußt geworden war.

»Treffen wir uns um sieben in der Bar«, sagte Jessica.

»In Ordnung«, sagte Anita.

An diesem Abend war die Bar so voll wie nie zuvor in dieser Jahreszeit, einige Ortsansässige, Mrs. H., der Professor und ein Mädchen im Dufflecoat.

»Das ist Patricia«, sagte der Professor.

»Gin Tonic«, sagte Jessica zu Eric.

»Na, gehen Sie zum Schwof?« fragte Mrs. H.

»Ja«, sagte Jessica. »Wir dachten, wir schauen mal rein. Und Sie?« fragte sie aus Höflichkeit.

»Ich? Nein«, sagte Mrs. H. Sie lehnte sich vor und kniff Jessica leicht in den Arm. »*Er* geht«, sagte sie. »Wetten?« Sie flüsterte.

»Wie?« sagte Jessica.

»Na er«, sagte Mrs. H., »der Professor. Er trägt sein kleines rotes Tuch.«

»Oh«, sagte Jessica.

Mrs. H. erkannte das als klares Zeichen ihres Nichtverstehens. »Das ist sein Anmachetüchlein«, sagte sie. »Immer wenn er ein Täubchen aufreißen will, trägt er sein kleines rotes Tuch. Im Sommer stolziert er in Unterhosen herum, und im Winter ist es sein kleines rotes Tuch.«

»Aber er hat ein Mädchen bei sich«, sagte Jessica. Zu ihrer Verärgerung stellte sie fest, daß auch sie flüsterte. Nichts ist so ansteckend wie Flüstern, außer Gähnen.

»Ha«, sagte Mrs. H., »das interessiert ihn doch nicht. Am Ende des Abends hat der noch Verabredungen mit drei weiteren. Lassen Sie sich's gesagt sein.«

»Großer Gott«, sagte Jessica matt.

Eric, der dem Geflüster zugehört hatte, warf Mrs. H. einen von seinen Blicken zu – Sie sind auch keine Kostverächterin, Lady.

»Eric, ich hätte gern noch ein Mineralwasser, bitte«, sagte sie mit normaler Stimme, außer daß sie einen gebieterischeren Tonfall als gewöhnlich beimischte. Eric wünschte sich, er wäre reich, denn dann könnte er es sich erlauben, ihr das Wasser über den Pullover zu kippen. »Ich muß auf meine Figur achten«, sagte sie zu Jessica, in einem verschwörerischen Wir-Mädchen-müssen-zusammenhalten-Ton.

Jessica dankte ihren Sternen, daß die Tage, da jemand dazu gerufen hätte: »Nein, nein, laß *mich* auf deine Figur achten!« vorüber waren.

Der Professor lehnte sich auf seinem Barhocker vor. »*Sie* doch nicht«, sagte er. »Überlassen Sie es mir, auf Ihre Figur zu achten!«

Vor langer, langer Zeit, dachte Jessica zerstreut, hätte Mrs. H. nun darauf erwidert: »Ooh, versuchen Sie Ihre Listen nicht an mir, Sie sind mir ein schöner Schurke, Sie!«

Mrs. H. lehnte sich ebenfalls vor. »Ooh«, hob sie an, »versuchen Sie…«

Jessica sah Anita in der Eingangshalle und floh, noch bevor sie das Ende hören konnte.

Sie hatte einmal eine Rolle in einer modernen Version von *Aladin* gespielt, und ein Großteil des Stücks hätte von diesen Leuten an der Bar geschrieben worden sein können. Derbheit machte ihr nichts aus; die Vorhersehbarkeit des Texts störte sie.

»Wir haben Mond«, sagte Anita, »da brauchen wir keine Taschenlampe. Es sind nur ein paar hundert Meter die Straße entlang. Eric hat angeboten, uns mit dem Bus zu bringen, aber ich habe gesagt, wir würden lieber gehen. Macht Ihnen das etwas aus?«

»Nein«, antwortete Jessica. »Ich kann ein bißchen frische Luft dringend brauchen.«

»Es ist stickig in der Bar«, stimmte Anita zu. »Haben Sie flache Schuhe an?« Die Luft war kalt und salzig und sauber.

In der Bar machte Eric mit seinen *bêtes noires* Konversation und dachte daran, was einer von Mrs. H.'s Freunden Anfang des Jahres gesagt hatte: »Die«, und er hatte mit einer kurzen Bewegung seines Daumens auf Mrs. H. gezeigt, »die hat's mit jedem Kerl auf der Insel getrieben, außer mit ihm«, und dabei mit dem Daumen über seine Schulter auf die erbärmliche Gestalt von Mrs. H.s Mann, John, gezeigt. Eric, für den Ehebruch nichts zum Lachen war, hatte über diesen Freund die Nase gerümpft. Nichtsdestotrotz, der Satz traf ins Schwarze. Mrs. H., dachte Eric, der vielleicht besser Geistlicher geworden wäre und nicht Gastwirt, war eine unkeusche Frau und der Professor ein unverbesserlicher Weiberheld. Beide brüteten wahrscheinlich furchtbare Krankheiten aus, und wenn sie's noch nicht taten, so sicher bald, allzuviel Wasser würde bis dahin nicht mehr den Bach hinunterfließen. Ihre Gläser würde er von jetzt an zweimal spülen.

Eine Gruppe von Männern in der Ecke lachte und tratschte viel zu laut, wie Pubertierende, die auf etwas Unbekanntes, aber Anzügliches gestoßen sind, was sie leicht nervös machte. Eric ignorierte sie auf eine verächtliche Weise, bediente sie flink und schweigsam und gewährte ihnen kein Lächeln, wenn sie an den Tresen kamen, um ihre Gläser wieder füllen zu lassen. Alle waren Einheimische, nur einer hatte anderswo gelebt, war aber zurückgekehrt. Der war's, der irgendwas gefunden hatte – allem Anschein nach eine Frau in Glasgow. »Wußte nie, wie sie hieß«, sagte er. »Wußte nicht, wo sie herkam…« Eric schnaufte höhnisch und putzte mit einem nassen Lappen über die Theke. »Aber so was hab' ich noch nie erlebt«, sagte der Unternehmungslustige, und seine Kumpel kicherten.

Unsinnigerweise wünschte Eric, Anita und Jessica wären nicht zum Tanz gegangen. Nicht, daß er wollte, daß ihre Ohren von dem Gespräch in der Ecke besudelt würden, nur hatte die Anwesenheit von Damen – wirklichen Damen, nicht wie Mrs. H. – eine erfrischende Wirkung auf einen von flegelhaftem Gebaren beschmutzten Raum. In ihrer zurückhaltenden Reinheit ähnelten sie einem Blumenstrauß. Eric wurde bewußt, daß seine Gedankengänge in unrealistische Bahnen gerieten und hielt inne, um sich zu fragen, was seine Gäste wirklich von seinem Gasthof dachten. Er hoffte, der alte Soldat belegte Jessica nicht so sehr mit Beschlag, daß sie sich langweilte. Nach dem, was er von ihrer Unterhaltung gehört hatte, schien das nicht unwahrscheinlich, jedoch machte sie in Harrys Begleitung einen zufriedenen Eindruck. Über Geschmack ließ sich eben nicht streiten, und der alte Junge war unzweifelhaft ein Gentleman. Ein weiterer Schwall vulgärer Heiterkeit von den Bauern ließ ihn mit den Zähnen knirschen: »So was hast du noch nie gesehen«, sagte der Mann. »Schwarzer Gummi und eine Rose in ihrer…« Erics Aufmerksamkeit wurde in grauenvoller Weise erregt. Wahrscheinlich gab es Hunderte von Frauen, die sich in der Anonymität von Städten unanständig aufführten, aber er konnte nicht umhin sich zu fragen, ob es Mabel war, von der diese Kreatur sprach. Entschieden drehte er sich um und beschloß, an etwas anderes zu denken.

»Sex…«, begann der Professor, also sagte Eric, er müsse die Fässer wechseln, und ging in den Hof hinaus, um etwas frische Luft zu schnappen. Er stand in der Kälte und schaute auf die Spiegelung des Mondes im Meer. Wie er dort stand und hinausblickte, gewahrte er die Umrisse eines Jungen, der die helle Bahn von links nach rechts durchquerte. In dem diffusen Licht hätte er genausogut über den Strand wie über das Wasser gehen können, und als Eric blinzelte, war er wieder in den Schatten verschwunden. Nebel stieg auf.

Harry stand am Fenster, blickte weit hinaus und sah nichts als den betörenden Mond. Sonst nichts.

Jessica wurde schläfrig und der Krach lauter, seit ein junger Mann mit einer Trommel eingetroffen war. Vorher war die Musik von einem Plattenspieler gekommen, und einige Paare hatten in einer Ecke wild getanzt. Jessica und Anita saßen auf Klappstühlen an einem Tisch, tranken Dosenbier aus Pappbechern und hofften, die Stühle seien nicht für örtliche Honoratioren reserviert; aber niemand sprach sie darauf an, in Wirklichkeit beachtete man sie nicht. Eine Truppe von vier Mädchen tanzte, indem sie über vier auf dem Boden liegende Schwerter hopsten. Sie trugen Kilts, daran waren Sträußchen aus weißem Heidekraut gesteckt. Jessica vermutete, daß sie für ihre Nummer mehr Geschick brauchten, als es auf den ersten Blick schien, denn warum sollten sie sich sonst die Mühe machen? »Das kann ich auch«, sagte sie, und Anita widersprach nicht. Danach sang ein Mädchen ohne Musikbegleitung den »Skye Boat Song«, und jemand anderes rezitierte ein Stück von Burns. Alles sehr schön in Schottenkaros gehalten, dachte Jessica, aber nicht sehr originell. Da die Inselbewohner hier eindeutig nicht für Touristen auftraten, konnte sie sich alles nur so erklären, daß ihre Kultur durch den Einfluß der Medien und einen Ansturm von Kommunikation zur Selbstparodie verkommen war. Selbst der zurückgebliebenste und isolierteste Wilde, hätte er sich erst einmal im Fernsehen gesehen, würde seine Einstellung sich selbst und seinen Gebräuchen gegenüber verändern, und diese Leute mußten einem ständigen Bombardement von Ansichten und Bildern kaledonischen Verhaltens und kaledonischer Sitten ausgesetzt sein. *Traurig*, dachte Jessica. Viel Geschrei und Schottenkaros.

Die Tür öffnete sich, und mehrere Leute, unter ihnen Finlay mit einer Flöte, traten ein. Der Trommler legte seine Stöcke beiseite, und jemand stellte den Plattenspieler wieder an. Die Lichter wurden gedimmt. Die Tür öffnete sich erneut, und eine Person, die wie Finlays Schwägerin aussah, schlich an der Wand entlang.

»Möchte eine der beiden Damen tanzen?« fragte der Professor Jessica und Anita. Sie verzichteten. Jessica sagte, ihre Füße schmerzten, und Anita, ihr sei schon zu heiß. »Lassen Sie mich wissen, wenn Sie gehen möchten«, sagte er, »dann fahre ich Sie eben mit dem Jaguar heim.« Rechtzeitig zur wiedereinsetzenden Musik schlurfte er davon.

»Ich könnte ins Bett gehen«, sagte Anita. »Ich möchte nicht warten. Sollen wir zurückgehen?« Draußen war es dunkel; der Mond war hinter Wolken verschwunden. Jessica stieß gegen eine niedrige Mauer.

»Wie angenehm«, sagte sie und meinte die kühle Luft. »Setzen wir uns einen Moment hierher und gewöhnen uns an die Dunkelheit.«

Die Tür ging auf, und der Professor, flankiert von zwei Mädchen, kam heraus. »Moment noch«, sagte er, »ich muß eben pinkeln.« Er trat dreißig Zentimeter oder so von seinen Begleiterinnen weg und urinierte über die Mauer, auf der Jessica und Anita saßen. Vielleicht hatte er sie dort nicht gesehen. Jessica hielt ihm das zugute.

Stille folgte auf den Lärm, als der Jaguar des Professors über die Strandstraße davonfuhr. In der Dorfhalle hinter ihnen war völlige Stille eingetreten. Dann setzte das Spiel einer Flöte ein: eine wilde Melodie, süß und traurig und durchdringend – und so unvertraut, dachte Jessica, daß man sie auf der Erde wohl nur ganz selten gehört hat. Sie warteten, bis die Musik verstummte und der Mond hinter den Wolken hervorkam, dann machten sie sich auf den Heimweg. Sie sprachen kein Wort.

Jessica schaute aufs Meer hinaus, und im Licht des plötzlich grellen Mondes sah sie dunkle Formen am Wasser. Es waren so viele, daß sie glaubte, Halluzinationen zu haben. »Seehunde«, sagte sie. »Sehen Sie. Da draußen sind Hunderte...«, aber als Anita hinschaute, waren sie weg.

Jon, der auf gepolsterten Sohlen geräuschlos hinter ihnen herging, sah nur den Schwung von Jessicas weißem Kaschmirtuch.

Es bedeckte ihr braunes Haar, hüllte ihren blassen Nacken ein und führte Jon durch die Dunkelheit.

»Glauben Sie, hier spukt's?« fragte Anita am nächsten Morgen. Sie hatte das Frühstück ausgelassen, weil ihr Rock spannte, und sich erst zum zweiten Frühstück zu den anderen gesellt. »Ich habe in der Nacht Geräusche gehört.«

»Es gibt Leute, die nachts zur Toilette gehen«, sagte Ronald.

»Ich weiß«, sagt Anita kurz angebunden. »Aber solche Geräusche waren das nicht.«

Auch Jessica hatte in der Nacht Geräusche gehört. Im Halbschlaf glaubte sie gehört zu haben, wie ihre Türklinke langsam heruntergedrückt wurde, da sie aber wie immer, wenn sie allein war, ihre Tür verschlossen hielt – sie tat das, seit ihr zweiter Mann sechs Monate nach der Scheidung zurückkam, um seinen Schlafanzug zu holen –, war sie wieder eingeschlafen. »Was für Geräusche?« fragte sie.

»So wie das Kommen und Gehen von Menschen«, sagte Anita. »Von vielen Menschen.«

»In einem Gasthaus kommen und gehen viele Leute«, sagte Ronald.

»Gewöhnlich aber nicht um drei oder vier in der Frühe«, entgegnete Anita und wurde wütend. »Ich habe auch Leute sprechen hören, konnte aber nicht verstehen, was sie sagten.«

»Haben Sie zugehört?« fragte Ronald.

»Nein«, gab Anita zurück. Er klang, als dächte er, sie würde lauschen. »Ich habe es nur gehört.«

Ronald aß einen doppelten Butterkeks und schaute sie nachdenklich an. Er sah aus, als wollte er gerade noch etwas Einfühlsames sagen, aber Jessica fuhr ihm dazwischen, bevor er es von sich geben konnte. Nichts kann einen angesichts von Unerklärlichem so zur Raserei bringen wie entschiedene Rationalität, und Jessica stand völlig auf Anitas Seite. Ob sie nun Phantome in der Dunkelheit gehört hatte oder nicht, sollte in keinem Fall der kühlen Skepsis eines Engstirnigen ausgesetzt sein. »Geister, schaurige Monster und langbeinige Bestien«, sagte sie und fügte ohne Begeisterung hinzu: »Und Geräusche in der Nacht.« Sie nippte an ihrem Kaffee.

Finlays Schwägerin brachte eine frische Kanne Kaffee herein. Sie bewegte sich noch langsamer als gewöhnlich. Anita bemerkte, daß sie leicht zu humpeln schien, und warf ihr einen Blick lächelnder Anteilnahme zu. Der war verschwendet, denn nachdem Finlays Schwägerin die Kaffeekanne abgestellt hatte, schaute sie aus dem Fenster. Sie hob eine Hand, und Anita drehte sich um, um zu sehen, wem sie zuwinkte. Soweit Anita das beurteilen konnte, niemandem. Die Frau war wahrscheinlich das Ergebnis von Generationen von Inzucht und obendrein weich im Kopf.

Jon setzte sich neben Jessica, uneins darüber, ob er ihr verzeihen sollte oder nicht. Als er letzte Nacht die beiden Frauen in den Jaguar des Professors steigen sah, hielt er sie zunächst für Jessica und Anita und hatte vom Tod geträumt. Es erleichterte ihn, als er feststellte, daß sie nach Hause gingen, obwohl er eigentlich erwartete, daß Jessica zurückbliebe und auf ihn wartete – aber vielleicht war sie schüchtern. Doch danach hatte *er* nackt auf seinem Bett gelegen und darauf gewartet, daß sie zu ihm kam. Als der Morgen schon fast graute, hatte er versucht, ihre Tür zu öffnen, sie jedoch verschlossen vorgefunden. Dafür gab es keine Entschuldigung. Wie sie sich wohl da herauswinden würde, wenn er sie zur Rede stellte? »Was hast du letzte Nacht gemacht?« fragte er.

Jessica dachte an schottisches Porridge und die Geister der Highländer und die grauenhaften Angewohnheiten von Sawney Bean und bemerkte die Schroffheit seiner Frage nicht gleich. »Was?« sagte sie. »Ach so, ich bin zu dem Tanz gegangen...« Sie nahm noch einen Schluck Kaffee.

»Warst du denn sehr müde?« fragte er. Müdigkeit wäre keine wirkliche Entschuldigung, jedoch besser als nichts.

Jessica sah ihn an. Sie hatte das Gefühl, daß sie aneinander vorbeiredeten. »Es war sicher schon nach Mitternacht, als ich zu Bett ging«, sagte sie.

Also spielte sie immer noch mit ihm und machte sich über ihn lustig. Er spürte, wie seine Gedanken plötzlich ganz klar wurden, so als sei eine große Welle über sie hinweggespült. Wenn sie glaubte, sie könnte so weitermachen, dann würde er ihr schon zeigen, wer in diesem Spiel Meister war. Er lachte, und ein zufälliger Beobachter hätte denken können, er entspanne sich. Sein schönes Gesicht verlor die aufgesetzte Weichheit, die es bis dahin getragen hatte; kleine, menschliche und heitere Züge zeigten sich um seine Augen, kräuselten sich um seine Nase. Von einem Moment auf den anderen erschien er attraktiv und humorvoll. »Komm, wir machen ein Wettrennen! Wer als erster am Strand ist«, sagte er.

Wie hypnotisiert stand Jessica auf und folgte ihm. Ronald saß da, den Mund voll von unzerkauten Butterkeksen. Während der letzten Minuten hatte er unbewußt eine klare klinische Diagnose gestellt: einer der anderen Gäste war wirklich ziemlich verrückt – paranoid und mit eindeutigen schizoiden Tendenzen. Wie lästig, dachte Ronald, aber er hatte Ferien, und sowieso hätte er nichts tun können. Er schluckte seine Butterkekse.

»In Schottland *spukt's*«, sagte Anita, »überall gibt's hier Geister aus der Vergangenheit.« Finlay kam mit einem Arm voll Brennholz ins Zimmer. »Spukt's hier im Gasthaus?« fragte sie ihn.

Finlay legte die Scheite ab, stand da und dachte nach. »Klar«, sagte er und ging wieder hinaus.

»Da haben Sie's«, sagte Anita. »Ich habe es Ihnen ja gesagt.«

Jessica lief hinter Jon über den Sand und sprang über Pfützen zurückweichenden Meerwassers, bis ihr in den Sinn kam, daß sie langsam zu alt für solche Sachen wurde. Sie fragte sich, was ihre Agentin wohl sagen würde, könnte sie sie jetzt so sehen, und wurde langsamer.

»Lahme Ente«, sagte Jon und wartete, bis sie ihn eingeholt hatte. Er faßte ihre Hand, als sie gingen, und ließ sie wieder los, bevor diese Geste zu intim scheinen würde. »Genau vor der Spitze ist ein verlassenes Haus«, sagte er. »Wollen wir's erkunden?«

Er führte sie über den Kieselstrand und die Straße. Das alte Pfarrhaus stand da genau wie gestern, als sie es zum ersten Mal gesehen hatte, blind, mit leerem, traurigem Hochmut auf der Höhe des Hangs. »Komm schon«, sagte er, als sie zögerte.

»Ich will nicht…«, sagte Jessica.

»Komm schon.«

Widerwillig folgte sie ihm über den Pfad, der von kahlen Dornbüschen und Geißblatt überwachsen war. Ihr war unbehaglich zumute, sie empfand ein flüchtiges Gefühl von Illoyalität – es war nicht das unbefugte Betreten des Eigentums irgendeines Mannes aus London, der im Sommer mit seinen Freunden herkam, um zu segeln, sondern das unbefugte Eindringen in Harrys Erinnerungen.

»Es sieht so aus, als sei schon seit vielen Jahren niemand mehr hiergewesen«, sagte sie. Sie standen auf dem Kies vor der Terrasse und schauten durch die Fenster.

»Wohnzimmer«, sagte Jon. »Sieht nicht so aus, als wenn sich hier seit den alten Tagen etwas verändert hätte. Da steht eine dreiteilige Sitzgarnitur.« Er ging zum Fenster. »Eßzimmer«, sagte er. »Komm, laß uns ums Haus gehen.« Der kleine Hof hinter dem Haus war mit Schiefer gepflastert. »Hallo«, sagte er. »Doch nicht so verlassen. Guck mal…« Zu der rotgestrichenen Hintertür führten Fußspuren nasser nackter Füße.

»Oh«, sagte Jessica. »Laß uns gehen…«

»Das sind nur Kinder hier aus dem Ort«, sagte Jon lachend. »Abgehärtete kleine Bestien – laufen bei diesem Wetter ohne Schuhe durch die Gegend.«

Jessica zitterte bei der bloßen Vorstellung – jedenfalls sagte sie sich, daß sie deshalb zitterte. »Wir kommen zu spät zum Mittagessen«, sagte sie.

»Es ist noch nicht mal zwölf«, sagte Jon und lachte wieder. Jessica wünschte sich, er würde nicht so viel lachen. Es schien in der traurigen, ehrwürdigen Stille fehl am Platz.

»Was?« fragte sie.

»Es ist noch nicht mal zwölf«, sagte Jon. »Zwei Minuten vor.« Es kam Jessica vor, als wären sie schon viel länger zusammen unterwegs.

»Trotzdem, ich will einen Drink«, sagte sie und dachte auf

die ihr eigene wenig folgerichtige Weise an den mittäglichen Teufel, der Pfeile schießt.

Auf dem Rückweg bemerkte sie unten nahe dem Ufer ein weißes Landhaus. »Ich glaube, da wohnt der Professor«, sagte sie.

Jon, der gerade eine Melodie aus dem *Phantom der Oper* summte, brach mittendrin ab. »Idiot«, sagte er giftig. Unsensibel wie immer, hörte Jessica darin nicht die Bissigkeit der Eifersucht, sondern nur das Echo dessen, was am Ort als festgefügte Meinung erschien.

Das Haus wirkte vernachlässigt; einige Ziegel fehlten auf dem Dach, und der Gartenzaun war umgekippt. Jessica dachte oft darüber nach, ob sie reich genug wäre, um in eine kleine Villa in der Toskana zu investieren oder ein Farmhaus in der Provence oder gar ein Landhaus in den Shires. Jetzt jedoch fragte sie sich, ob es nicht unfreundlich und unbedacht wäre, sich ein Haus zu kaufen, nur um es dann die meiste Zeit hindurch allein zu lassen und sich nicht richtig darum zu kümmern. Sie fragte sich, ob es sich aus ökonomischen Gesichtspunkten überhaupt lohnte, ob es nicht klüger wäre, es sich in kleinen Hotels bequem zu machen, die, wenn sie auch nicht perfekt wären, einem zumindest nicht abverlangten, das Dach neu zu decken oder das Grundstück in Ordnung zu halten.

In der Bar sprach man noch immer über Gespenster. »...und ein Zimmer, das selbst mitten im Sommer immer eiskalt war«, sagte Anita gerade.

»Vermutlich aufsteigende Feuchtigkeit«, sagte Eric.

»Glauben Sie nicht an Gespenster?« fragte Anita.

»Ich habe noch keins gesehen«, sagte Eric.

»Nein, aber glauben Sie daran?« wollte Anita wissen.

»Da ich noch keins gesehen habe, wüßte ich nicht, warum«, sagte Eric.

»Elektrische Spannung haben Sie auch noch nicht gesehen, aber daran glauben Sie, nicht?« sagte Anita.

»Da ist was anderes«, entgegnete Eric.

»Es gibt zweifellos eine Erscheinung, die sogenannte Projektion, die unter gewissen Bedingungen durchaus körperliche Substanz annehmen kann«, sagte Ronald.

Anita wußte nicht genau, was er damit meinte, aber es klang, als stünde er auf ihrer Seite, und das nahm sie wieder für ihn ein.

»Das muß nicht notwendigerweise als eine Art von Halluzinationen betrachtet werden«, fügte er hinzu.

»Oh, übrigens«, sagte Eric, als er Jessica erblickte, »da war vorhin ein Anruf für Sie. Sie haben gesagt, sie rufen wieder an.«

»Aber niemand weiß, wo ich bin«, sagte Jessica.

»Irgend jemand doch«, sagte Eric.

Jon hörte aufmerksam zu.

»Was haben sie gesagt?« fragte Jessica.

»Nur, daß sie wieder anrufen«, sagte Eric. Als er die weibliche Stimme hörte, hatte er für einen Moment geglaubt, es wäre Mabel.

»Denkt überhaupt jemand daran, daß morgen Heiligabend ist?« sagte Anita. »Fast hätte ich es vergessen – es ist so friedlich hier.«

»Die machen keine große Sache aus Weihnachten – die Inselbewohner«, erklärte Eric. »Sie feiern Neujahr, Silvesterabend.«

Diese Feier dauerte eine Woche, während der fast keine lebende Seele einen nüchternen Atemzug tat.

»Deshalb ist das ja hier ein perfekter Ort, um das alles hinter sich zu lassen«, sagte Eric. »Es findet nicht statt.«

»Ich glaube aber, es wird schneien«, sagte Anita. Es war verrückt, sie vermißte die Atmosphäre, die Rotkehlchen und Schäfer und fettschwänzige Schafe erzeugten. Nicht mal einen Tannenzweig gab es zu sehen.

»Wenn es wirklich schneit«, sagte Eric, »im Stall stehen einige Skier, und auf der anderen Seite der Insel haben wir ein paar gute Hänge.« Die Skier hatte der Vorbesitzer zurückgelassen, denn an der Costa del Sol, wohin er sich zurückgezogen hatte, um seine Tage sonnig und billig zu beschließen, brauchte er keine.

»Ich hoffe immer noch, ein bißchen segeln zu können«, sagte Jon.

»Du mußt verrückt sein«, stieß Jessica hervor, und eine Gänsehaut lief ihr bei dem Gedanken an die graue wogende See über den Rücken. Sie dachte daran, unter salzigen, feuchten Decken auf einer Pritsche halb so groß wie ein Sarg zu schlafen, Büchsensuppen auf einem wackligen Herd zu kochen und es zu vermeiden, auf die Toilette zu gehen, weil das, was man als »Pütz« bezeichnete, in Wirklichkeit keine fünf Zentimeter vom Tisch entfernt war, wo die anderen ausharrten und die Suppe zu essen versuchten, bevor es dann auf den Boden klatschte – oder, und darauf hätte ihr Vater bestanden, auf das »Deck«. Jessica meinte es weder persönlich, noch war sie besonders aufmerksam, als sie Jon des Wahnsinns beschuldigte; sie hätte dasselbe von jedem anderen gehalten, der seine Zeit auf See verbringen wollte, wenn es dafür keinerlei Veranlassung gab.

»In dieser Jahreszeit kann man höchstens mit einer Jolle an der Küste entlangschippern«, sagte Eric, »und selbst das kann heikel werden. Ein Fischkutter ging genau um dieselbe Zeit vor einem Jahr mit der gesamten Mannschaft unter.«

»Das war ein Unterseeboot«, sagte Mrs. H., die gerade aus der Kälte eintrat und ihre Pelzhandschuhe auszog. »Verhedderte sich in den Netzen, und die zogen es nach unten.«

»Das wird behauptet«, unterbrach Eric sie. Nicht weil er die Theorie bezweifelte, sondern weil er Mrs. H. gern unterbrach. »Wenn man den Einheimischen glaubt, dann gehen hier schon seit ewigen Zeiten Schiffe unter.«

»Riesenkraken, vermute ich«, sagte Mrs. H.

»Ich habe einen baltischen Schoner, Viermaster, durch einen Taifun im Chinesischen Meer gesegelt«, sagte Jon vage. Niemand machte sich die Mühe, diese Aussage auf ihre Richtigkeit abzuklopfen, und selbst Jon fiel auf, daß er gut daran täte, es näher zu erklären, wenn er wollte, daß man ihm glaubte. »Na ja, es war eigentlich eher ein gewittriger Sturm«, sagte er, »wir waren auch zu fünft.« Der Gewittersturm hatte sich auch nicht im Chinesischen Meer, sondern vor der Küste von Hoek von Holland ereignet, und sie hatten eine angeheuerte Mannschaft an Bord, die das Boot steuern sollte, und ein Aufnahmeteam, das Jon dabei verewigte, wie er die Takelage bis zum Krähennest hinaufkletterte, wo ihn eine junge Frau mit holländischer Haube und Holzschuhen erwartete, die eine Platte mit Fischstäbchen verführerisch in die Lüfte hob. Diese Szene wurde in Wirklichkeit anschließend mit Spezialeffekten an Land gedreht, aber Jon *hing* tatsächlich eine Zeitlang in der Takelung, bis der Regisseur es als hoffnungslos aufgab. Der Werbespot wurde ohnehin nur auf dem Kontinent gezeigt, wo man einen niedrigeren Standard hatte. »Wir wollten da einen Film drehen«, erklärte Jon weiter. »Der hätte allerdings das Budget so weit überschritten, daß das Projekt aufgegeben wurde.«

Das könnte wahr sein, und Jessica entschloß sich, freundlich zu bleiben, denn sie kannte all die gebrochenen Versprechen, die vereitelten Pläne, die zerstörten Hoffnungen nur zu gut, die sich um das Machen eines Films rankten. »Du Armer«, sagte sie.

Die anderen, die sich mit dieser Art von inflationären Unternehmungen nicht auskannten, mit den Schwierigkeiten und dem finanziellen Irrsinn dieses Geschäfts, blieben skeptisch, und deshalb fand sich Jessica der Gruppe etwas entfremdet, zusammen mit Jon isoliert durch die gemeinsame Anerkennung des Phantastischen, der unwirklichen Elemente ihrer beider Berufe.

»Glauben Sie, daß es so was wie Riesenkraken gibt?« fragte Anita und versuchte damit das Gespräch auf eine praktischere Ebene zu bringen und damit heraus aus münchhausischen Gefilden fiebergepeitschter Übertreibung und Unwahrheit.

»Berichte darüber gibt es«, sagte Ronald, »aber ich kann mich nicht an die exakten Ausmaße des größten erinnern. Unten, in den tiefsten Tiefen, gibt es Dinge, über die wir wahrscheinlich nie etwas erfahren werden. Es ist durchaus möglich, daß der Mensch mehr über die entferntesten Galaxien herausfinden wird, als er jemals über die Kreaturen der Tiefsee erfährt. Vielleicht ist es einfacher, über die Sterne hinauszufliegen, als die Tiefen auszuloten.« Er wurde sich der metaphorischen psychologischen Implikationen seiner Betrachtungen bewußt und fiel in ein von Selbstzweifeln umnebeltes Schweigen. Folgte er der Metapher konsequent, und sie erwies sich als stichhaltig, so waren es die Visionäre, die Mystiker – selbst religiöse –, denen sich die menschliche Rasse zuwenden mußte, um

Erleuchtung zu finden, während er und seine Kollegen weiterhin mit einem Stock im Schlamm herumstocherten, so tief, wie sie kommen konnten. Dieser entmutigende Gedanke beschäftigte ihn bis zum Tee.

Der Professor trat allein ein, was ihn ein wenig merkwürdig erscheinen ließ, wie jemand, der normalerweise eine Brille trägt, sie aber im Moment verlegt hat, oder wie eine Frau ohne Make-up.

»Ganz allein?« fragte Mrs. H. »Haben wir heute kein Mädchen dabei?«

»Mehrere«, sagte der Professor selbstgefällig. Jessica vermutete, daß er sie im Haus am Meer zurückgelassen hatte, damit sie das Mittagessen kochten. Eine sagte sicher gerade: »...nicht zu viel Pfeffer, das mag er nicht«, und die andere antwortete: »...er ißt seine Möhren gern roh«, eine Dritte sagte: »...das ist zu viel Chutney«, und die Vierte wusch ihre Strümpfe im Waschbecken, während die Fünfte die Spaghetti abgoß...

Völlig auf die Choreographie der Szene konzentriert, hörte sie nicht, wie der Professor sie zu einem Drink einladen wollte, bis er es wiederholte. Er beugte sich über sie, und sie bemerkte, daß er nach gekochtem Fleisch roch.

»Oh, nein, vielen Dank«, sagte sie, und er ging ans andere Ende der Theke und versuchte es bei Anita.

»Versucht er's eigentlich bei jeder?« fragte Jessica Eric.

»Ja«, sagte Eric.

»Da muß er viele Körbe kriegen«, sagte Jessica und sah, wie auch Anita eine ablehnende Geste machte.

»So ist das eben«, sagte Eric. »Ich habe ähnliche Burschen wie ihn gekannt. Einem habe ich mal gesagt, was Sie gerade zu mir sagten – Sie müssen viele Körbe kriegen –, und er sagte ja, viele, aber auch eine ganze Menge Zusagen. Wenn er von neunzig Prozent aller Täubchen auf der Welt einen Korb bekäme, blieben zehn Prozent übrig, und das sind immer noch eine ganz schöne Menge Täubchen. Das ist dasselbe, wie doppelt verglaste Fenster zu verkaufen. Sie klopfen an tausend Türen, und in neun von zehn Fällen knallt man sie Ihnen vor der

Nase zu. Dann haben Sie Erfolg, und man verdient eine ganze Menge mit doppelt verglasten Fenstern.«

»Kriegt man allerdings auch kein AIDS von«, sagte Jessica.

»Wovon kriegt man kein AIDS?« fragte Jon, der gerade von der Toilette zurückkam.

»Von doppelt verglasten Fenstern«, sagte Jessica.

»Ich würde sehr gerne mal eine Riesenkrake sehen«, sagte Anita.

»Sie sollten mit mir tauchen gehen«, sagte der Professor. Er ließ sich nicht unterkriegen.

»Ich bin Taucher«, sagte Jon herausfordernd.

Armer kleiner Kerl, dachte Jessica. Er war so sehr aufs Rampenlicht versessen, er hätte alles zugegeben. Sie dachte, sie könnte seine Erziehung in die Hand nehmen, ihm beibringen, wie man angeben konnte, ohne Leute zu befremden; ihm erklären, daß nette Männer nicht tauchten, daß Tauchen das neuzeitliche nautische Äquivalent von Trachtentänzen war, einer Tätigkeit, die von Leuten betrieben wurde, die es nicht besser wußten, die oft auch Besitzer von Campingwagen oder Glasfiberbooten waren. Sie begann fürsorgliche Gefühle für ihn zu entwickeln.

In der Halle klingelte das Telefon. »Für Sie«, sagte Eric zu Jessica. »Sie können es an der Rezeption annehmen.«

»Hallo«, sagte Jessica. Als Antwort erhielt sie ein Knacken, als kaute ein zahnloses Wesen Cornflakes mit den Kiefern. »Ich kann Sie nicht verstehen«, sagte sie. »Rufen Sie noch mal an.«

Das Telefon klingelte wieder, und erneut drang das Knacken in ihre Ohren. »Es geht nicht«, sagte Jessica. »Wer ist da?«

»Ich bin's«, sagte eine nicht erkennbare Stimme durch die Cornflakes hindurch. »Hör zu.«

»Das tue ich«, sagte Jessica. »Aber ich höre nur Knacken.«

»...Schwierigkeiten...«, sagte die Stimme, »...vorsichtig...«

»Was?« sagte Jessica. »Wer sind Sie? Was für Schwierigkeiten? Oh, verdammt.«

Das Telefon krachte wie wild.

»Versuchen Sie es doch bitte später noch mal«, sagte Jessica und schrie, daß man sie auch in den letzten Ecken des Auditoriums hörte, womit sie ihre Agentin fast taub machte, denn die konnte *sie* sehr gut verstehen.

»Oh, verflucht«, sagte ihre Agentin zu der Lügnerin, die neben ihr stand. »Ich hab's versucht, aber bevor die Maschine geht, habe ich keine Zeit mehr. Ich hoffe nur, sie setzt ihren gesunden Menschenverstand ein.« Denn die Agentin in ihrer allwissenden Art wußte jetzt, wo Jessica sich aufhielt und daß Jon ihr zu dem geheimen Ziel gefolgt war. Es war ihr aus der Gerüchteküche zugetragen worden, ein wesentlich wirkungsvolleres Medium als die britische Telecom.

»Sie ist ja nicht dumm«, sagte die Lügnerin.

»Nein, aber bei Inseln kann man nie wissen«, sagte Jessicas Agentin vieldeutig.

»Darf es für Sie noch etwas sein?« fragte Eric.

Jon saß gespannt, sein Kopf war in die Richtung gelehnt, wo Jessica telefonierte. Er sah aus, als hörte er nicht nur mit den Ohren zu, und Eric wurde auf unangenehme Weise an sich selbst erinnert. Genauso hatte er manchmal von seinem Platz hinter der Theke zugehört, wenn Mabel mit Männern sprach: nicht in der Lage zu verstehen, aber mit seinem gesamten Körper horchend.

»Nein«, sagte Jon, als Jessica in die Bar zurückkam.

Mord, dachte Eric. Wenn er gezwungen wurde, so zuzuhören, mißtrauisch und benommen, war ihm schon öfter die Vorstellung von Mord in den Kopf gekommen. Er hoffte nur, daß er damals nicht so irre aussah wie Jon jetzt. Der Anblick eines anderen Mannes, den eifersüchtiges Mißtrauen in seinen Klauen hielt, reichte fast aus, um einen zu kurieren. Eric war froh, seine Frau nicht umgebracht zu haben, denn das hätte der ganzen Welt nicht nur offenbart, daß er nicht Herr seiner Stimmungen war, sondern auch, wie sehr er sich davor fürchtete, Hörner aufgesetzt zu bekommen. Es hätte ihn ohne Zweifel seiner Würde beraubt. Nur Latinos, Verrückte und die lokalen Säufer, dachte Eric kritisch, liefen durch die Gegend und töteten ihre Frauen. Beschämt erinnerte er sich an Zeiten, da er sich in Gebüschen verbarg, um festzustellen, was Mabel trieb, und er schwor, sich zu ändern, käme sie nur zurück. In eindeutiger und bestimmter Form würde er seine Meinung zum Ausdruck bringen und danach schweigen.

»Nun gut«, sagte der Professor, stand auf und bereitete, da sich niemand mit ihm unterhielt, seine gewöhnlichen Abschiedsrituale vor. »Ich muß Sie für immer lieben und doch verlassen.«

Verärgert fragten sich alle, warum er an dieser völlig aus der Mode gekommenen Formulierung festhielt.

»Im Januar 1876 schrieb Charles George Gordon: ›Ich wünschte, alle hätten die Garantie eines zukünftigen Lebens... Niemand ist unentbehrlich, weder in den Belangen dieser Welt noch in spirituellen Dingen. Du bist eine Maschine, dennoch ist es dir gestattet zu glauben, du hättest die Möglichkeit des Handelns. Wenn sich Dinge so gestalten, wie wir es nicht wünschen, lehnen wir uns gegen Gott auf, denn wir empfinden uns als handlungsunfähig. Es ist die schwierigste aller Übungen, und nur durch den ständigen Gedanken an diese Welt als eine vergängliche kann sie erlernt werden – das heißt, durch den immerwährenden Gedanken an den Tod als Erleichterung.‹ «

Harry dachte über diese Worte nach. Er versuchte, aus seinem Kopf den Teil zu verbannen, den er verstand, und sich auf das zu konzentrieren, was er nicht begriff. Er faßte den Tod schon seit langem als Erlösung auf, aber er fragte sich, was genau Gordon unter »Maschine« verstand. Er interessierte sich zunehmend mehr für Gordons Gedankenwelt und immer weniger für seine Feldzüge – ein Zeichen seines Alters, dachte Harry und wünschte, er selbst wäre im Kampf gefallen, als er noch jung genug war, dieser letzten Zustandsveränderung mit Mut und positiver Akzeptanz gegenüberzutreten und nicht mit jener müden Resignation, die ihm als einziges noch geblieben war.

Als Jessica an seine Tür klopfte, empfand er die Erleichterung des Autors, der mitten in einem fruchtlosen geistigen Tumult steckt und für die Unterbrechung dankbar ist; es war der Moment, wenn die Inspiration weg ist und die reine Ingangsetzung des Hirns unzureichend erscheint, um den Stift wieder in Bewegung zu setzen.

»Bin ich eine Person aus Porlock?« fragte Jessica, die sich auch darin von anderen nicht unterschied, denn auch sie hatte die Vorliebe, Leute, die versuchten zu arbeiten, zu unterbrechen. In diesem Verlangen steckte keine böse Absicht, es war eine primitive, in der Stammesgeschichte verwurzelte Antwort auf individuelle Absichten in bezug auf private Anliegen – »Bitte komm in die Gemeinschaft zurück und laß uns spielen.« Der Mann, der sich in einsamem Streben verliert, stellt immer eine kleine Bedrohung dar.

»Nein«, sagte Harry, »oder wenn doch, dann sind Sie mir willkommen. Ich habe genug für heute.«

»Wie geht's denn voran?« fragte Jessica, sicherer geworden. Sie setzte sich in einen von den mit Erics Sonderangebotschintz bezogenen Korbsesseln und aß einen Apfel, den sie sich vom Mittagessen aufgehoben hatte. »Das Schlimme ist«, sagte sie, »je mehr Essen man mir vorsetzt, um so mehr esse ich zwischendurch, und noch schlimmer ist, daß ich nicht aufhören kann, darüber zu sprechen. Ist Ihnen schon aufgefallen, daß einen, je länger man in einem Hotel wohnt, zunehmend die Fähigkeit zu sinnvollen Gesprächen verläßt, und man langweilig wird? Glauben Sie, es liegt daran, daß man zuviel ißt?«

Harry hatte nicht zu Mittag gegessen und voller Mitgefühl über die Armeerationen im neunzehnten Jahrhundert in Ägypten gelesen – Dosensuppen, Rindfleisch oder Hammel in Büchsen und Kekse –, später dann über die Einwohner der Garnisonstadt El Obeid, die die vergrabenen Kadaver von Hunden, Eseln und Kamelen ausgruben, die Lederriemen von den heimatlichen Betten abzogen, sie auskochten und aßen, die den verrottenden Gummi ausgruben, der von fliehenden Händlern zur Aufbewahrung in der Erde verborgen worden war, und den verspeisten, die Aasgeier töteten und verzehrten, Rabenkrähen und Milane und – so wurde angedeutet – über die Friedhöfe ihrer eigenen langverstorbenen Landsleute herfielen, sie ausgruben und auch die zu sich nahmen.

»Haben Sie heute früher zu Mittag gegessen?« fragte Jessica. »Als wir kamen, waren Sie schon nicht mehr da.«

»Ich hatte keinen Hunger«, sagte Harry.

»Ich auch nicht«, sagte Jessica, »hab's aber trotzdem gegessen. Vielleicht bin ich in einer früheren Inkarnation verhungert und versuche jetzt, das wieder wettzumachen.«

»Möglich wäre es«, sagte Harry.

Das brachte Jessica aus der Fassung, denn sie war nicht daran gewöhnt, daß ihre gedankenlosen Phantasien von Leuten, die sie respektierte, ernst genommen wurden.

Harry seufzte, was Jessica beunruhigte, sie bildete sich ein, wirklich unerwünscht und in eine tiefe und befriedigende Einsamkeit eingedrungen zu sein. Aber Harry dachte an Gordon und seine schwer faßbaren Ansichten, die so unvereinbar mit dem viktorianischen Protestantismus erschienen. »Ich glaube«, schrieb Gordon, »daß dieses Leben nichts weiter als eines aus einer Serie von Leben ist, die unsere wiedergeborene Vergangenheit gelebt hat. Ich habe kaum Zweifel daran, daß wir schon früher einmal existiert haben; und daß wir an dieser früheren Existenz aktiv teilnahmen.« Gordon schätzte aktive Teilnahme über alles. »Wenn wir wiedergeboren werden«, sagte Harry, »dann ist es schade, daß wir uns nicht an Details von früheren Leben erinnern können. Das würde die Geschichtsschreibung um vieles einfacher machen.«

»Schreiben Sie darüber?« fragte Jessica. »Ein Geschichtsbuch? Ich dachte, es sei eine Biographie, aber vielleicht ist es ja mehr oder weniger dasselbe, wenn die Person schon so lange tot ist.«

»Mehr oder weniger«, stimmte Harry zu und fragte sich, wie es Viktorianern so leicht gefallen war, das Konzept des Soldaten als christlichem Gentleman anzunehmen und auch, ob Gordon diesem Ideal gerecht geworden war. Allem Anschein nach ja. In seiner Jugend strebte Harry diesen Zustand an, der Krieg jedoch desillusionierte ihn. Er wußte nicht, ob sich das auf seine eigene Unzulänglichkeit zurückführen ließ oder ob es das allgemeine Klima war, das Männer in die Lage setzte, mit klarem Bewußtsein Helden zu werden und auf diese Weise ihrem Glauben zu folgen. In all den Jahren des Friedens hatte der Soldat seinen akzeptierten Sinn, die nationale Anerkennung und den Respekt verloren, von dem er zehrte; er fiel auf die Stufe eines Söldners zurück oder wurde eine heimliche wilde Kreatur, getarnt und der Masse der Gesellschaft entfremdet, und seine Waffen waren nicht mehr einfach Verlängerungen seines Körpers, sondern komplexe Aspekte einer mörderischen Technologie. Da Krieg und Massenvernichtung ausschließlich von politischen Entscheidungen, psychopathischen Führern oder dem Pressen eines Knopfs abhingen, wurde der einfache Soldatenmann nur noch in solchen Konflikten nützlich, die zu fremd oder unbedeutend waren, um drastischere Mittel zu rechtfertigen. Unausweichlich mußte das bedeuten, daß er ausschließlich in die ungerechte Unterdrückung Unschuldiger in fremden Ländern verwickelt wurde. Revolutionen gegen Tyrannen blieben ausschließlich Sache der jeweiligen Bevölkerung – so jedenfalls sah Harry das. Es entwertete im Nachhinein alles, wofür er gelebt hatte. Wenn er darüber nachdachte, tendierte Harry mehr dazu, sich mit dem brutalen und ausschweifigen Soldatenhandwerk zu identifizieren als mit Gleichaltrigen, die in Positionen in der Industrie, ins Bankwesen oder ins Parlament gegangen waren. Mit dem polierten Prunk der Brigaden konnte er sich ebenfalls nicht identifizieren. Es gab keine Schweinerei mehr in der Welt, in der er sich zu Hause gefühlt hätte.

»Aber wenn wir Würmer gewesen wären«, sagte Jessica, »dann gäbe es ja nicht so viele interessante Dinge, an die es sich zu erinnern lohnte, oder?«

»Nein«, sagte Harry.

»Viele Leute sagen, sie würden gern als Pussikätzchen wiederkommen«, sagte Jessica, »natürlich versteht es sich, daß sie dann gut versorgt und geliebt und nicht den bösen Hunden vorgeworfen würden.« Sie fühlte sich deprimiert und neigte jetzt dazu, sinnlos daherzureden. Sie war sehr früh erwacht, und der Himmel blieb grau und trüb und hing über der grauen und trüben Insel, während eine trübe und graue See stoßweise gegen die Strände anschwappte. All das war an sich schon melancholisch genug, aber es reichte nicht aus, um ihr Gefühlstief zu erklären. Sie glaubte, daß sie Mike stärker vermißte, als ihr bewußt war, denn wenn es das nicht war, mußte es einen anderen Grund geben, aber sie hatte in letzter Zeit keinen anderen größeren Verlust erlitten, auch war die Zeit noch nicht gekommen, Angst vor dem Tod zu haben, jedenfalls nicht soweit Jessica das beurteilen konnte. Sie sagte sich, sie sei zu alt, um sich Schnee zu wünschen, und griff nach *Die Herrin von Wildfell Hall*, damit sie nicht an das nächste Thema denken mußte, das ihr durch den Kopf ging. Wenn sie brütend im Bett gelegen hätte, wäre ihr klar geworden, daß sie die Weihnachtsvorbereitungen vermißte, da sie jedoch all diese Umstände auf sich genommen hatte, um ihnen aus dem Weg zu gehen, hätte sie sich für verrückt erklärt.

»Ich mache einen Spaziergang«, sagte sie und erinnerte sich, daß das Meer nicht so langweilig blieb, wenn man in seiner Nähe war und es nicht nur wie ein nasser Teppich dalag. Dann konnte man Details wie Schaum und Wellen und bizarr geformtes Treibholz erkennen, Muscheln und die Körper von Meeresvögeln im Wind.

»Vielleicht komme ich später nach«, sagte Harry. »Ich bringe zuerst noch diese Papiere in Ordnung.«

»Ich gehe bis zur Kirche am Strand entlang«, sagte Jessica, »und dann den Hügel hinauf.«

Als sie nach unten kam, sah sie Jon in der Tür zur Bar lehnen. »Hallo«, sagte sie. Er faßte das als Einladung auf, sie zu begleiten, kam auf sie zu und langte nach seiner Jacke, die am Kleiderständer in der Halle hing. Jessica machte es nichts aus, denn sie hatte im Moment nicht das Bedürfnis, allein zu sein. Sie hoffte nur, daß ihm etwas zum Reden einfiele, denn ihr fiel nichts ein – außer Helen Huntington, die ihr in zunehmendem Maße auf die Nerven ging, die aber, das fühlte sie, nicht ausreichte, um ein Gespräch mit Jon durchzustehen. Jon, dachte Jessica, sieht nicht wie ein Intellektueller aus. Sie fragte sich, ob er überhaupt die Schule besucht hatte.

Die Hügelspitzen waren mit Schnee überzuckert. »Es wäre schön, wenn der Schnee bis zu uns herunterkäme«, sagte sie.

»Du bist ein Kind«, sagte Jon. Er sprach nachgiebig, aber sie konnte sich durch das, was er sagte, nicht beleidigt fühlen, obwohl er mindestens fünfzehn Jahre jünger war als sie.

»Irgendwie habe ich mit Schnee gerechnet«, sagte sie und klang zu ihrem eigenen Erstaunen kindisch. Sie begann zu spüren, daß Jon die merkwürdige Fähigkeit besaß, ihre Antworten zu steuern. Er war es auch, der sie dazu gebracht hatte, wie eine Zweijährige über den Strand zu laufen. »Andererseits kann Schnee auch sehr lästig sein«, sagte sie.

»In der Arktis...«, hob Jon an, und sie fürchtete bereits, er könne wieder anfangen, sein Garn zu spinnen, aber er war vorsichtig. »In der Arktis«, fuhr er fort, »stellt man sich die Hölle kalt vor.«

»Tue ich auch manchmal, wenn es kalt ist«, sagte Jessica. »Wenn mir sehr warm ist, stelle ich mir die Hölle heiß vor. Das ist wohl normal.« Es war nicht ihre Absicht, abfällig zu klingen, aber Jon ballte die Fäuste in seinen Taschen.

»Glaubst du, das Meerwasser macht meine Stiefel kaputt?« fragte Jessica nach einer kleinen Pause und schaute auf das spanische Leder hinunter.

»Nicht, wenn du nicht durchläufst«, sagte Jon und verfiel wieder in Schweigen.

Jessica wurde zusehends schöner. Sie hätte nicht erklären können, wie sie dieses kleine Kunststück zustande brachte, aber es geschah immer dann, wenn Leute böse auf sie waren. Gleichzeitig bemerkte sie laut, daß weiter oben einige Hochlandkühe auf einer Wiese standen. Wie zu erwarten, interpretierte Jon sogar das als sexuelle Anspielung, entspannte sich also, legte einen Arm um ihre Schulter, lachte und zog sie an sich.

Die Glocken der Hölle und eimerweise Blut, dachte Jessica und fand sich damit ab, während sie innerlich die vielfältige Kompliziertheit und die sich daraus ergebenden Mißverständnisse zwischenmenschlicher Beziehungen bedauerte. Alles, was sie gewollt hatte, war ein kleiner Spaziergang, um die Folgen von drei Mahlzeiten zuzüglich diverser Kleinigkeiten pro Tag ein wenig abzutrainieren, und schon stritt sie sich mit einem relativ fremden Menschen, der jetzt alle Anzeichen zeigte, gleich mit ihr ins Bett gehen zu wollen. Das ließ sich wahrscheinlich alles nur auf einen groben Charakterfehler bei ihr zurückführen – oder möglicherweise auf völlige Gedankenlosigkeit.

Die Kirche war schon vor geraumer Zeit entweiht worden, da sie weder Pfarrer noch Gemeinde besaß. Jetzt wurde sie als

Bootshaus benutzt, da sie so dicht am Meeresufer lag. Sie erinnerte Jessica an einen unmodernen weggeworfenen Hut, und was gibt es Überflüssigeres als das? Die Straße wand sich um sie herum und den Hügel hinauf bis zu der dünnen Schneehaube, die dort oben wie ein Toupet saß, das sie jetzt an einen Schauspieler erinnerte, mit dem sie einmal in *Nicholas Nickleby* gespielt hatte. Sie beschloß, das nicht zu erwähnen, da sie wußte, daß es sich einnehmend anhören und damit einen weiteren falschen Eindruck geben würde. Sie gingen an einer unordentlichen und verwahrlosten Ansammlung von Ginster-, Rhododendron- und Dornenbüschen, Klematis und Pinienschößlingen vorbei, die in einem tiefen Graben neben der Straße wucherten. Die ungeschickte Hand des Menschen war deutlich sichtbar, das Wilde, das Kultivierte und das Verpflanzte kämpften in gladiatorenhaft krautiger Weise um die Vorherrschaft. Sie erinnerten Jessica an eheliche, uneheliche und Stiefkinder, die um Aufmerksamkeit ringen, um ans Licht zu gelangen. Der Mensch sät Zwietracht, dachte Jessica, aber sie sagte erstaunt: »Hier blüht ja eine Kuckucksnelke. Was mag sie veranlaßt haben, um diese Zeit rauszukommen? Die ist doch Monate zu früh dran.«

»Das ist eines von den Dingen, die ich an dir so mag«, sagte Jon. »Wenn die Leute mich fragen, was ich in dir sehe, dann sage ich: ›Sie kennt wilde Blumen, ihre Namen, wo man sie finden kann und wann sie blühen.‹ «

Jessica hatte schon genug Probleme, überhaupt noch ein Gesprächsthema zu finden, aber das ließ sie verstummen. Als erstes fiel ihr ein, daß sie eigentlich fast nichts über wilde Blumen wußte und ihre Kuckucksnelke hier wahrscheinlich ebensogut eine scharlachrote Lichtnelke, Labkraut oder sogar ein Strauß Becherblumen sein konnte. Während der Arbeit an einem Dokumentarfilm über einen bestimmten Landstrich, für den sie als Sprecherin engagiert war, hatte sie gelernt, zwischen Löwenzahn und Huflattich zu unterscheiden; darüber hinaus verfügte sie über die durchschnittliche Fähigkeit, wilde Rosen, Weißdorn und ähnliche jahreszeitlich bedingte Blüten zu erkennen, jedoch war sie weit davon entfernt, mit der ausgefalleneren Flora vertraut zu sein, die schüchtern in Gräben lauerte oder in entfernten

Wiesen blühte und tatsächlich die Bezeichnung »wild« verdiente. Und was die kleine rosa Nummer anbelangte, die hier am Straßenrand zitterte, so hätte jeder Idiot sagen können, daß es für eine Blüte noch zu früh war. Der nächste Gedanke kam ihr in Frageform: Wer, zum Teufel, würde Jon fragen, was er in ihr sähe und warum? Der vage Anflug einer Erinnerung schwebte in ihren Kopf und wieder davon, bevor sie ihn hätte ergreifen können, so flüchtig wie davonfliegende Pusteblumen. Dann dachte sie, daß die ganze Angelegenheit viel zu eigenartig war, um sie zu verärgern, ohne Wut, daß es ganz schön dreist von bestimmten Leuten war, sie überhaupt in Beziehung zu Jon zu setzen und in diesem Zusammenhang zu diskutieren, denn sie kannte ihn ja überhaupt nicht. Absolut überdreist war es von Jon, ihre Anziehungskraft auf die Tatsache zu reduzieren, daß sie ein paar Pflanzen benennen konnte, wo sie eigentlich ziemlich berühmt war, sehr unterhaltsam und sehr oft wunderschön. Er mußte völlig wahnsinnig sein.

Hinter der Mulde wurde die Straße wieder eben, bevor sie bis zur Hügelspitze anstieg.

»Ich glaube, wir sind weit genug gegangen«, sagte Jessica, sah sich um, schaute aufs Meer und bemerkte einen Ginsterstrauch, der auch verrückt war und jetzt im Dezember in voller Blütenpracht dastand. Sie lenkte Jons Aufmerksamkeit nicht auf dieses Phänomen, denn das hätte ihn tiefer in seinen unergründlichen Diskurs über ihre gartenbaulichen Fähigkeiten gelockt. Die einzig mögliche Erklärung, die ihr für diese Situation einfiel, war, daß sie sich irgendwann einmal in ländlicher Umgebung betrunken hatte und Jon unter den Anwesenden war, als sie umherhüpfte und Blumen benannte. Das schien zwar nicht einleuchtend, aber sie hatte sich früher zu einigen unwahrscheinlichen Handlungen hinreißen lassen.

»Oh, nein«, sagte Jon. »Nein. Wo wir jetzt so weit gekommen sind, müssen wir auch bis zum Gipfel gehen. Komm schon, gib mir deine Hand.«

»Das ist doch wohl nicht dein Ernst«, sagte Jessica. »Bis zum Gipfel sind es mindestens sechzehn Kilometer, und es geht die ganze Zeit bergauf.«

»Nein«, sagte Jon, »Es sind nicht mehr als drei.«

»Das ist mir egal«, sagte Jessica. »Ich lauf' hier keine Berge mehr rauf. Ich gehe runter. Ich will meinen Tee.« Unwillkürlich schaute sie auf und sah sein Gesicht.

»Na gut«, sagte Jon nach einem Moment. »Wer als erster an der Wegbiegung ist.« Er gewann leicht, da Jessica nicht lief, sondern hinter ihm herging und darüber nachdachte, wer ihn wohl so sehr verdorben hatte, daß ihm die Mordlust im Gesicht stand, nur weil er in einer nichtigen Sache wie dieser nicht seinen Willen bekam.

In der Bar war an diesem Abend ungewöhnlich viel los. Ausgerechnet jetzt, dachte Eric, wo er so viel mit den Vorbereitungen für den kommenden Tag zu tun hatte. Er verabscheute die Anwesenheit der Inselbewohner, die zu seinem Einkommen nur wenig beitrugen, während er sich um das Wohlergehen seiner Gäste kümmern wollte, denn die würden, wenn er es richtig anstellte, in die Zivilisation zurückkehren und ihren reichen Freunden Loblieder singen. »Hatten Sie einen angenehmen Tag?« fragte er Anita, die an einem Bier mit Limonade nippte.

»Es war sehr interessant«, sagte sie.

Eric war dankbar dafür, das zu hören, denn während der letzten Tage hatte er befürchtet, Mabel könnte doch recht haben, und die Insel wäre möglicherweise doch die langweiligste Ansammlung von Felsen auf der Erde, und er habe einen Fehler gemacht, hierher zu ziehen.

»Ich möchte gern einige der örtlichen Erzeugnisse kaufen«, sagte Anita.

»Wie bitte?« sagte Eric. Was für örtliche Erzeugnisse gab es hier denn? Heckenrosenkonfitüre, Senf, Teetücher, Becher? Die wurden in englischen und ausländischen Fabriken hergestellt, mit den entsprechenden Etiketten versehen und auf die Insel geschifft. In der Tat wurde so was in alle Dörfer der britischen Inseln und der westlichen Welt geliefert, die vom Tourismus lebten. Eine Person, die Kommerz zu ihrem Beruf gemacht hatte, konnte nicht so weit in die Irre gehen, daß sie tatsächlich erwog, diesen Mist zu kaufen.

»Die Strickwaren«, sagte Anita, »die örtlichen Strickwaren.«

»Ach die«, sagte Eric. Soweit er wußte, wurden auch die Strickwaren importiert.

»Ich bin endlos herumgewandert«, sagte Anita, »und irgendwo habe ich eine Frau am Fenster ihres Cottages sitzen sehen, die strickte, ich ging also zu ihr, um sie nach dem Weg zur Burgruine zu fragen, und da bat sie mich hinein und bot mir eine Tasse Tee an. Sie hatte gerade angefangen, mit solchen riesigen Nadeln zu stricken, also fragte ich sie, was sie machte, und sie sagte, es sei ein Pullover für ihren Mann. Sie erzählte, jedes Dorf auf der Insel und entlang der Küste am Festland verwende ein anderes Muster, damit man erkennen könne, woher sie kämen, und wenn die Männer dann ertrinken und an Land gespült werden, könnten sie heimgebracht und beerdigt werden.«

»Ach so«, murmelte Eric. Das klang unwahrscheinlich. Die Geschichte von den unterschiedlichen Mustern war vielleicht irgendwann einmal wahr, aber er bezweifelte, daß die Inselfrauen immer noch aus diesem wenn auch praktischen, so doch recht makaberen Grund strickten. Die meisten von ihnen fuhren aufs Festland und kauften die Sweater ihrer Männer bei *Marks and Spencer*. Entweder hatte Anita eine Neuhinzugezogene getroffen, die wie er aus der Welt geflohen war und hier plante, ein Kleingewerbe aufzubauen (und dabei wünschte er ihr jetzt schon viel Glück), oder sie war auf eine authentische Insulanerin gestoßen, die eine Decke oder ein Bettjäckchen für den nächsten Flohmarkt machte und ihr eine Lügengeschichte aufgetischt hatte.

»Ich dachte mir, ich nehme ein paar mit und versuche sie als Spezialkollektion«, erklärte Anita. Jetzt, da sie vom Druck ihrer Arbeit befreit war, empfand sie mehr Selbstvertrauen sowohl in ihre Talente als auch in ihr Stehvermögen. Bis jetzt schien in ihrer Abteilung alles möglich gewesen zu sein, und wenn sie mit einer brillanten Idee und der passenden Ware dazu zurückkehrte, bestände vielleicht tatsächlich die Möglichkeit eines Transfers in eine der Modeabteilungen, und dann hätte sie es endlich geschafft und hielte die wirkliche Macht in Händen.

»Na, vielleicht könnten Sie es versuchen«, sagte Eric und fragte sich, ob es freundlicher wäre, sie in ihrem Glauben zu lassen oder ihr jetzt schon zu raten, nicht zu vergessen, die Etiketten mit dem Aufdruck »Made in Taiwan« herauszutrennen. Er entschied, nichts zu sagen.

Mrs. H. erschien in der Bar. Sie trug enge Jeans und eine Nylonbluse unter ihrem Anorak. Ihr folgte der Professor und ein Mädchen im Dufflecoat. »Wir kommen gerade aus dem *Crown and Thristle*«, sagte sie. »Da war es so voll, daß wir fast nicht atmen konnten.«

Crown and Thristle war der nächste Pub an der Küste, und obwohl er auch von einem Zugezogenen geführt wurde, zog er doch viel mehr Einheimische an als Erics weitaus besseres Gasthaus. Er hatte Spielautomaten und einen Poolbillardtisch. Eric empfand die blinde Wut der einfachen, tugendhaften Maid, die sich in bescheidener Weise ihres Wertes bewußt ist, der man aber die aufgetakelte, herumstolzierende Fregatte vorzieht, die aus nichts weiter als falschen Versprechungen und verborgenen Gefahren besteht. Natürlich wollte er im Moment seine eigene Bar nicht mit schwitzenden Trinkern voll haben, allerdings legte er auch keinen Wert darauf, über die andere weiter unten an der Straße ins Bild gesetzt zu werden.

»Es war nett, oder?« fragte er.

»Nein«, sagte Mrs. H. »Viel zu voll. Da kann man ja nicht *atmen*. Ich nehme ein kleines Bitter, es ist ja Weihnachten.«

Eric betrachtete sie vorsichtig. Da sie gewöhnlich Wasser trank, hatte er immer angenommen, sie sei eine ehemalige Alkoholikerin. Bis jetzt hatte er solche Schwierigkeiten mit ihr noch nicht gehabt: Sie war unzweifelhaft eine schreckliche Frau, aber – und Eric klopfte aufs Holz seiner Theke – sie hatte sich in seiner Bar noch nicht vollaufen lasen. Er ließ sich Zeit und bediente sie widerwillig.

Der Professor brach seine gewohnte Regel ebenfalls und bestellte ein richtiges Lager, jedoch immer noch mit Limone.

»Heute gehen wir wohl aufs Ganze?« wollte Eric mit verstecktem Sarkasmus wissen. »Weihnachten ist eben nur einmal im Jahr«, beantwortete er seine eigene Frage. In der Bar gab es keine Anzeichen dafür, daß es wieder einmal soweit war: kein Lametta, keine Papiergirlanden, kein Tannengrün...

»Sie haben keinen Mistelzweig«, sagte Mrs. H. »Ohne Mistelzweig ist Weihnachten doch gar kein Weihnachten.«

»Weihnachten findet hier eben nicht statt«, sagte Eric. »Darum geht es ja gerade.«

»Ich finde, damit lassen Sie die andern im Stich«, sagte Mrs. H. Ihre Bemerkung hätte jeden erstaunt, der weder mit Mrs. H. noch mit den Gepflogenheiten der Insel vertraut war. Man hätte vermuten können, daß sie mit den »andern« das gesamte Christentum und seine lange Tradition gemeint habe; man hätte auch Mrs. H. selbst für eine Frau mit religiösen Anwandlungen halten können. Beides wäre falsch. Mit den »andern« meinte Mrs. H. die englische Gruppe, die Besucher und Zugezogenen. Wie auch die Inselbewohner selbst verfügte sie über einen ausgeprägten Sinn für Stammeszugehörigkeit. Dies stellte einen Grund für den gegenseitigen und heftigen, wenn auch leicht versteckten Abscheu dar, der den Umgang miteinander prägte. Befragt, hätte Mrs. H. all das auf eine Sache der »Klasse« reduziert, denn ihre Geschmacklosigkeit hatte selbst ihr tieferes menschliches Empfinden verdorben. Für sie war das Versäumnis der Inselbewohner, die Gepflogenheiten der Feiertage nicht einzuhalten, kein Anzeichen für ein Überbleibsel von Heidentum, sondern für eine schweinische Ignoranz gegenüber »dem Gebotenen«.

»Ich habe meinen kleinen Baum und die bunten Lichter aufgestellt«, sagte sie, »und John kümmert sich zu Hause um den Truthahn. Er ist ein vorzüglicher Koch.«

Eric sagte nichts. Eigentlich hätte er gern über Pudding und flambierte Brandies gesprochen, aber er wollte sich den armen Hahnrei nicht vorstellen, wie er mit von Kadaverfett schmierigen Händen den toten Truthahn befingerte, während seine Frau an überfüllten Orten Abwechslung suchte. Oh, Mabel...

»In diesem Jahr wollte ich mit all dem nichts zu tun haben«, sagte Anita. »Normalerweise strenge ich mich so an – kaufe alles frisch und verbringe Stunden damit, es zu schälen, kleinzuschneiden und die Sauce zu machen. Dieses Jahr wollte ich einfach einmal eine Abwechslung.« Sie lud immer ein paar ältliche Mädchen aus dem Laden ein, und wenn sie zur Verfügung standen, auch ein paar Männer, die nirgendwo anders eingeladen waren.

»Hallo«, sagte Ronald. Er stand dicht hinter ihr, und als sie sich umdrehte, berührte sein Bart ihr erhobenes Gesicht. »Bis wohin sind Sie denn heute gekommen?« Er hörte eine Frau gern vom Kochen sprechen, und Anitas bescheidenes dunkles Wollkleid mit dem Paisleymuster unter der beigen Strickjacke gefiel ihm gut. Er mochte ihre flachen Schuhe und ihr leicht eingesprühtes dunkelrotes Haar. Vielleicht, dachte er, war doch etwas daran, daß rotes Haar bei einer Frau ein Zeichen für Temperament ist, denn er hatte einmal bemerkt, daß sie ziemlich ungehalten mit ihm geworden war. Er konnte nicht wissen, daß Anitas Haar gefärbt war und sie einmal im Monat mit einer Plastiktüte über dem Kopf dasaß, um die Farbe zu fixieren.

»Ich bin bis zum Dorf gegangen«, sagte Anita. »Ich habe eine einheimische Frau kennengelernt, die einen Sweater für ihren Mann strickte...«

Der Professor rief Eric zu sich, um ein zweites Lager zu bestellen. Alkoholfrei diesmal.

»Wo ist Jessica?« fragte der Professor mit dem selbstsicheren Grinsen eines alternden Don Juans, der sich noch nicht darüber klar ist, wie albern ihn eben diese Selbstsicherheit wirken läßt.

Jon saß nur ein wenig abseits von den anderen, und als er ihn hörte, versteifte er sich.

»Sie steht genau hinter Ihnen«, sagte Eric. Jessica war eine Minute vorher hereingekommen und wartete auf eine Gelegenheit, an den Tresen treten zu können.

»Guten Abend allerseits«, sagte sie mit ihrer Werbespotstimme.

»Da sind Sie ja«, sagte der Professor, lud sie jedoch nicht zu einem Drink ein.

»Zwei Brandies, Eric«, sagte Jon, glitt von seinem Barhocker und bewerkstelligte es, sich an Jessica vorbeizuschieben und sich so zu positionieren, wie ein männliches Wesen sich neben dem weiblichen aufstellt, das sein Besitz ist.

»Was haben Sie heute gemacht?« wollte der Professor von Jessica wissen.

Wasser mit Brechmittel drin und sagte: ›Arthur, wenn du nicht artig bist, gebe ich dir ein Glas Wein‹, oder ›Also Arthur, wenn du so etwas noch einmal sagst, gebe ich dir ein Glas Brandy mit Wasser. Als das arme Kind sieben war, hatte es dem Alkohol für sein gesamtes restliches Leben abgeschworen.«

»Gordon trank Brandy mit Soda«, sagte Harry. »B und S nannte er es. Es besteht die Ansicht, daß er sich gelegentlichen Trinkorgien in seinem Zelt hingab; überkreuz auf dem Boden davor lagen dann eine Flagge und ein Entermesser als Zeichen, daß er nicht gestört werden durfte – nach ein paar Tagen soll er dann erfrischt wieder herausgekommen sein.«

»Ich kann ihm keinen Vorwurf machen«, sagte Jessica.

»Ich niemals«, sagte Harry. »Seine Zeitgenossen versuchten es herunterzuspielen, und die Ikonoklasten machten großes Aufsehen darum, mir scheint es eine Sache von geringer Wichtigkeit zu sein...«

»Hätten Sie etwas dagegen, wenn ich mich zu Ihnen setze?« fragte Ronald. »An der Bar wird geraucht.«

»Nein, leisten Sie uns Gesellschaft«, sagte Jessica. Für eine vierte Person wäre an dem kleinen Tisch so nahe beim Fenster kein Platz mehr gewesen. »Ich erzählte Harry gerade noch von einer Frau, die ihrem kleinen Sohn Weinsteinbrechmittel in den Wein gab, um ihn vom Trinken abzubringen.«

»Aversionstherapie«, sagte Ronald. »Sie gehörte zu den Behavioristen. Man hat diese Therapie auch an Homosexuellen ausprobiert. Sie funktioniert nicht«, fügte er mißbilligend hinzu.

»Und es gibt die, die behaupten, Gordon sei homosexuell gewesen«, sagte Harry. »Hauptsächlich weil er niemals heiratete...«

»Ich hätte auch nie geheiratet«, sagte Jessica, »Wenn ich *gewußt* hätte...«

»Allerdings zeigte er ein großes Interesse für heruntergekommene Jungs«, sagte Harry. »Aber er interessierte sich auch für alte Obdachlose, und in dieser Beziehung hat ihn noch niemand der Perversion bezichtigt.«

»Meinungen ändern sich«, sagte Jessica. »Sehen Sie sich Helen Huntingdon an. Obwohl eine Menge Leute immer noch annehmen, sie habe einen bewunderswerten Charakter – sie halten sie für eine frühe Feministin oder so was ähnliches.«

Ronalds Aufmerksamkeit war durch das Wort »Perversion« erregt worden. »Ich erinnerte mich gerade an die Theorien von Krafft-Ebing«, sagte er. »Bin dabei, mir gerade noch mal die *Psychopathia Sexualis* vorzunehmen. Da wird ein Fall aus dem Jahre 1892 beschrieben, ein Mann namens Ardisson – kam aus einer Familie von Kriminellen und Irren – kleiner Mann mit vorspringendem Unterkiefer. Der grub für gewöhnlich Leichen aus und...«

»Aß sie?« fragte Harry, mit einemmal in den Horror von Khartum zurückversetzt.

»Nein«, sagte Ronald. »Für gewöhnlich...«, er hielt inne und erinnerte sich wieder daran, daß er sich nicht in seinem Sprechzimmer befand und daß eine Dame anwesend war.

»Warum tat er das?« fragte die Dame, die aus Ronalds Auslassungen sehr genau verstanden hatte, was der kleine Mann mit dem vorspringenden Unterkiefer getan hatte.

»Wenn wir das nur wüßten«, sagte Ronald launisch, »dann wüßten wir mehr über die Triebfeder menschlichen Verhaltens.« Genau wie ein Großteil der Bevölkerung, so war er oft versucht zu sagen, daß manche Leute eben einfach wahnsinnig waren, und es dabei zu belassen.

Harry verstand erst zu spät, worum es in dem Gespräch ging, erinnerte sich aber dann an eine erstaunliche Passage aus Herodot, in der berichtet wird, daß im alten Ägypten die Leiche einer schönen oder reichen Dame einige Tage lang aufbewahrt wurde, bevor man sie zum Einbalsamierer brachte, sie sollte bereits in den Zustand leichter Verwesung übergegangen sein, denn einmal war ein Mitglied dieses Standes dabei erwischt worden, wie er mit einer attraktiven Toten Geschlechtsverkehr hatte. Ein Kollege hatte ihn denunziert.

»Bäh«, sagte Jessica. Was für ein merkwürdiges Gespräch für den Heiligen Abend – andererseits ignorierte sie Weihnachten, also unterschied sich dieser Tag durch nichts von allen anderen.

Eric kam an ihren Tisch, um die Gläser zu holen, und schaute auf seine Uhr. Finlays Schwägerin hatte versprochen, um neun zu kommen und ihm zu helfen. Es war eine Minute vor neun. Als er aufschaute, sah er sie, sie zapfte ein Bier für Finlay, der leicht schwankend an der Theke stand.

»Sie ist eine merkwürdig aussehende Frau«, sagte Anita in die Runde, ohne jemanden bestimmtes anzusprechen. Sie war sich der Beziehung zwischen dem Seemann neben ihr und der Barfrau nicht bewußt. Zum ersten Mal hatte sie bemerkt, daß die Frau Schwimmhäute zwischen ihren Fingern hatte: eine dünne Membrane, die sich fast bis zum zweiten Glied jedes Fingers spannte und ihr jetzt dabei behilflich war, den Haufen Kleingeld einzusammeln, den Finlay ihr hingelegt hatte.

»Sie is' 'ne Selkie«, sagte Finlay.

»Eine was?« fragte Anita, aber Finlay lachte nur.

Sie bahnte sich einen Weg bis zum Ende der Theke, wo Eric stand und Gläser polierte. »Was ist eine Selkie?« wollte sie wissen. Sie war ein wenig angetrunken, denn sie hatte sich gesagt, daß heute immerhin Heiligabend war.

Eric reagierte verärgert. »Das ist nur eine von ihren Geschichten«, sagte er. »Irgendein Unsinn...«

»Ja, aber *was für einer*«, drängte Anita, denn ihre Neugierde wurde durch seine Weigerung angeheizt.

»Sie behaupten, einige der Inselbewohner seien Nachkommen von Seehunden...«

»...und die kommen an Land«, unterbrach ihn Finlay, »und die ziehn sich ihre Felle aus und die tanzen da drüben auf'm Strand, und manchmal treiben sie's mit Menschenkindern...«

Er wurde von seiner Schwägerin unterbrochen, die sich über den Tresen lehnte und ihn mit ihrer Schwimmhauthand vor die Brust stupste.

»Verdammt«, sagte er, als er ein wenig Bier verschüttete, aber dann lachte er wieder und ging wankend in die Halle und setzte sich auf die Truhe unter den Kleiderhaken.

»Und was dann?« bearbeitete Anita Eric weiter.

»Also man sagt, wenn ihre Felle gestohlen werden, können sie nicht wieder ins Wasser zurück, und darum sind einige von ihnen immer noch hier«, sagte Eric ungeduldig. »Das ist eine Menge Unsinn. Bloß weil einige hier Schwimmhäute zwischen den Fingern und Zehen haben – das ist alles Quatsch. Meine Frau...«, er hielt inne.

»Was?« fragte Anita. »Was ist mit Ihrer Frau?«

»Nichts«, sagte Eric. »Sie mußte aufs Festland. Ich hatte gehofft, sie wäre über Weihnachten hier, um zu helfen. Das ist alles. Dafür hilft mir Finlays Schwägerin.«

»Interessant«, sagte Anita und sah sich suchend nach Ronald um. Dieser primitive Mythos würde einen Studenten des menschlichen Geistes interessieren. Er unterhielt sich mit Jessica. In Wirklichkeit wandte er sich gerade an Harry, aber da Jessica ebenfalls am Tisch saß, vermutete Anita, daß er sich mit ihr unterhielt, denn war sie nicht berühmt und glamourös? Ihre anfängliche Scheu Jessica gegenüber war durch das Einsetzen ihres gesunden Menschenverstands überwunden worden, denn sie stellte fest, daß auch Stars nur aus Fleisch und Blut bestanden, was ihr wiederum die Möglichkeit für eine geringschätzige Haltung bot, denn Anita neigte dazu, alle gutaussehenden Frauen für oberflächlich zu halten, und daraus entwickelte sie einen ihr logischen Gedankengang: Weil die meisten Männer die Gesellschaft gutaussehender Frauen vorzuziehen schienen, war anzunehmen, daß die meisten Männer ebenfalls oberflächlich waren – und dumm obendrein. Von Ronald war sie deshalb jetzt enttäuscht, denn sie hatte ihn für besser gehalten.

»Warum gehen wir eigentlich nicht alle zu mir?« fragte Mrs. H. »Das ist doch keine Art, so den Heiligen Abend zu feiern.«

Eric hätte sie erwürgen können. Die paar Einheimischen, die in der Bar getrunken hatten, waren schon wieder weg, und jetzt schlug sie vor, seine Gäste und die beiden anderen mitzunehmen und das Lokal leer zurückzulassen. Schlimmer noch – seine Zeitungsanzeige hatte eine saubere und eindeutige Befreiung von allen Feiertagsaktivitäten garantiert, und jetzt drohte sie damit, die Flüchtigen in genau die Atmosphäre zu stürzen, vor der sie geflohen waren. Er wünschte, er wäre so vorausschauend gewesen und hätte sie schon mit dem ersten Advent aus seiner Bar verbannt. Am liebsten hätte er sich hingesetzt und geheult.

»Ich muß noch einen Kasten Tonic holen«, sagte er zu Finlays Schwägerin und ging hinaus in den Hof. Er sagte sich, daß er jetzt ein wenig frische Luft brauchte. Durch einen Film von Tränen, den Eric der Luft in der Bar zuschrieb, sah er einen Jungen, der auf der niedrigen Mauer saß. »Hey«, sagte Eric, blinzelte und klang aggressiver, als er beabsichtigt hatte, »was machst du da?«

Der Junge war sehr ruhig, und einen Moment dachte Eric, er würde ihm nicht antworten. Dann sagte er: »Ich warte auf meinen Vater.«

Eric wollte gerade sagen: »Dein Vater ist nicht hier«, als hinter ihm ein Haufen leerer Kästen umfiel, also schrie er statt dessen: »Verdammter Mist«, sprang herum, und sein Herz klopfte beängstigend schnell. Er erwartete jemanden zu sehen, der, zu unerzogen, die Herrentoilette zu benutzen, in seinen Hof gekommen war, um sich hier zu erleichtern, aber es war niemand da. Nachdem er im Licht des Küchenfensters die Getränkekästen wieder ordentlich gestapelt hatte, hatte er den Jungen völlig vergessen.

»Was ist denn das für ein Krach?« fragte Jon, als Eric zurück in die Bar kam.

»Welcher Krach?« sagte Eric kurz angebunden. Wenn sein Gasthof den Zulauf hätte, den er verdiente, hätte niemand den kleinen Unfall hier draußen bemerkt.

»Klang, als wenn der Krieg ausbricht«, sagte Jon und schaute enttäuscht.

Eric kannte diesen Blick, denn manche Leute fanden Gefallen an Aufstand und Unruhe. Zweifellos hatte Jon gehofft, daß eine Bande von Pikten herniedergekommen war, um zu seiner Unterhaltung alles zu verwüsten. Mrs. H. war genauso, sie genoß nichts mehr, als aus sicherer Distanz Schwierigkeiten zuzusehen: kenternde Schiffe, Marder im Hühnerstall, Beziehungen, die kaputtgingen, die Tätowierten auf der Suche nach Eisenstangen, mit denen sie jeden zusammenschlügen, den sie für einen Widersacher hielten, alles, was dem Inselleben ein wenig Farbe verlieh.

Sie rutschte auf ihrem Barhocker hin und her, ihren Anorak halb über die Schultern zurückgeschoben, und schaute sich rastlos nach möglichen Spielgefährten um. Wenn sie keinen Liebhaber hatte, konnte sie sich entweder jemanden suchen, der ihr die Zeit verschönte, oder sie ging zu ihrem Gatten nach Hause, der wahrscheinlich inzwischen Pastinaken schälte. »Ich sag' Ihnen was«, wandte sie sich dem Professor zu, mit dem sie eine pubertäre Morgen-fängt-die-Schule-wieder-an-Beziehung unterhielt. Die beiden nahmen sich gegenseitig auf den Arm und erkannten doch stillschweigend an, daß ihrer beider Status als Außenseiter sie in dieselbe Kategorie steckte – ob das nun gut oder schlecht war, schien sie nicht zu interessieren. »Warum gehen wir nicht zu Ihnen? Ist doch näher.«

Trotz seiner Depression wartete Eric darauf, wie der Professor reagieren würde. Es war allseits bekannt, wie ungern er anderen Leuten Getränke in den Rachen goß, obwohl er mit einem Wagen angekommen war, der vollbeladen war mit Bier und billigem Rioja aus einem Londoner Discount-Getränkemarkt. Eric wußte das, weil Finlay, der alles wußte, es ihm erzählt hatte. »Da steigt 'ne Party«, hatte Finlay damals gesagt und gelacht. Jetzt sah es so aus, als ob die Party heute abend stattfände, wenn er nicht sehr vorsichtig war.

»Kommt schon«, sagte Mrs. H. »Heute am Heiligen Abend gehen die Geister um, aber wenn wir alle beisammen bleiben, kann uns nichts passieren. Bei den Händen müssen wir uns halten. Vielleicht sehen wir auch das Gespenst vom Cottage – das macht alles kalt – nicht?« sagte sie zum Professor.

Einem Gerücht zufolge hatte dieses fröstelige Phantom einmal so gewaltig gewütet, daß alle Damen in der Nachbarschaft zum Professor ins Bett gehüpft waren, um sich zu wärmen. Bisher war noch keine Gelegenheit gewesen, diese Behauptung entweder zu bestätigen oder zu entkräften, auch hatte noch niemand ihn direkt damit konfrontiert, aber in solchen Dingen sind vage Spekulationen sowieso befriedigender als die Wahrheit. »*Sehr* kalt«, sagte der Professor und lächelte wissend, denn er liebte es, das Gerücht lebendig zu erhalten.

Mrs. H. wäre gern bei dem Thema geblieben, aber Ronald unterbrach. »Wenn das Cottage am Meer liegt«, bemerkte er, »dann muß es ja sehr oft kalt dort sein.«

»Es ist nicht diese Art von Kälte«, sagte Anita.

»Was für eine Art von Kälte?« fragte Ronald. »Woher wollen Sie denn wissen, welche Art von Kälte zur Debatte steht?«

»Aufsteigende Feuchtigkeit«, sagte Eric wieder.

»Gespenstische Kälte unterscheidet sich ganz enorm von jeder anderen Art von Kälte«, sagte Anita und schaute Ronald mitten ins Auge.

Wieder war er flink genug, die Warnsignale zu erkennen. »Ich behaupte ja nicht, daß es nicht so ist«, erklärte er. »Ich wünsche lediglich zu wissen, woher Sie das *wissen.*«

»Das weiß man eben«, sagte Anita und drückte damit aus, daß nur ein absoluter Idiot so was nicht weiß. Sie begann, ihn an seine Frau zu erinnern.

»Ich meine nur«, sagte Mrs. H., »wir wären verrückt, diese Gelegenheit zu verpassen; jetzt ist der Zeitpunkt da. Immer am Heiligabend kommen sie raus – es ist die einzige Nacht, in der sie sich mit uns unterhalten können.«

»Warum wollen Sie es sehen?« fragte Ronald.

Die meisten Anwesenden waren der Ansicht, daß diese Frage keiner Antwort bedurfte: Zum einen gab es nur wenig Leute, die kein Gespenst sehen wollten, zum anderen war das Gespenst nicht Mrs. H.s wahres Motiv. Sie wollte eine Party feiern und nicht nach Hause gehen. Das war offensichtlich.

Anita sprach: Da sie selbst einmal eine unheimliche Kälte gespürt hatte, fühlte sie sich in die Lage gesetzt, ihrem Wunsch Ausdruck zu verleihen. »Ich möchte es gern sehen«, sagte sie.

»Hat es denn schon irgend jemand wirklich *gesehen*?« fragte Ronald. »Ich dachte, es sei lediglich ein Gefühl von Kälte.«

»Man sieht es aus dem Augenwinkel heraus«, sagte Mrs. H. »Es macht einem wirklich Angst, nicht?« Sie wandte sich an den Professor, denn immerhin war er der Besitzer des Phantoms.

»So sagt man«, sagte der Professor. »Den Mädchen hat es noch immer einen Schrecken eingejagt.«

Mrs. H. kicherte.

»Warum lachen Sie?« fragte Ronald, denn er dachte an eine Theorie, nach der Lachen immer eine Reaktion auf Furcht, Entbehrungen, unangenehme Ereignisse jeder Art und damit ein Anzeichen für eine Neurose darstellte. Jemand, der wirklich innerlich ausgeglichen ist, hätte niemals laut gelacht. Er hatte gelesen, daß Indianer, wohlerzogene Chinesen und Lord Chesterfield Lachen als sozialen Fauxpas betrachteten, der die Ungeschliffenen und Unerzogenen charakterisierte, die ja in der Tat an ihren Lebensbedingungen viel auszusetzen gehabt hätten und nur wenig Anlaß zum Lächeln – womit diese Theorie wiederum aus einem anderen Blickwinkel bestätigt wurde. Ronald hatte immer versucht, das seiner Frau zu erklären, wenn sie ihn beschuldigt hatte, humorlos zu sein, aber sie hatte nie verstanden, was er sagte. Er war sich über das Thema nicht ganz im klaren; oder anders formuliert: Er hielt sich eine Hintertür offen, denn gegenwärtig tendierte die Laienmeinung dahin, Humorlosigkeit sei ein Fehler, und er verspürte zunehmend das Bedürfnis, sowohl in der Welt als auch in seinem Sprechzimmer zu leben. Seine Frau hatte einmal laut darüber nachgedacht, ob er sich mit Psychiatrie beschäftigte, weil er total verrückt war, oder weil der tägliche Umgang mit aus dem Gleichgewicht Geratenen ihn dazu gemacht hatte. Selbst jetzt schmerzte die Erinnerung noch. Er lächelte und erstaunte seine Barthaare, die zuvor nur durch die Art von Kieferbewegungen gestört worden waren, die Sprechen, Kauen oder das Reinigen der Zähne verursachte. »Wahrscheinlich ist es einfach lustig«, sagte er.

»Was ist lustig?« fragte Anita.

»Alles«, sagte Ronald hilflos und tat Anita leid, denn er sah so verloren aus.

»Ich habe über alle gelacht, die hier herumstehen und sich fragen, ob sie nun gehen sollen, um sich das Gespenst anzusehen oder nicht«, sagte Mrs. H. unehrlich. »Ich glaube, Sie haben alle Angst.«

»Ich glaube nicht, daß es *Angst* ist, was sie empfinden…«, hob Ronald an.

»Ich glaube, ich habe überhaupt keine Angst«, sagte Anita. »Sowieso ist es da draußen schon kalt genug, und vorhin sah es aus, als wollte es anfangen zu regnen. Ich glaube, ich gehe lieber zu Bett.«

»Sie können am Heiligen Abend nicht einfach ins Bett gehen«, sagte Mrs. H.

Jessica wurde unruhig. »Möchten Sie auf eine Party gehen?« fragte sie Harry.

»Ich glaube, ich werde heute auch früh zu Bett gehen«, sagte er. »Müde...« Er sah wirklich müde aus, bemerkte Jessica jetzt. Er war blaß. Sie hoffte, ihn nicht ermüdet zu haben. »Aber Sie sollten gehen«, sagte er. »Junge Leute...« Sie starrte ihn mißtrauisch an, und er lächelte. »Relativ jung«, sagte er, und das bestätigte sie: Menschen, die an der Pforte des Todes standen, fühlten sich selten forsch genug, um die auf den Arm zu nehmen, die sie wahrscheinlich überlebten.

Anita änderte ihre Meinung wieder. »Gehen wir«, sagte sie.

»Gerade haben Sie noch gesagt, sie wollten nicht«, sagte Ronald.

»Na und? Und davor habe ich gesagt, daß ich will«, sagte Anita, »und ich will.«

»Ich fahr' die Mädels mit dem Jag rüber«, sagte der Professor, der sich damit abgefunden hatte, einen Teil seines Kellers herzugeben.

»Wir gehen«, sagte Jon und holte sich aus einem Tagtraum zurück, in dem eine Frau, die Jessica ähnlich sah, ihn um Verzeihung bat. In seinem Tagtraum war sie über und über mit Schlamm bedeckt und sah überhaupt nicht mehr gut aus. »Komm«, sagte er zu ihr.

»Ich habe meinen Mantel oben gelassen«, sagte Jessica. »Ich muß ihn noch holen.« Sie ging in die Halle und stolperte fast über Finlay, der seine Beine unvermittelt ausgestreckt hatte. Er öffnete seine Augen und schaute sie an. »Tut mir leid«, sagte sie.

»Warum leihen wir uns nicht einen von denen hier aus«, sagte Anita. »Die hängen jetzt schon seit Tagen hier, und niemand hat sie abgeholt.« Sie langte nach dem dunklen Pelzmantel, aber Finlay stand auf und nahm ihn ihr ruhig, aber bestimmt weg und hängte ihn an den Haken zurück.

»Ich bringe Ihren Mantel mit«, sagte Jessica, die dieses Zwischenspiel aus Unhöflichkeit und Unachtsamkeit beobachtete. »Ist Ihre Tür offen?«

»Nein«, sagte Anita, die es vor allen anderen Dingen haßte, erniedrigt zu werden und sich wünschte, sie könne Finlay zu einem langsamen Tod verurteilen. »Ich gehe ohne.«

»Dann wird Ihnen kalt«, sagte Ronald.

»Nicht im Wagen«, sagte Anita, und vor Zorn und Beschämung begann sie zu glühen.

Mrs. H. machte sich an Jessica heran und flüsterte ihr ins Ohr. »Vielleicht hat *er* ja noch einen Mantel«, sagte sie und meinte das bekannte Kleidungsstück, das um die Schultern des Mädchens gelegt war, die entweder eine der letzten Trägerinnen sein konnte, genausogut aber auch eine andere. Sie meinte auch den Professor, den Herrn des Mantels. Als sie sich umdrehte, um sie anzusehen, unterdrückte sie ein Lachen und zog in einer Pantomime den Reißverschluß eines Anoraks zu.

Jon schaute zu, wie Jessica sich auf den Rücksitz des Wagens setzte und dann Ronald Platz machte. Läßt jede Menge Bein sehen dabei, dachte er. Das war nicht ihre Schuld, aber Jon hielt es dafür.

Im Haus des Professors war es erstaunlich kalt, aber nicht, entschied Jessica, aufgrund übernatürlicher Ursachen, sondern weil das Feuer nicht brannte. Alles war säuberlich dafür zurechtgelegt und wirkte doch merkwürdig abweisend. Er entzündete nur eine Seite des Gasofens und schlug ihnen vor, die Mäntel anzubehalten, bis es wärmer geworden wäre.

»Machen wir doch den Kamin an«, sagte Mrs. H. und trat an den Kamin.

»Seien Sie doch nicht töricht«, sagte der Professor und schnitt ihr den Weg ab. »Wozu sollen wir um diese Zeit noch den Kamin anzünden?«

»Damit es wärmer wird«, sagte Mrs. H.

»Wenn Sie gleich morgen früh wieder herkommen, alles saubermachen und neues Brennholz aufschichten, dann bitte«, sagte der Professor.

»O. K.«, sagte Mrs. H., »wo sind die Streichhölzer?«

Der Professor geriet aus der Fassung. »Wenn Sie hier das Kommando übernehmen wollen«, sagte er, »dann mal los. Dann öffnen Sie auch eine Flasche – oder noch besser, gehen Sie doch zu sich und öffnen Sie Ihre eigenen Flaschen.«

»Was für ein Ausbruch«, sagte Mrs. H. Sie hätte sich nicht beirren lassen und ein Streichholz entzündet, aber sie sah sich um und fand keins.

Ronald betrachtete diese Vorführung mit mittelmäßigem professionellem Interesse. Der Mann war eindeutig obsessiv veranlagt: Menschen mit loser Moral waren in anderer Beziehung oft neurotisch sparsam. Er war sich ziemlich sicher, daß der Professor sich für eine Nadel bückte, wenn er eine fand, und sie so lange aufbewahrte, bis sich eine Gelegenheit bot, sie zu gebrauchen. »Was machen Sie mit ihren leeren Dosen und alten Zeitungen?« fragte er.

»Was?« fragte der Professor und hatte sich wieder unter Kontrolle.

»Sie müssen hier am Tag eine wunderschöne Aussicht haben«, sagte Anita und spähte durch das Fenster in den Nebel.

»Das kalte Gespenst ist hier im Sommer erschienen«, sagte Mrs. H., und ihr leicht besitzergreifendes Auftreten blieb trotz des Ausbruchs des Gastgebers unverändert, »da fiel es besser auf.«

Jessica fragte sich einen Augenblick, warum sie so viel darüber wußte und kam zu dem Schluß, daß sie und der Professor sich einmal nähergestanden haben müssen, als es heute den Anschein hatte. Für lüsterne Menschen war es ungewöhnlich, dachte sie, sich umeinander zu sorgen, in der Regel zogen sie es vor, die Tugendhaften zu verführen.

»Wie hält denn der Zaun?« fragte Mrs. H. boshaft.

Das Thema Zaun war ein wunder Punkt des Professors. Irgend jemand warf ihn immerzu um. Jedesmal, wenn der Professor auf der Insel ankam, richtete er ihn wieder auf, und jedesmal kam irgend jemand daher, riß ihn ein und tanzte auf dem Rasen. So sah es jedenfalls aus. Das Gras war flachgetreten, der Rasen zeigte kahle Stellen, und die Kresse, die die Kanten begrenzte, war achtlos niedergetrampelt. Der Zaun stand zum Meer hin und sollte eigentlich Touristen davon abhalten zu glauben, der Garten des Professors sei öffentlich und somit für Picknicks geeignet. Merkwürdig war, daß sogar außerhalb der Saison jemand daherkam und den Zaun umstieß. Er verdächtigte die Einheimischen einen nach dem anderen, verfügte jedoch über keinerlei Beweise, um seine Beschuldigung zu stützen, und mußte sich darauf beschränken, unfreundliche Blicke zu werfen und versteckte Andeutungen zu machen, was zu seiner Beliebtheit wenig beitrug.

»Diesmal soll Finlay ihn mir aufstellen«, sagte er. »Ich habe es satt, Pfähle in den Boden zu rammen.«

»Das wird Sie was kosten«, sagte Mrs. H., über dieses Anzeichen von Verschwendungssucht erstaunt.

»Er schuldet mir noch was«, sagte der Professor. »Ich habe ihm letzten Monat meinen Außenbordmotor geliehen.«

»Es ist doch komisch«, sagte Mrs. H., »daß Finlay noch niemanden auf frischer Tat ertappt hat, wenn man bedenkt, wieviel Zeit er hier an der Küste verbringt.«

»Sie glauben doch nicht etwa, daß Finlay ihn umwirft«, sagte der Professor. Finlay war so ungefähr der einzige Inselbewohner, den er nicht verdächtigte.

»Warum nicht Finlay?« fragte Mrs. H. »Warum sollte er es nicht sein? Er ist doch immer hier unten.«

»Warum sollte er?« fragte der Professor.

»Warum nicht?« sagte Mrs. H.

»Machen Sie sich nicht lächerlich«, sagte der Professor. Er hätte es unpraktisch gefunden, wenn sich Finlay als der Bösewicht herausgestellt hätte, denn wenn sein eigener Außenbordmotor kaputt war, lieh er sich oft Finlays aus.

So schnell er konnte, ohne hinzufallen, ging Jon durch die Nacht, kam an die Küche und wankte hinein. Jessica war froh, ihn zu sehen, denn frisches Blut wäre möglicherweise in der Lage, das böse Blut zu verdünnen, das gegenwärtig durch die Venen der Leute pulste: wenn das so weiterging, würde noch Blut fließen. »Ist das nicht hübsch?« sagte sie.

»Es erinnert mich an das Haus meines Großvaters in Irland«, sagte Jon. »Er hat auch so ein kleines Haus, von da geht er dann fischen und segeln.« Das hätte wahr sein können, doch sobald Leute eine gewisse Zeit mit Jon verbracht hatten, glaubten sie ihm kein einziges Wort mehr. Wenn er behauptete, eine Nase, einen Mund und zwei Ohren zu haben, so würden sie sogar die Beweise ihrer eigenen Wahrnehmung ignorieren und automatisch vermuten, daß er übertrieb.

»Komm und setz dich zu mir«, sagte Jessica, denn er tat ihr wieder leid. Sie klopfte auf den fadenscheinigen Bezug des Sofas, rutschte auf und machte ihm Platz.

»Also, möchte denn jemand einen Drink?« fragte der Professor. Es klang so, als ob er hoffte, daß sie mit ein bißchen Glück alle Nein sagten.

»Sehr gern«, sagte Jessica bestimmt.

»Hol ein paar Gläser«, sagte der Professor zu dem Mädchen im Dufflecoat. »Sie stehen im unteren Schrank in der Küche.«

Sie kehrte mit einem Sammelsurium von Gläsern zurück, von denen nicht zwei zusammenpaßten. Jessica machte es nichts aus, aber es war gleichzeitig bezeichnend für die schlechte Stimmung, die den Abend beherrschte, und sie begann sich zu fragen, was sie in diesem klammen Cottage am Heiligabend mit all diesen Leuten tat, die sie nicht einmal kannte. Ein steifer Scotch wäre jetzt gut, um die Situation zu verbessern.

»Bier oder Wein«, wollte der Professor wissen.

»Na dann Wein«, sagte Jessica entmutigt.

»Hol eine Flasche aus der Waschküche«, sagte der Professor zu dem Mädchen. »Durch die Tür da und dann links.« Es schien, als sei sie noch nicht allzu vertraut mit den Örtlichkeiten, und Jessica begann über die anderen Frauen nachzudenken, die man dem Professor zuschrieb. Vielleicht hingen sie alle an Haken in der Scheune wie die Opfer von Mr. Fox; vielleicht plante er, sie morgen zum Mittagessen zu verspeisen...

»Ich glaube, ich habe Heimweh«, sagte sie zu Jon. Er saß so dicht, daß sie seine Wärme spüren konnte. Sie war wirklich sehr verloren. Das war ein Fehler, dessen sie sich selbst bewußt war, aber in der Gegenwart von Menschen, die ihr nichts bedeuteten, fiel ihre Stimmung. Sie fühlte sich unbedeutend, einfach und gewöhnlich, als sei Gewöhnlichkeit ansteckend. Wenn sie nicht vorsichtig war, würde sie gleich anfangen anzugeben, um sich selbst daran zu erinnern, daß sie eigentlich reich und berühmt war, daß sie bald schon wieder im *Coach and Horses* in der Greek Street mit all den unterhaltsamen Menschen sein könnte, denen sie entfliehen wollte, als sie hierhergekommen war. Sie täte das ausschließlich für ihr eigenes Wohlergehen, für ihren inneren Frieden und nicht für die anderen, die diesen Aufwand nicht wert waren. Jessica schämte sich ihrer Gedanken, was ihre Stimmung verschlechterte.

Obwohl Jon nicht als Götterbote bezeichnet werden konnte, war er doch zumindest ein Teil jener Welt, die sie jetzt vermißte. Sie wünschte, sie könnte ihn fragen, wann sie sich kennengelernt hatten, aber dafür war es jetzt zu spät. Während das Mädchen ihr ein Glas Wein in die rechte Hand drückte, spürte sie, daß Jon ihre Hand hielt und streichelte, als habe er jedes Recht der Welt dazu. Um ihm ihre Hand mit einem begründeten Vorwand entziehen zu können, fragte sie, ob jemand eine Zigarette für sie hätte – obwohl sie sich das Rauchen abgewöhnt hatte –, denn ihre Gefühle für ihn waren so freundlich geworden, daß sie ihre Hand nicht einfach zurückfordern oder sie ihm mit einer aufgebrachten Geste entreißen wollte.

»Oh, hier wird nicht geraucht«, sagte der Professor. »Ich dulde kein Rauchen. Jeder, der rauchen will, kann nach draußen gehen.« Das verursachte eine bekannte Wirkung: Verlangen nach Nikotin und Bedürfnis nach Flüchen. Alle Verbote, die nicht auf einem Tabu basieren, haben ähnliche Konsequenzen. Hätte der Professor von Jessica verlangt, mit einer inzestuösen Beziehung schlußzumachen, lammfromm wäre sie seiner Forderung nachgekommen. Wäre er ein Beduine und hätte von ihr verlangt, nicht ihre linke Hand zu benutzen, um eine Portion Lammfleisch aufzunehmen, sie hätte sich gefügt, ohne zu murren. So war sie allerdings entschlossen, ein Päckchen mit zwanzig Zigaretten in die Hände zu bekommen oder bei dem Versuch, sie zu beschaffen, zu sterben.

»Dann muß ich wohl zum Gasthaus zurückgehen«, sagte sie. »Ich bin ganz wild auf eine Kippe.«

»Versuchen Sie's ohne«, sagte der Professor. »Gebrauchen Sie Ihre Willenskraft.«

Jessica war daran gewöhnt, diesen Spruch von Leuten zu hören, die sie gut kannte. Er hatte bei ihr noch nie die erwünschte Wirkung gezeigt. »Nein«, sagte sie.

»Ich komme mit«, sagte Jon.

»Das ist nicht nötig«, sagte Jessica. »Ich komme schon allein zurecht.«

»Du weißt nie, wer sich nachts da draußen rumtreibt«, sagte Jon. »Es könnte gefährlich sein.«

Jessica dachte, daß es statistisch gesehen gefährlicher war, mit einem Mann durch die Dunkelheit zu gehen, der mit einem etwas im Sinn hatte, als allein. Die Wahrscheinlichkeit, daß ein Sexbesessener hinter einer Hecke vorspringen könnte und einem etwas antäte, war sicher geringer. Sie sagte das allerdings nicht.

»Dann beeilen Sie sich«, sagte der Professor.

»Ich habe nicht vor zurückzugehen«, sagte Jessica, als sie durchs Gartentor gingen. »Du?«

»Natürlich nicht«, sagte Jon. Er vermutete sofort und war jetzt davon überzeugt, daß Jessica nicht auf der Suche nach Zigaretten fortging, sondern um mit ihm allein zu sein.

»Hör mal«, sagte sie, als sie ein kleines Stück die Straße hinuntergegangen waren. »Ich höre Singen.«

»Vielleicht die Einheimischen«, sagte Jon. »Vielleicht betrunken.«

»Nein, shhh!« sagte Jessica und blieb stehen. »Hör doch mal zu.«

»Ich kann nur das Meer hören«, sagte Jon und nutzte die Gelegenheit, beide Arme um Jessica zu legen, als sie auf der dunklen Straße standen.

»Wenn wir hier so rumstehen, und sie *sind* betrunken«, sagte Jessica, »dann fahren sie uns auf ihrem Heimweg um. Komm, ich friere wieder.«

Die Bar war bis auf Eric leer. Er saß da und vertrank einen kleinen Teil des Verdienstes, fühlte sich jedoch dennoch unglücklich nüchtern.

»Haben Sie zwanzig Silk Cut?« fragte Jessica, setzte sich auf einen Barhocker und warf ihren Mantel ab. »Der Professor wollte mich nicht rauchen lassen.«

»Ach nein«, sagte Eric.

»Was für eine Art Professor ist er eigentlich?« fragte Jessica. Sie machte sich schon seit einiger Zeit Gedanken darüber. Er machte auf sie nicht den Eindruck, als sei er besonders gelehrt.

»Zähne«, sagte Eric verächtlich. »Er ist Zahnarzt.«

»Ach so«, sagte Jessica. »Wie ekelhaft.«

»Irgendwie verdient er ein Vermögen«, sagte Eric, »und er macht monatelang Ferien.«

Nun folgte eins dieser befriedigenden Gespräche, in dem alle Beteiligten einer Meinung sind: über die Greueltaten der Mediziner und Zahnärzte und die Mängel des Staatlichen Gesundheitswesens. Alles wurde mit persönlichen Erfahrungen, sowohl medizinischer als auch finanzieller Art, ausgeschmückt, die jedem der Beteiligten in den Händen eines oder mehrerer Vertreter dieser humanen Profession widerfahren waren.

»Sie nennen ihn den Lachgastatscher«, sagte Eric indiskret. Meistens versuchte er, der perfekte Gastwirt zu sein. Dazu gehörte, niemals über die Angewohnheiten seiner Gäste zu sprechen, und besonders nicht, wenn er in seiner professionellen Funktion in seiner Bar tätig war, aber Selbstmitleid und Whisky hatten ihn verbittert und seine Zunge gelöst. »Es ist nicht bewiesen, aber es heißt, er vergeht sich an seinen Patientinnen. Ich glaube ja nicht einmal, daß er wirklich ein Professor ist. Wahrscheinlich nennt man ihn einfach so. Ich denke, er ist ein gewöhnlicher Zahnklempner.«

»Geben Sie mir einen großen Whisky mit Ginger«, sagte Jessica, »dann gehe ich zurück und frage ihn.«

»Warum?« fragte Jon.

»Ich will's wissen«, sagte Jessica. »Ich bin neugierig.«

»Das ist doch völlig uninteressant«, sagte Jon. »Wen kümmert's schon, was er ist?«

»Ich *kümmere* mich ja nicht eigentlich darum«, erklärte Jessica, »ich will's eben nur zu meiner eigenen Befriedigung wissen.« Sie schaute Jon an, denn sie meinte, er beschuldige sie, ihre Nase in Dinge zu stecken, die sie nichts angingen. Ihr war nicht klar, daß er gerade einen Eifersuchtsanfall erlitt, als er ihr deutliches Interesse für ihren früheren Gastgeber hörte.

»Dieses Cottage ist der ungemütlichste Schuppen, in dem ich jemals war«, sagte Jon.

»Ich dachte, es erinnert dich an das Haus deines Großvaters«, sagte Jessica rachsüchtig.

»Nur die Lage«, sagte Jon, »wie es am Ufer des Meeres steht. Das Haus meines Großvaters ist mit Familienerbstücken möbliert, und es brennen große Kaminfeuer.«

»Ich dachte, in Irland verbrennt man Torf«, sagte Jessica, doch im selben Augenblick tat es ihr leid. Sie ärgerte sich über Jon, doch nicht so sehr, um seine Hirngespinste zu hinterfragen. Es interessierte sie nicht genug.

»Man holt das Brennholz vom Gut«, sagte Jon.

»Oh«, sagte Jessica. Sie wechselte das Thema. »Wo ist denn unsere Barfrau?« wollte sie von Eric wissen.

»Ich habe sie nach Hause geschickt«, sagte Eric. »Sie kommt morgen früh wieder und hilft mir.«

»Sie haben großes Glück, Personal gefunden zu haben«, sagte Jessica, denn sie war zu Recht davon überzeugt, daß es zunehmend schwieriger wurde, jemanden dazu zu bringen, für seinen Lebensunterhalt zu arbeiten.

»Sie haben recht«, sagte Eric. »Ich wüßte auch nicht, was ich ohne sie täte…« Er hielt inne, denn er wollte keinen Eindruck von Unsicherheit oder Verzweiflung erzeugen.

»Darüber brauchen Sie sich jedenfalls nicht zu sorgen«, sagte Jessica freundlich. »Sie macht einen sehr zufriedenen Eindruck bei ihrer Arbeit.«

Jon empfand dieses Gespräch über Arbeitskräfte zum Erbrechen langweilig, denn es hatte nichts mit ihm zu tun und förderte auch nicht seine Beziehung zu Jessica. Ihm fiel keine befriedigende Möglichkeit ein, sie von der Bar fortzulocken. Zum Cottage wollte er nicht zurück. Gleichzeitig war er umsichtig genug, sich darüber klarzuwerden, daß er auch nicht vorschlagen könnte, gemeinsam auf ihr Zimmer zu gehen. Ihr Benehmen verdutzte ihn.

»Ich glaube, ich gehe ins Bett«, sagte Jessica. Sie hatte sich gegen eine Rückkehr zum Cottage entschieden, um den Professor dort nach seinem Berufsstand zu befragen.

Jon lächelte.

Im Cottage wurde es langsam wärmer. Zwei weitere Mädchen waren gekommen und hatten darauf bestanden, noch eine Flasche Wein zu öffnen und auch den zweiten Heizstab des Gasofens einzuschalten. Beide schienen den Professor gut zu kennen und waren mit seinen Angewohnheiten vertraut.

»Und was tun Sie?« fragte eine und setzte sich neben Ronald.

»Ich bin Psychoanalytiker«, sagte Ronald unbesonnen. Er fragte sich, ob er jemals dazulernen würde.

»Das hätte ich mir denken sollen«, sagte das Mädchen hoch erfreut. »Sie sehen wie einer aus.« Sie tätschelte seinen Bart. »Erzählen Sie mir was über mich. Was stimmt mit mir nicht?«

»Sie haben keine Manieren«, sagte Ronald und entzog seinen Bart ihren zärtlichen Fingern. Das war genau die Art Frau, die er nicht ausstehen konnte.

Sie lachte noch erfreuter. »Woher wissen Sie das?« fragte sie. »Wie können Sie das feststellen? Kommen Sie, wir gehen ins andere Zimmer, und Sie können mir alles über mich erzählen.«

»Er macht keine Gratissitzungen«, sagte Anita. Das Mädchen beäugte sie von oben bis unten, verzog keine Miene und ignorierte sie. Anita rückte auf der anderen Seite näher an Ronald heran.

»Kommen Sie schon«, sagte das Mädchen. »Ich brauche Hilfe. Ich verliebe mich immer in die falschen Männer.«

»Wie schade für Sie«, sagte Anita.

»Ich habe keine Schwierigkeiten damit, sie zu finden«, sagte das Mädchen, »nur sie zu halten.«

Ronald erstaunte das überhaupt nicht. »Ich kann Ihnen den Namen eines guten Mannes in Edinburgh geben«, sagte er. Das stimmte nicht, aber so ging er gewöhnlich mit einer solchen Situation um, wenn er geistesgegenwärtig genug war.

»Der Name eines guten Mannes wäre mir überall auf der Welt recht«, sagte das Mädchen und quietschte vor Vergnügen. Sie war das schlimmste Geschöpf, das Ronald seit langem gesehen hatte.

»Ronald«, sagte Anita in vertrautem Tonfall, »Sie wissen doch, daß ich diese Frau kennengelernt habe, die diese besonderen Pullover strickt. Erinnern Sie sich? Nun, ich weiß zwar, daß morgen Weihnachten ist, aber ich möchte noch einmal hin, bevor wir nach Hause fahren, haben Sie nicht Lust mitzukommen?« Das war das einzige, was ihr im Moment einfiel, um seine Aufmerksamkeit auf sich zu ziehen.

»Und wann?« fragte Ronald.

»Ich weiß noch nicht«, sagte Anita verzweifelt. Eine konkrete Antwort auf eine List ist sowohl beunruhigend als auch ärgerlich und trägt nicht dazu bei, die Dinge voranzutreiben. »Irgendwann. Vor dem Mittagessen oder danach.«

»In Ordnung«, sagte Ronald.

»Danke«, sagte Anita. »Vielen Dank.«

Ronald bemerkte, daß sie wütend auf ihn war, und das erneuerte wieder sein Interesse für sie. Zerstreut dachte er an eine der Fallstudien von Krafft-Ebing. *Z hatte an sich beobachtet, daß Frauen, egal wie häßlich sie sein mochten, ihn sexuell immer erregten, wenn er in ihrem Charakter etwas Dominierendes entdeckte. Ein wütend hervorgebrachtes Wort von den Lippen einer solchen Frau reichte aus, um ihm heftigste Erektionen zu erzeugen. Eines Tages saß er in einem Café und hörte, wie die (häßliche) weibliche Kassiererin die Kellner mit lauter Stimme beschimpfte, er geriet in einen solchen Zustand sexueller Erregung, daß es kurz darauf zur Ejakulation kam.* In klarer Selbsteinschätzung erkannte Ronald, daß er dem unglücklichen – oder möglicherweise glücklichen Z – nicht wirklich ähnlich war. Allerdings beschloß er, sich noch einmal die Romancen von Sacher-Masoch vorzunehmen und sich mit den verschiedenen Theorien, die sich daraus ergaben, wieder vertraut zu machen.

»Sie müssen nicht mitkommen, wenn Sie nicht wollen«, sagte Anita, die kurz davor war, wieder ins Schmollen zu verfallen.

»Doch«, sagte Ronald zärtlich, »ich möchte gern.«

Sie drehte sich um, sah ihn erstaunt an und dachte, sie würde Männer nie verstehen. Dann schweifte ihr Blick an ihm vorbei zum Fenster, und sie schrie auf.

»Was ist?« fragte der Professor erstaunt.

»Da ist jemand am Fenster«, sagte Anita. »Ich habe jemanden gesehen, der hereingestiert hat.«

»Das wird nur eins der Mädchen sein«, sagte der Professor gelassen. Die Tür sprang mit einem Windstoß auf, und die Flammen des Heizofens flackerten. »Da«, sagte er, »jetzt kommt sie herein.« Aber es kam niemand. »Komisch«, sagte er, erhob sich und schloß die Tür. »Sie hat es sich wohl anders überlegt, als sie uns alle hier gesehen hat.«

»Das war kein Mädchen«, sagte Anita, »es war ein Junge.«

»Viele meiner Mädchen sehen wie Jungen aus«, sagte der Professor mit derselben Gelassenheit, und Ronald betrachtete ihn mit neu angestacheltem professionellem Interesse.

»Brrr«, sagte ein Mädchen, »es ist eiskalt hier drinnen. Ich frage mich, wer die dumme Kuh war. Sie hat einen kalten Zug hereingebracht.«

»Sei nicht grob zu ihr«, sagte der Professor mit seinem gewohnten Lächeln. »Sie ist sicher schüchtern.«

»Es war ein Junge ...«, begann Anita.

»Eine der Frauen, die mich bewundern«, sagte der Professor, was zwei der Mädchen dazu veranlaßte, sich auf ihn zu stürzen und ihn für seine Überheblichkeit zu belohnen, indem sie ihm an den Haaren zogen und seine Kleidung in Unordnung brachten. Das dritte Mädchen beobachtete sie schmollend, stand dann auf, ging hinaus, kehrte mit einer neuen Weinflasche zurück und machte sich daran, sie zu öffnen, sich ein Glas einzuschenken und zu trinken.

»Hey«, sagte der Professor und kämpfte sich bei diesem Beweis von Verschwendungssucht aus seinem Stuhl hoch.

»Du kannst mich mal«, sagte das Mädchen und zog sich mit Glas und Flasche zurück.

»Ich glaube es wird Zeit, nach Hause zu gehen«, sagte Anita, stand auf und stellte ihr Glas ab. »Vielen Dank für den bezaubernden Abend.« Sie hakte sich bei Ronald ein, als sie die Straße erreichten. »Er ist ein vulgärer Mann«, bemerkte sie.

»Er hat stark ausgeprägte homosexuelle Tendenzen«, sagte Ronald.

»Tatsächlich?« sagte Anita. »Woher wissen Sie das?« Sie fragte sich, ob der Professor unbemerkt seine Aufmerksamkeit auf Ronald gerichtet hatte.

»Ich hatte Patienten wie ihn«, sagte Ronald.

»Oder ist es so, weil seine Mädchen wie Jungen aussehen?« fragte Anita interessiert.

»Nicht notwendigerweise«, sagte Ronald. »Nein, ich sage das lediglich, weil ich mehrere Patienten hatte, die über ähnliche Verhaltensmuster verfügen, und nachdem ich sie über einen ausreichend langen Zeitraum beobachtet hatte, gewann ich ihr Vertrauen und konnte so ausreichend umfangreich in ihre unbewußten Prozesse eindringen...«

»...und sie haben sich als stockschwul herausgestellt«, ergänzte Anita seine Ausführungen und übersetzte so, was sie glaubte, daß er gerade dabei war zu sagen, in eine verständlichere Form. Zum einen wollte sie dadurch zu verstehen geben, daß sie mit einer derberen Sprache vertraut war, zum Teil fuhr sie ihm damit zärtlich über den Mund.

»Ja«, sagte Ronald, dankbar für ihr schnelles Verstehen und keineswegs irritiert durch ihre Ausdrucksweise. Sie gingen langsam. Im Gleichschritt.

Harry saß bis weit nach Mitternacht allein in seinem Zimmer und versuchte, seine Trauer zu verstehen. Er wußte, man würde mehr oder weniger unvermeidlich von jeder Person in seinem Leben enttäuscht, lebte man nur lange genug. Von den Personen, die einem am nächsten standen und am liebsten waren, bis hin zum liebenswerten Kioskverkäufer an der Ecke. Alle Personen im Gasthaus waren in Enttäuschung befangen. Darum waren sie hier. Wie gut sie es doch hatten, dachte Harry. Auf welch merkwürdige Weise man doch gesegnet wurde, wenn man gelernt hatte, daß Liebe nichts als Illusion war, wenn man die Zeit bekommen hatte, ihre Blüten verwelken zu sehen, wenn sie fleckig wurde und einem nicht in perfekter Form entrissen wurde. Er sagte sich, daß seine Frau jetzt eine Vettel mit falschen Zähnen wäre, wenn sie überlebt hätte, daß sie jetzt auf dem Bett säße und von ihm wissen wollte, was er sich eigentlich dabei dachte, so aus dem Fenster zu starren. Hätte sein Sohn überlebt, so wäre er jetzt ein aufgeblasener Mann im besten Alter mit eigener Frau mit plumpen Handgelenken und einer Veranlagung zur Gicht. Wie friedlich das doch wäre, dachte Harry; wie schmerzlos, vollends zu erleben, daß die Liebe verschwindet und nichts wichtig ist. Wie angenehm, die Langweile des Lebens gänzlich erfahren zu haben, keine Angst vor Verlust zu empfinden, aber auch keine plötzlichen Erinnerungen. Das wäre Befriedung im Alter, aber er hatte keinen solchen Trost, denn seine Frau und sein Kind waren in Jugend und Schönheit von ihm gegangen und hatten ihn um dieses Gefühl der Desillusionierung geprellt und leer zurückgelassen. Vielleicht war es unnatürlich, daß er sich nicht wieder verheiratet hatte, zielgerichtete Trauer ohne Ablenkung. Zu seiner Zeit schien es wie Integrität, und in der Tat hätte eine zweite Frau die erste unzweifelhaft entwertet, aber dieser Betrug hätte die Kälte und karge Reinheit seines Herzens erleichtert, denn Untreue oder besser »kleine menschliche Schwächen« erwärmten das Herz eines Mannes durch ihren verderblichen Einfluß, ließen seine Wahrnehmung verschwimmen, negierten seine Stärke – ja, erlaubten ihm, mitten im Leben herumzuwühlen –, dachte Harry, und er wurde plötzlich ungeduldig mit all diesem Selbstmitleid. Es war fast zwei Uhr in der Frühe am ersten Weihnachtstag.

»Psst«, von der Tür kam ein Flüstern. »Bitte entschuldigen Sie«, sagte Jessica, als er ihr öffnete, »aber ich habe gesehen, daß Ihr Licht noch brannte...«

»Kommen Sie herein«, sagte Harry, über jede Ablenkung erleichtert. Sie schloß die Tür hinter sich.

»Können Sie auch nicht schlafen?« fragte Harry.

»Darum geht es ja gerade«, sagte Jessica. »Ich könnte leicht, aber dieser Junge ist völlig durchgedreht, und ich kann nicht.«

»Was macht er?« fragte Harry und zeigte auf den Sessel, damit sie sich setzte.

Jessica lehnte sich zurück. »Er *macht* nichts«, sagte sie, »nicht richtig. Das ist ja so seltsam. Wir kamen vom Professor zurück – und der ist auch ganz schön seltsam, das kann ich Ihnen sagen –, und ich sagte gute Nacht und ging nach oben ins Bett, und Jon folgte mir, und ich konnte ja nicht einfach wie eine alte Jungfer schreien ›Raus aus meinem Zimmer, du Rüpel‹, also wartete ich, und er zog seinen Pullover aus, und dann zog er sein Hemd aus, und dazu beobachtete er mich die ganze Zeit und lächelte. Und dann habe ich gesagt, ich ginge an der Bar noch eine Flasche holen, und da bin ich jetzt.«

»Ich verstehe«, sagte Harry.

»Ich nicht«, entgegnete Jessica. »Verdammt, ich versteh' es nicht. Er hat da einen Striptease abgezogen – wie ein Mädchen. Nichts anderes. Er sah mich durch seine Wimpern hindurch an und machte seinen Oberkörper frei, und jeden Moment wären wir sozusagen bei Strapsen und Fischnetzstrümpfen gewesen, und von mir wurde wohl erwartet, daß ich in Begeisterungsschreie ausbreche, wie die Zuschauer im Fifi la Frou-Frou, aber alles in allem habe ich mein Stichwort verpaßt.«

»Sind Sie in Ordnung?« fragte Harry.

»Es geht mir gut«, sagte Jessica. »Außer daß ich eben nicht verstehe, was hier geschieht. Wenn mich einer geradewegs anmacht, das verstehe ich, aber das hier ist anders. Unheimlich. Was würden *Sie* denn denken, wenn ich plötzlich anfinge, mit dem Dekolleté in Ihre Richtung zu wackeln?«

»Ich wäre sehr erstaunt«, sagte Harry.

»Genau«, sagte Jessica. »Meinen Sie, wir können die Feministinnen dafür verantwortlich machen? Drehen sich denn die Rollen gerade total um?«

»Vielleicht«, sagte Harry.

»Ich meine – nicht, daß Sie mich falsch verstehen, aber außer in wenigen Ausnahmen ist der männliche Körper nicht gerade ein schöner Anblick –, ich meine – wenn jemand gleich zur Sache kommt und sich splitterfasernackt auf einen stürzt, dann denkt man, na gut, vergessen wir die ganze Sache. Nicht daß er sich auf mich stürzte, ich glaube, er erwartete, daß *ich* mich auf ihn stürzte.«

»Das verstehe ich ganz gut«, sagte Harry und bezog sich auf den ersten Teil ihrer Bemerkung.

»So haben sie es vorher noch nie gemacht«, sagte Jessica und grübelte über die unendliche Vielfältigkeit des Lebens nach. »Was soll ich jetzt tun? Was kann ich ihm sagen? Wenn er sich an mich herangemacht hätte, wüßte ich das, aber so wie es steht, haben wir keine eindeutige Gesprächsgrundlage. Soll ich sagen ›Zieh dich an‹ und ihn tatsächlich aus dem Zimmer werfen?«

»Möchten Sie, daß ich mitkomme?« fragte Harry.

»Nein«, sagte Jessica. »Das wäre zu peinlich. Außerhalb der

Bühne kann ich keine Szenen leiden. Und er hat ja nichts getan. Er ist eigentlich völlig harmlos...«, obwohl sie sich schon während sie es aussprach, einer leichten Beklommenheit bewußt wurde. Sie wertete das als falsches Mitleid. »Armes Schwein«, sagte sie. »Kann ich noch ein bißchen hier bleiben, bis ihm das Warten zu lang wird?«

»Natürlich«, sagte Harry. »Soll ich Tee machen? Kaffee?«

»Lassen Sie mich das machen«, sagte Jessica und dachte an gewöhnliche Leute, die in diesem Moment letzte Hand an den Weihnachtsbaum legten, die Weinbrandbutter abschmeckten, sich über Schulden sorgten, in die sie sich gestürzt hatten, sich mit nur einem Strumpf am Fuß ins Schlafzimmer der Kinder schlichen, während der Strumpf, der eigentlich am anderen Fuß hätte sein sollen, mit Spielzeugautos oder kleinen Ebenbildern freundlicher Außerirdischer, Puzzles, Bilderbüchern, einer Mandarine und einer Nuß gefüllt war –, vielleicht strichen auch einige umher, um ihre Kinder zu mißbrauchen. »Ich habe ein Gefühl für das Böse«, sagte sie, »für etwas, das nicht stimmt...«

»Der Mann in Ihrem Zimmer?« schlug Harry vor.

»Ich glaube nicht, daß es das ist«, sagte Jessica. »An solche Sachen bin ich mehr oder weniger gewöhnt. Ich bin kein unschuldiger Sonnenschein mehr. Es ist eher ein Gefühl der Leere, der Hoffnungslosigkeit. Vielleicht habe ich auch in letzter Zeit zu viel getrunken. Am Ende macht es einen nur traurig. Ich bin traurig.«

»Was machen Sie sonst an Weihnachten?« fragte Harry.

»Mich betrinken, glaube ich«, sagte Jessica. »Mit ein paar Leuten um Mitternacht ins Brompton Oratorium gehen. Mich wieder betrinken. Nicht viel.« Sie goß kochendes Wasser auf die Teebeutel und öffnete die Milchdose aus Plastik mit dem Fingernagel. »Milch?« wollte sie wissen.

»Nein, danke«, sagte Harry.

»Es tut mir leid, daß ich so deprimierend bin«, sagte Jessica. »Meistens bin ich das nicht – glaube ich«, fügte sie bescheiden hinzu. »Außer Ihnen mag ich die Leute hier nicht sehr. Vielleicht ist es das. Vielleicht war diese ganze Idee ein großer Fehler. Eigentlich hätte man sich das schon vorher denken können – sich mit einer Handvoll Fremder am Ende der Welt zusammenzutun. Das Problem ist, wenn man einmal da ist, stellt man fest, es ist gar nicht das Ende der Welt. Ich glaube, ich vergesse immer, daß die Welt rund ist, und da ist es egal, wohin man geht, wie weit man wegrennt, früher oder später starrt man doch nur auf seine eigene fliehende Kehrseite. Wie sinnlos doch alles ist.«

Harry hatte keine tröstenden Worte. Er hätte gesagt, das Problem sei, daß sie Christus aus dem Weihnachtsfest verbannt hatte. Sie verfügte über genügend gesunden Menschenverstand und guten Geschmack, um zu lernen, den bacchantischen Aspekten der Feiertage aus dem Weg zu gehen, aber nicht über genug, um zu verstehen, was sie sonst noch geopfert hatte. Man könnte sagen, dachte Harry, sie hatte das Jesuskind mit dem Badesalz ausgeschüttet und dazu mit dem Badeöl, dem Badezusatz und dem Schaum, die ja so oft als Geschenke gereicht wurden und dabei ohne es zu wissen Weihrauch und Myrrhe repräsentierten…

»Woran denken Sie?« fragte Jessica und bereute es gleich wieder, denn vielleicht erinnerte er sich gerade an vergangene Weihnachtsfeste und schaute in Gedanken in das vor Freude glänzende Gesicht seines kleinen Sohns, wie er an einem verschneiten Morgen bei prasselndem Feuer und mit einer neuen Spielzeugeisenbahn aufwachte und als was besonderes Sahne statt Milch in seinen Porridge bekam… sentimentale Tränen flossen über ihr Make-up hinab.

»Weinen Sie nicht«, sagte Harry.

»Es tut mir schrecklich leid«, sagte Jessica. »Männer hassen Tränen.«

»Ich nicht«, sagte Harry. »Ich möchte Sie nur nicht unglücklich sehen.« Er hätte ihr gesagt, daß auch er manchmal weinte, aber er wußte, daß Frauen es nicht ertragen konnten, wenn Männer weinten. »Wie wär's mit einem Brandy?«

»Und Soda?« sagte Jessica und versuchte ein Lächeln durch ein Nasehochziehen zu ersetzen. »Sollen wir auf General Gordon trinken?«

»Warum nicht?« sagte Harry. »Wenn es darum ging, das Gute in allem zu sehen, war er ein erstaunlicher Bursche.«

»Ich glaube, das mußte er wohl«, sagte Jessica. »So wie er in Khartum feststeckte. Ich bin fast durchgedreht, als ich eine Stunde auf dem Bahnsteig in Crewe festsaß – und da wollte mich niemand massakrieren.«

»Ich weiß etwas, das Sie vielleicht aufheitert«, sagte Harry. »Ich lese Ihnen die letzten Zeilen vor.«

»Vielen Dank«, sagte Jessica und trocknete ihre Tränen.

»Wo ist es gleich...«, sagte Harry. »Ah, da. Es geht um Achmet Pasha Said – er war der türkische Kommandant von El Obeid, und er weigerte sich, sich dem Mahdi zu ergeben. Es geht auf die Aufzeichnungen von Vater Bononi zurück, einem katholischen Priester, der in der Garnison festgehalten wurde. ›Am 18. Januar des Jahres 1883 betraten die Derwische das Amtszimmer des Mudiriah und trafen dort auf Achmet Pasha Said, der in stolzer Haltung auf einem hohen, geschnitzten Sessel aus gebeiztem Holz saß, die Arme vor der Brust gekreuzt, schaute er sie herausfordernd an.‹ Sie wollten ihn töten, aber einige sagen, er müsse vor den Mahdi gebracht werden. Passen Sie auf: ›Zurück, ihr Hunde, faßt mich nicht an‹, schrie er. ›Ihr verunreinigt mich, niederträchtige Rebellen. Ich werde selbst vor den Erzrebellen Mohammed Achmet treten. Führt mich zu ihm.‹ Instinktiv wichen sie zurück, durch seine furchterregende Stimme und sein wildes Äußeres verunsichert. ›Festhalten und durchsuchen‹, befahl Mohammed Achmet, als er ihn sah; diese Vorsichtsmaßnahme kam keinen Augenblick zu spät. Der alte Mann zog einen Revolver aus seiner Jacke und wollte seinen Feind unzweifelhaft ums Leben bringen. ›Bringt mir den verfluchten türkischen Hund aus den Augen‹, schrie Mohammed Achmet, ›und verkauft ihn auf dem Bazar als Sklaven. Hinfort mit ihm.‹ Darauf führte man den Kommandanten davon und bot ihn zum Verkauf an, aber kein Mann wagte es zunächst, ihn zu kaufen. Aber es geschah, daß in diesem Moment ein Emir des Weges kam, und höhnisch schrie er: ›Hey da, Verkäufer, ich biete allemal 680 Piaster für diesen Mann.‹ Und er wurde dem Emir zugeschlagen. Als dies Mohammed Achmet zu Ohren kam, erließ er den Befehl, der Kommandant solle umgehend erschlagen werden. Stehenden Fußes machten sich einige Derwische auf die Suche nach dem

Kommandanten. Sie hörten, er sei im Haus des Emirs; dorthin wandten sie sich und befahlen, man solle Achmet Pasha herausbringen. Er stellte sich ihnen mit furchtlosem Blick und herausfordernder Haltung, als die Derwische ihre Schwerter zogen. ›Ihr seid gekommen, mich zu ermorden, ist es nicht so? Verfluchte, feige Hunde, ich fürchte euch nicht. Mögen die Gräber eurer Väter geschändet werden. Ich verfluche sie, euch und die stinkenden Huren, die euch gebaren. Ich verfluche eure Väter und Mütter drei Generationen in die Vergangenheit hinein. Eure weiblichen Verwandten sind verkommene Metzen, und mögen die Gräber eurer Ahnen geschändet werden. Ich verfluche euch alle.‹ Noch während er seine Verwünschungen ausstieß, warfen sie sich auf ihn, und er starb wie ein tapferer Mann, mit äußerster Kraft.‹ Was halten Sie davon?« fragte Harry und legte das Buch aus der Hand.

Jessica sagte, ja, sicher, und ist es nicht merkwürdig, aber sie habe es als aufheiternd empfunden; und, wenn man darüber nachdenke, dann sei vielleicht äußerste Tapferkeit tatsächlich die beste und wertvollste aller menschlichen Qualitäten; und bedenke man darüber hinaus unsere Umstände, so sei es am Ende vielleicht die einzige *notwendige* Tugend. »Was passierte dann?« fragte sie.

»Blutvergießen, Chaos«, sagte Harry. »Dies sind seltsame Geschichten für den Weihnachtsmorgen.«

»Machen Sie weiter«, sagte Jessica.

»Wirklich?« fragte Harry.

»Ja«, sagte Jessica.

»Das ist jetzt wieder Vater Bononi«, sagte Harry. »Ich vergaß zu erwähnen, daß beim Eintreffen der Derwische in der Stadt, ›dieser edle Soldat –‹, das ist Achmet Pasha, ›…versuchte, das Waffenlager zu sprengen und damit sich und die Armee zusammen mit den Rebellen vernichten wollte, aber die Offiziere hielten ihn davon ab. Die Derwische in ihrem Blutrausch – denn die Worte des Kommandanten trafen sie tief in ihrer Seele – suchten jetzt auch Ali Bey Sherif, und auch ihn erschlugen sie zusammen mit anderen Offizieren. Darauf kehrten die Derwische zu Mohammed Achmet zurück und berichteten ihm von allen Ereignissen. Er brach in bittere Tränen aus, warf Staub auf sein Haupt und rügte sie dafür, auf solche Weise Blut vergossen zu haben: ›Oh, ihr Derwische seid blutrünstige Männer. Diese Taten finden vor meinem Auge kein Wohlgefallen.‹«

»Das ist ein wenig üppig«, sagte Jessica nach einem Moment des Schweigens.

»Auch der Mahdi war ein vielschichtiger Mann«, sagte Harry.

»Was geschah mit ihm?« fragte Jessica.

»Er starb 1885 an den Pocken«, sagte Harry.

»Das läßt alles doch ein bißchen wie Zeitverschwendung erscheinen«, sagte Jessica. »Zeit und Blut und alles.«

»Keine Zeitverschwendung«, sagte Harry. »Das Leben ist nur der Definition nach der Gebrauch von Zeit. Das ist alles, was es immer nur sein sollte. Wir vergeuden es nur, wenn wir zu stark darum bemüht sind, ihm einen Sinn zu geben. Ich weiß...«

»Was wissen Sie?« fragte Jessica.

»Wieviel Zeit man vertun kann«, sagte Harry, »wenn man nichts weiter damit macht als den Versuch, einen Sinn zu finden.«

Jessica glaubte, daß sie müde wurde, denn sie konnte ihn nicht verstehen.

»Ich begleite Sie zu Ihrem Zimmer«, sagte er, »und schaue unter dem Bett nach.«

Das Zimmer war leer und kalt, denn das Fenster stand weit offen.

»Was soll das jetzt wieder?« sagte Jessica, durchquerte den Raum und lehnte sich übers Fensterbrett, um auf die See hinunterzublicken. »Meinen Sie, er ist die Regenrinne hinuntergeklettert, oder hat er das Fenster geöffnet, um mich zu ärgern? Vielleicht will er wieder zurückklettern?«

»Lassen Sie mich das machen«, sagte Harry. Er schloß das Fenster und zog die Vorhänge zu. »Schließen Sie die Tür ab und schlafen Sie«, sagte er. »Das war ein langer Abend.«

»Gute Nacht«, sagte Jessica und gähnte.

Vor der Morgendämmerung erwachte sie, halb träumend, sie könne draußen Bewegungen hören. Im Zimmer roch es stark nach Meer, und sie erinnerte sich an das offene Fenster und machte Jon dafür verantwortlich. Noch nicht ganz wach ging sie zum Fenster, um zu sehen, ob es noch geschlossen war. Sie zog die Vorhänge zurück und schaute hinaus. Alles, was sie sah, war Nebel; bleicher als die sterbende Nacht floß er formlos über den Strand. »Fröhliche Weihnachten«, sagte sie zu sich selbst und ging wieder ins Bett.

Als sie kurz vor neun in den Speisesaal hinunterging, war er bis auf Finlay leer. Er zündete gerade den Kamin an. Auch hier wieder der starke Geruch des Meeres. Er muß von Finlay ausgehen, entschied Jessica. Wahrscheinlich war er schon seit Tagesanbruch auf, nahm Makrelen aus, band Langustenscheren zusammen, kochte Krabben und räucherte Lachs – ach, halt den Mund, Jessica –, sagte sie sich. »Morgen«, rief sie laut.

»Klar«, sagte Finlay und stimmte dem Vorschlag zu.

»Schöner Tag«, sagte Jessica, denn es schien nicht zu regnen.

»Klar«, sagte Finlay gleichmütig.

»Kein Schnee«, sagte Jessica.

»Nee«, sagte Finlay.

»Wo sind denn die andern?« fragte Jessica und hätte gern gesagt, daß er einen Frosch im Haar hatte, um zu sehen, wie er darauf reagierte.

»Noch nich auf«, erklärte Finlay, und obwohl sie wußte, daß das die naheliegendste Erklärung für ihre Abwesenheit war, empfand Jessica wieder die verunsichernde Furcht eines Kindes, das befürchtet, allein zurückgelassen worden zu sein. Ich muß eine beschissene Kindheit gehabt haben, dachte sie, vielleicht sollte ich Ronald zu dem Thema konsultieren.

Finlays Schwägerin kam aus der Küche herein und betrachtete sie fragend.

»Schellfisch«, sagte Jessica verwegen, »Schellfisch mit einem pochierten Ei drauf und Toast.«

Sie ging vom Kamin weg; wenn ihr zu warm wurde und sie dazu ein komplettes Frühstück zu sich nahm, schliefe sie im Stuhl ein, wachte anschließend mit einem fetten Gesicht auf und sähe häßlich aus. Schon jetzt war ihr Aussehen eher bescheiden, wie sie im Badezimmerspiegel festgestellt hatte; ein ehrlicher, sogar schonungsloser Spiegel mit der Neigung, die Sachen in die Breite zu ziehen.

Anita kam mit silbernen Tropfen im Haar herein. »Ich habe einen Spaziergang gemacht«, sagte sie. »Es ist fast frühlingshaft.«

»Nein, das stimmt nicht«, sagte Jessica und sah aus dem Fenster. »Es ist nur grau und scheußlich.«

»Es ist ziemlich warm«, sagte Anita. »Es fühlt sich heute morgen überhaupt nicht kalt an. Der Schnee ist völlig vom Hügel verschwunden.«

»Wie *deprimierend*«, sagte Jessica.

Das brachte Anita in eine schwierige Situation, denn sie bedauerte ebenfalls, daß der Schnee geschmolzen war, hätte sie das aber gesagt, hätte es leicht so klingen können, als beschwerte sie sich, und sie wollte optimistisch und fröhlich erscheinen, denn egal, was alle sagten, heute war immerhin Weihnachten. »Es ist ganz angenehm«, sagte sie.

»Ich mache später einen Spaziergang mit Ihnen«, sagte Jessica. »Ich esse Schellfisch zum Frühstück, er soll den ganzen Alkohol aus meinem System prügeln, und danach muß ich einen Spaziergang machen und den Fisch wieder loswerden, sonst macht der fürs Mittagessen alles dicht.«

»Ich nehme eine Pampelmuse«, sagte Anita, die Tag für Tag eine größere geistige Unabhängigkeit demonstrieren wollte, als sie es im Geschäft tat, wo sie ständig den tyrannischen Launen ihrer Vorgesetzten ausgesetzt war.

»Die sind grauenhaft«, sagte Jessica düster. »Klein, trocken und sauer, und alle Vitamine sind rausgefallen.«

»Sie machen nicht dick«, sagte Anita.

»Sie machen *gar nichts*«, sagte Jessica. Als Eric mit dem Schellfisch hereinkam, schwieg sie.

»Warme Brötchen?« bot er an. »Frisch aus dem Ofen.«

»Ich darf keine warmen Brötchen essen«, sagte Jessica. »Eigentlich sollte ich überhaupt nichts essen. Ich habe mindestens sechs Kilo zugenommen.«

»Ach, das stimmt doch gar nicht«, sagte Eric verärgert. Wenn das Essen im Gasthaus so köstlich war, daß sie ihm nicht widerstehen konnte, dann sollte sie sich nicht beschweren, sondern ihm gratulieren.

Jessica kam das auch gerade in den Kopf. »Alles ist so *köstlich*«, erklärte sie.

»Wir tun alles, um Sie zufriedenzustellen«, sagte Eric beschwichtigt. Er war schon lange auf und brachte alles in Ordnung, bevor er sich mit den kulinarischen Arrangements des Tages beschäftigte. Im Hof lag eine Menge toter Fische, vielleicht von einer starken Welle oder einem Windstoß dorthingetragen, er hatte sie mit der Schaufel aufgesammelt und mußte sie loswerden; er hatte sich dagegen entschieden, sie in die Abfalltonnen zu werfen, sondern sie schließlich in dem Brennholzkorb zum Meer gebracht und sie ins Wasser zurückgeworfen. Der Korb roch immer noch nach Fisch, aber der Gasthof lag am Meeresufer, und die Leute mußten sich auf eine ozeanische Atmosphäre einstellen. Man konnte das als besondere Attraktion betrachten.

Jessica betrachtete es nicht so. Sie hatte ihren Schellfisch gegessen, und als Finlays Schwägerin sich über sie beugte, um ihren Teller mit den Gräten und der Haut wegzunehmen, wurde sie von Fischgeruch nahezu überwältigt. Die gesamte Familie mußte sich die ganze Nacht über in dem Zeug gesuhlt haben, dachte sie. Vielleicht betrieben sie nebenbei eine Fischkonservenfabrik, oder vielleicht wuschen sie sich nie. »Mir ist schlecht«, sagte sie. »Müde«, fügte sie hinzu, als Eric in Hörweite war. »Ich glaube, ich gehe hinauf und lege mich hin.«

»Was ist mit dem Spaziergang?« fragte Anita.

»Zum Kuckuck mit dem Spaziergang«, sagte Jessica. »Ich gehe später.« Und sie ging zu Bett, deshalb sah Jon sie nicht, als er in den Speiseraum kam.

»Guten Morgen«, sagte Anita.

»Guten Morgen«, sagte Jon mit seinem Lächeln, das er zuletzt in einem Werbespot für Dosensuppen verwendet hatte, als seine Filmmutter einen Teller Filmminestrone vor ihn stellte. Es war die Art von Lächeln, wie es die Auserwählten bei ihrer Rückkehr aufsetzten, und Anita brachte es beträchtlich aus der Fassung. Um zu sehen, wem es galt, schaute sie sich um und kniff die Augen zusammen, als sie feststellte, daß nur sie damit gemeint sein konnte. Was für ein Spiel spielt er? überlegte sie mißtrauisch.

Auch Ronald bekam das Nachglühen dieses Lächelns mit und mißbilligte es innerlich. Als er seinen Platz am Tisch einnahm, schüttelte er seinen Kopf.

»Was ist los?« fragte Anita besorgt. »Haben Sie Kopfschmerzen?« Ronald dachte darüber nach. Es war ihm bisher noch nicht aufgefallen, aber jetzt wurde er sich eines leichten Ziehens oben in seinem Kopf bewußt.

»Ja«, sagte er. »Ich glaube ja.«

»Ich habe hier ein Paracetamol«, sagte Anita und griff nach ihrer Handtasche. »Trinken Sie viel Wasser dazu, und Sie fühlen sich besser.«

Da sie Ronald nur noch als kleinen Jungen wahrnahm, ignorierte sie seine medizinische Qualifikation zunehmend. Ronald tat, was man von ihm verlangte.

»Sie sind eine sehr vernünftige Frau«, sagte er, und das war – hätte sie es nur zu schätzen gewußt – das größte Lob, das er anzubieten hatte. Sie selbst hätte es vorgezogen, als »anständige« Frau bezeichnet zu werden. Oft träumte sie davon, daß jemand sie so kategorisierte. »Seht euch mal diese Anita an«, würde man dann sagen, »na das ist mal eine anständige Frau.«

»Ich glaube, der Wein war gekippt«, sagte sie. »Mir war heute nacht ziemlich schlecht. Ich mußte aufstehen. Was war mit Ihnen?« sagte sie zu Jon. »Warum sind Sie nicht zurückgekommen?«

»Weil der Wein gekippt war«, sagte Jon wenig originell, denn er war mit seinen Gedanken weit weg.

»Sie haben nicht viel versäumt«, sagte Anita. »Wir sind kurz nach Ihnen gegangen. Da begann sich eine etwas unangenehme Szene zu entwickeln.«

»Ach ja?« sagte Jon, denn die Szenen anderer Leute – angenehm oder unangenehm – interessierten ihn nicht.

»Haben Sie auch Kopfschmerzen?« fragte Anita scharf, als sie den Gesichtsausdruck bemerkte, der das Lächeln ersetzt hatte.

Jon wurde sich seiner selbst bewußt. »Ich? Nein«, sagte er.

»Nein, nein, mir geht's gut«, und er lächelte wieder und streckte seine Arme auf seine Fauler-Panther-Art aus.

Wenn Jon sein Patient gewesen wäre, dachte Ronald, hätte er jetzt umgehend einen Kollegen über die Frage seiner sofortigen Einlieferung konsultiert. »Hören Sie manchmal Stimmen?« fragte er, aber Jon hatte seine Arme wieder sinken lassen und verließ träumerisch lächelnd das Zimmer.

»Warum haben Sie ihn das gefragt?« wollte Anita wissen.

»Er ist verrückt«, sagte Ronald und sagte es so auf die für den Laien einfachste Weise. Er war bereit, Anita ein paar professionelle Geheimnisse anzuvertrauen.

»Wie verrückt?« fragte Anita.

»Paranoid«, sagte Ronald und nahm sich ein Brötchen. »Wo ist mein Frühstück?«

»Sie meinen, er denkt, daß Leute hinter ihm her sind?« Anita blieb hartnäckig.

»Ich glaube, ich nehme einen Bückling«, sagte Ronald. »Was...?«

»Glauben Sie, er denkt, daß Leute ihn umbringen wollen?« fragte Anita.

»Nicht unbedingt«, sagte Ronald. »Es ist komplizierter als das.« Er war nicht willens, auf die Komplexität von paranoiden Halluzinationen einzugehen, auf Verfolgungswahn und Allmachtsphantasien.

»Ist er gefährlich?« forderte Anita.

»Vielleicht«, sagte Ronald.

»Aber...«, sagte Anita.

»Ich bin richtig hungrig«, sagte Ronald auf mitleiderregende Weise. »Wo bleibt denn mein Bückling?«

Anita stand auf und ging zur Küchentür. »Könnten wir bitte einen Bückling haben?« fragte sie lieblich und höflich. Ronald fand es reizend, wie sie Nahrung für ihn suchte.

»Tut mir leid«, sagte Eric schwer atmend. »Ich habe nicht mitbekommen, daß Sie schon unten sind.« Der Schnellkochtopf hatte sich diesen Morgen ausgesucht, um verrückt zu spielen. »Ein paar Bücklinge. Kommen sofort!«

»Aber was könnte er tun?« sagte Anita.

»Wer?« fragte Ronald.

»Jon«, sagte Anita. »Was könnte er *tun?*«

»Keine Ahnung«, sagte Ronald. »Er könnte alles Mögliche machen.«

»Ja, aber *was?*« fragte Anita, und ihre Stimme wurde lauter.

Finlays Schwägerin brachte die Bücklinge herein.

»Ich habe immer Schwierigkeiten mit den Gräten«, sagte Ronald, »aber ich mag gute Bücklinge wirklich sehr.«

»Bücklinge!« sagte Harry, als er das Speisezimmer betrat. »Verzeihen Sie, daß ich mich verspätet habe«, sagte er zu Finlays Schwägerin. »Ich habe nicht auf die Zeit geachtet. Könnte ich bitte einen Bückling haben?« Er setzte sich Ronald gegenüber und goß sich eine Tasse Kaffee ein.

»Der ist ein bißchen kalt«, sagte Anita und fand sich damit ab, daß das Thema hochprozentiger Manien für den Moment ruhen mußte. »Ich werde um etwas frischen bitten.«

Während Ronald sich eine Gräte aus seinem Bart zog, dachte er, daß Anita eines von jenen seltenen Wesen sei: eine anständige Frau.

»Wie war Ihr Abend?« fragte Harry. »Haben Sie sich gut amüsiert?«

»Nicht wirklich«, sagte Anita. »Oder, Ronald?«

»Wie bitte?« fragte Ronald und schob das Heringsauge an den Rand des Tellers.

»Haben Sie sich gestern abend beim Professor gut unterhalten?«

»Nein, nicht wirklich«, sagte Ronald und dachte über die Angelegenheit nach. »Nein, ich glaube, es hat mir überhaupt nicht gefallen.«

»Oh, schade«, sagte Harry, »was ist passiert?«

Ronald, gerade darin vertieft, auf ungeschickte Weise die Gräten vom Fleisch des Fischs zu lösen, antwortete nicht sofort.

»Es war ungemütlich«, sagte Anita. »Ich möchte nicht undankbar klingen, aber ich habe mich da einfach nicht wohl gefühlt. Wenn sie mich nicht für verrückt erklärten, würde ich sagen, dort lag etwas Böses in der Luft...«

»Komisch, daß Sie das sagen«, sagte Harry.

»Warum?« fragte Anita.

»Jessica hat etwas Ähnliches gesagt.«

»Oh«, sagte Anita, die über Jessica immer noch ihre Zweifel hatte: Sie fand sie eingebildet.

»Wodurch gewannen Sie den Eindruck?« fragte Harry, als seine Bücklinge kamen.

Anita wartete, bis Finlays Schwägerin wieder hinausgegangen war. »Ich möchte nicht *eingebildet* klingen«, antwortete sie, »... schwer zu sagen. Ich hatte nicht das Gefühl, dort willkommen zu sein, empfand kein Gefühl von Freundschaft...« Sie hielt inne auf ihrer Suche nach Wörtern, die das Gefühl der Lieblosigkeit am besten beschrieben hätten, die sie dort empfunden hatte. Sie war noch nie in einem Bordell, aber sie glaubte, die Atmosphäre dort hätte die gleiche sein können.

»Es war eiskalt«, sagte Ronald. »Sie wollten den Kamin nicht anzünden.«

Anita war erstaunt, daß er das bemerkt hatte: »Und der Wein war nicht sehr gut«.

»Und es gab auch nicht viel davon«, sagte Ronald und erstaunte sie erneut mit diesem Beweis für menschliches Fehlverhalten.

»Nicht daß wir unverschämt sein wollen«, erklärte sie. »Es ist so ein Gefühl.«

»Vielleicht war es ja gut so«, sagte Harry. »Wenn Sie zuviel schlechten Wein getrunken hätten, ginge es Ihnen heute nicht gut.«

»Wann gibt's Mittagessen?«, wollte Ronald wissen und fischte eine letzte Gräte aus ihrem Versteck hinter einem Backenzahn.

»Ich kann jetzt noch nicht über das Mittagessen nachdenken«, sagte Anita. »Sie sind ja noch nicht einmal mit dem Frühstück fertig.«

»Ich dachte so zwischen zwei und drei«, sagte Eric, als er einen neuen Teller mit Brötchen hereinbrachte. »Ich möchte Sie heute zeitlich nicht binden, aber wenn einer von Ihnen hungrig ist, so kann ich ein zweites Frühstück anbieten.« Er hatte immer noch Schwierigkeiten mit dem Schnellkocher. Scheißding. Auch hatte ihn eine eifersüchtige Neugierde befallen, herauszubekommen, was seine Frau gerade heute machte. Es war fast unerträglich, und hin- und hergerissen zwischen dieser Qual und der Verantwortung für seine Gäste, fürchtete er, jeden Moment schreiend den Teller auf den Boden zu schmeißen, seinen Kopf in den Nakken zu werfen und loszubrüllen.

»Das paßt uns sehr gut«, sagte Anita bestimmt, als sie bemerkte, daß Ronald etwas sagen wollte. Sie hatte im stillen bereits beschlossen, ihm heute nicht zu gestatten, eine Szene zu machen und sein Mittagessen um die gewohnte Uhrzeit zu verlangen.

Eric entspannte sich etwas. War doch eine patente Person, diese Frau.

»Glauben Sie, daß die Bewohner der Insel etwas dagegen hätten, wenn ich heute bei ihnen vorspräche?« fragte Anita.

»Ob ich was...?« sagte Eric, durch diese unerwartete Frage wieder aus dem Gleichgewicht geworfen.

»Sie sagten, sie feiern keine Weihnachten«, sagte Anita. »Und da ich ja nicht sehr viel länger hier bin, dachte ich mir, ich gehe heute noch mal bei der alten Dame vorbei, die diese Pullover strickt.«

»Ja, natürlich«, sagte Eric. »Nein, ich glaube, es würde ihr überhaupt nichts ausmachen.« Wenn er sich nicht gewaltig täuschte, würde sich die Dame nur zu sehr über die Möglichkeit freuen, einen Stadttrottel hereinzulegen. »Nein, gehen Sie ruhig hin und probieren Sie es. Ich bin sicher, sie hat nichts dagegen.«

»Gut, sind Sie dann soweit, Ronald?« fragte Anita.

»Für was?« fragte Ronald.

»Sie kommen mit mir«, erklärte Anita gelassen, »um mit der Dame zu reden, die ich kennengelernt habe. Die, die diese besonderen Sweater strickt, die ihr helfen, die Leichen ihres Mannes oder ihrer Söhne zu identifizieren, falls sie ertrinken.«

»Ach ja, natürlich«, sagte Ronald. »Jetzt erinnere ich mich wieder. Ich habe gesagt, daß ich Sie begleiten wollte, nicht?«

»Ja«, sagte Anita, »das haben Sie.«

»Ich gehe eben meinen Mantel holen«, sagte Ronald nach einer kurzen Pause, die eine gewisse Unwilligkeit erkennen ließ.

»Sie können den Morgen nicht damit verbringen, hier in der Bar Kartoffelchips und Nüsse zu verdrücken«, sagte Anita in einem unvermittelten Anflug von Ausgelassenheit.

Daher weht hier also der Wind, dachte Eric. Denn sie klang fast wie eine Ehefrau, die ganz genau wußte, was sie wollte.

»Ich bin's wieder«, sagte Jessica, als Harry die Tür öffnete. »Sie sind wirklich ein Vorbild an Höflichkeit, und ich – ich habe überhaupt keine Manieren, daß ich Ihre Freundlichkeit immerzu so schamlos ausnutze.«

»Kommen Sie herein«, sagte Harry und zeigte seine gewöhnliche Großzügigkeit gegenüber den lästigen Angewohnheiten anderer Leute.

»Es tut mir leid«, sagte Jessica. »Manchmal vergesse ich einfach, daß Sie ja nicht so sind... ach, was soll's.«

»Stuhl?« lud Harry sie ein.

»Ich meine, manchmal vergesse ich einfach, daß ich mich gar nicht so zu benehmen brauche, wie ich mir vorstelle, daß sich die Leute denken, wie Schauspielerinnen sich benehmen«, fuhr Jessica fort. »Sie müssen bitte großzügig mit mir sein.«

»Das bin ich ja«, sagte Harry.

»Oh«, sagte Jessica.

»Werden Sie wieder von Jon belästigt?« fragte Harry.

»Nein. Er ist verschwunden. Es ist etwas anderes. Ich habe Angst vor der Hölle. Und das ist Helen Huntingtons Schuld. Nein, das stimmt nicht, es ist die Schuld dieser Insel...«

»Nein, das stimmt nicht«, sagte Harry.

»Das stimmt nicht?« fragte Jessica.

»Nein.«

»Warum nicht?« sagte sie. »Glauben Sie, daß ich langsam durchdrehe?«

»Nein«, antwortete Harry.

»Wie meinen Sie es *dann?*« fragte sie.

»Ich meine gar nichts Bestimmtes«, sagte Harry, »aber die Hölle ist nicht hier, und das Böse kriecht auch nicht unter den Felsen vor. Man könnte sagen, die Insel sei gleichgültig, aber nicht, sie sei böswillig.«

»Es fühlt sich manchmal so an«, sagte Jessica.

»Ich weiß«, sagte Harry.

»Vielleicht sind es die Menschen«, sagte Jessica. »Nicht so sehr die Bewohner selbst, aber ich habe so ein Gefühl, eine ganze Reihe von Leuten kommt hierher, um Dinge zu tun, die sie bei sich zu Hause niemals täten – damit machen sie aus dem Ort so was wie einen moralischen Abfalleimer – wenn Sie verstehen, was ich meine. Oder bin ich überempfindlich? Vielleicht ist es auch nur diese Ferienstimmung.«

»Tourismus hat immer einen korrumpierenden Einfluß«, sagte Harry. »Vielleicht ist es das, was Ihnen auffällt?«

»Ich kann heute niemanden leiden«, sagte Jessica. »Jeder ist heute so egoistisch und eigennützig, das würde mir weiter nichts ausmachen, aber wenn ich sie alle so in ihrer Art beobachte, werde ich daran erinnert, daß ja eigentlich ich die egoistischste und eigennützigste von ihnen allen bin. Ich dachte, wenn ich Weihnachten ignoriere, dann kommt es schon in Ordnung, aber es gibt immer irgendwas.«

Oder nichts, dachte Harry, aber er sagte: »Haben Jons Mätzchen Sie vielleicht mehr aufgeregt, als Sie meinten?«

»Geholfen hat das nicht«, sagte Jessica. »So was ist immer deprimierend, aber er ist es nicht allein. Anita ist deprimierend, und Ronald ist deprimierend, und der Zahnarzt – oder Professor, oder was immer er sein mag – ist deprimierend, und Mrs. H. erinnert mich an eine Ratte – ich glaube, es ist ihre Nase, sie zittert –, und das Wetter ist deprimierend, und ich bin deprimierend. Ich frage mich, ob Eric mich in der Küche helfen läßt? Ich möchte gern das Gefühl haben, daß ich irgend jemandem nützlich bin. Ich könnte Brot backen – bis zu den Ellbogen im Mehl wühlen.« Sie sah sich schon, mit rosigen Wangen und einer weißen Schürze, wie sie ihre Hautzellen mit der Heiligkeit von Brot vermischte und sich dadurch die Anerkennung Gottes und der Engel holte.

»Können Sie gut Brot backen?« fragte Harry.

»Ich hab's noch nie versucht«, sagte Jessica. »Ich glaube eher nicht.«

»Es ist ziemlich einfach«, sagte Harry.

Jessica fragte nicht, woher er es konnte, denn sie wußte es – an einem Tisch in der Küche des Pfarrhauses backten sie sicherlich ihr eigenes Brot und riefen dem jungen Harry zu: »Zieh die Uniform aus, du versaust sie nur, binde das Schwert ab und wasch dir die Hände, dann kannst du uns beim Brotbacken helfen...«

Sie stand auf und strich ihren Rock glatt. »Ich kann Kuchen backen«, sagte sie, »ich habe aber nur selten die Gelegenheit dazu.«

»Sie müssen nicht gehen«, sagte Harry. »Ich tue heute nichts mehr.«

»Es ist diese Beklemmung«, sagte Jessica. »Ich weiß nicht, wohin ich gehen soll, um dieser Beklemmung zu entkommen. Fühlen Sie es denn nicht?«

»Nicht so wie Sie«, sagte Harry, der sich nur einer schwerelosen, abwartenden Leere bewußt war.

»Ich beneide Sie«, sagte Jessica, ohne nachzudenken. Jeder, der sich im Moment nicht so fühlte wie sie, war beneidenswert.

»Möchten Sie in die Bar hinuntergehen?« fragte Harry.

»Ich glaube, mir bleibt keine andere Wahl«, sagte Jessica. »Obwohl ich nicht enden will wie Huntington. Er hat den totalen Horror, und die gute alte Helen sagt ihm immerzu, außer dem, was er sich selbst entgegen ihrer ernstlichen Ermahnungen und dringenden Bitten angetan habe, sei mit ihm alles in Ordnung. Und dann sagt er, wenn sie jetzt nicht ihre Fresse hält, bestellt er sich umgehend noch sechs Flaschen Wein und säuft sie leer. Ich mache ihm keine Vorhaltungen. Wenn ich nur etwas anderes zu lesen hätte. Helen würde einen Heiligen in den Suff treiben. Ich glaube, sie ist schuld, daß ich mich so fühle.«

»Ein Brandy mit Soda wird nur geringen Schaden bei Ihnen anrichten«, sagte Harry.

»Versuchen Sie das mal Helen Huntington zu erzählen«, sagte Jessica, »und sie schiebt Ihnen Pfeilgift unter.«

Die Bar war leer. »Erzählen Sie mir noch etwas von Achmet Pasha«, bat Jessica, als sie am Tresen standen. »Der klingt genau nach meinem Typ.«

»Ich weiß nicht viel mehr«, sagte Harry.

»In Filmen machen sie solche Sachen«, sagte Jessica. »Wenn der Held schließlich umgeben von seinen Feinden – die meistens Dummköpfe sind – mit gefesselten Händen und Füßen im Zahnarztstuhl sitzt, beginnt er sie zu beleidigen. Das kommt mir immer sehr ungeschickt vor, aber offensichtlich will er versuchen, sie durcheinanderzubringen, damit sie einen unbedachten Schritt tun. Und dann verschwendet der Erzbösewicht wertvolle Zeit damit, sich aufzublasen, wie clever er ist und wie es ihm gelang, den Helden auf den Zahnarztstuhl zu schaffen, und das gibt dem Helden die Zeit, sich freizumachen, oder seine Freunde springen durchs Fenster – und das Recht triumphiert. Das wirkliche Leben ist nicht so, oder doch?«

»Nein«, sagte Harry, »obwohl es für Achmet Pasha sicher befriedigend war, sich alles von der Seele zu reden. Solche Worte sind vielleicht genau die, die man selber zu sagen gewünscht hätte, aber er hatte keine Zeit für *l'esprit d'escalier*...«

»Schon zur Stelle, Ladies und Gentlemen«, sagte Eric und lief hinter den Tresen. »Was darf es sein?

»Gefällt es Ihnen hier?« fragte Jessica.

»Ob es mir hier gefällt?« sagte Eric und schaute über die Schulter, während er das Glas gegen den Brandyportionierer drückte. »Ja, es ist sehr friedlich nach Telford. Ich war früher Ingenieur, dann bin ich langsam in den Verkauf hineingerutscht, und das hat mir nicht zugesagt.« Es freute ihn, daß er laut über seinen Fall sprechen konnte, das half, es selbst so zu glauben.

»Fühlen Sie sich nie einsam?« fragte Jessica.

»Einsam?« sagte Eric beherzt. »Ich doch nicht. Dafür hab' ich keine Zeit.«

»Nein, wahrscheinlich nicht«, sagte Jessica.

»Kein Problem«, sagte Eric.

»Nehmen Sie auch einen?« lud Harry ihn ein.

»Ich glaube, ja«, sagte Eric auf eine Weise, als sei das Trinken alkoholischer Getränke seiner Natur fremd, »und heute gibt's auch keinen kalten Tee für mich. Ich genehmige mir einen Brandy und trinke auf ihre Gesundheit.«

»Prost«, sagte Jessica schwermütig. Sie zündete sich eine Zigarette an, und als sie die aufgeraucht hatte, rauchte sie noch eine, und ihr wurde etwas schlecht. »Ich mache einen Spaziergang«, sagte sie.

»Ich muß gehen und einige Papiere wegräumen«, sagte Harry. »Wir sehen uns dann beim Mittagessen.«

Jessica ging mit offenem Mantel und einer Stimmung, die auf dem Boden hinterherschleifte, durch den grünen Weihnachtsmorgen. »Verfluchte, feige Hunde...«, flüsterte sie, »ich fürchte euch nicht.« Sie wanderte umher, aber ihre Beklemmung ging mit ihr. Sie gelangte an eine der Felsformationen, für die die Insel berühmt war. Ebenerdig stiegen die Felsen zunächst langsam an, wurden dann plötzlich sehr steil, kippten oben um und fielen anschließend senkrecht in die tosenden Wellen ab, die um ihre Basis schäumten. Jessica ging weiter, kletterte, bis sie schließlich den Gipfel erreicht hatte und sich außer Atem hinsetzte und sich in der feuchten Ruhe eine weitere Zigarette anzündete. Sie hustete so stark, daß sie nichts hörte. Der Boden war feucht, der Blick wenig beeindruckend. Es wäre ihr gleichgültig gewesen, wenn sie gestorben wäre.

Jon lag bäuchlings an einem kleinen nassen Abhang, genau dort, wo der Felsen anzusteigen begann. Er konnte Jessica aus seiner Position nicht sehen, wußte aber, wo sie sich befand. Er war ihr gefolgt und hatte dagestanden und sie beobachtet, bis sie den Gipfel erreicht und angehalten hatte.

Er war, das sagte er sich selbst, mit Jessica unzufrieden. Sie war keine, daran erinnerte er sich, besonders gute Schauspielerin, und sie hatte keine Anmut. Sie war, dachte er sich, aller Wahrscheinlichkeit nach eine Lesbe. Einen Augenblick lang hatte er erwogen, sich mit ihr auseinanderzusetzen, um die Information einzufordern, warum sie vorgab, ihn nicht zu begehren; sie zu konfrontieren und darauf zu bestehen, daß sie endlich alle Ausflüchte aufgab. Aber jetzt, da er sie an der Klippe sitzen sah, dachte er, es wäre das beste, sie einfach hinunterzustoßen. Ihr wäre das dann unzweifelhaft eine Lehre. Er begann vorwärts zu kriechen.

Jessica rauchte ihre Zigarette zu Ende und warf den Stummel

ins Meer hinunter und sah zu, wie er fiel. Von da, wo sie saß, würde sie das Zischen nicht hören können, wenn die Glut aufs Wasser traf, aber sie konnte es sich vorstellen. »Ich verfluche dich«, bemerkte sie laut und gleichsam als Experiment, »und die abscheulichen Metzen, die dich zur Welt brachten...«

Als Jon sie mit sich selber reden hörte, kam er zu dem Schluß, daß sie sowohl verrückt als auch verlogen war, und langte mit der Hand nach ihr, als er merkte, daß er beobachtet wurde. Draußen im Meer war ein Seehund, der ihm ohne mit den Wimpern zu zucken zusah. Er zögerte...

»Was um alles in der Welt hat Sie dazu veranlaßt, so hoch zu klettern?« wollte Harry ein wenig außer Atem wissen. Seine täglichen Spaziergänge im Hyde Park hielten ihn fit, aber er war kein junger Mann mehr.

»Mann«, sagte Jessica, drehte sich um und stellte fest, daß sie jetzt zwei Begleiter hatte. »Piccadilly Circus.« Sie sah Jon an und schaute dann beschämt weg.

»Fast hätte ich es nicht geschafft«, sagte Harry. »Ich hatte vergessen, wie steil der Felsen wird.«

»Ich dachte, sie würden in ihren Papieren herumkramen«, sagte Jessica.

»Es wurde langweilig«, sagte Harry und begann wieder gleichmäßig zu atmen.

Jon lächelte ihn geradeheraus an. »Es ist hübsch hier oben«, sagte er, »nicht wahr?«

»Ja«, sagte Harry.

»Wir können zusammen nach Hause gehen«, schlug Jessica vor. »Ich hoffe, all diese Anstrengung macht Ihnen Appetit aufs Mittagessen.«

Auf dem Weg zurück zum Gasthaus trafen sie Anita und Ronald. Anita fuhr mit ihren Händen durch die Luft, und ihre Stimme tönte grell. »... wenn ich Ihnen doch sage, daß das Haus da war«, sagte sie. »Ich erinnere mich daran, daß die Wand da endete mit dem Baum auf einer Seite und dem Briefkasten auf der anderen...«

»Aber jetzt ist es nicht da«, sagte Ronald offensichtlich nicht zum ersten Mal.

»Ich *weiß*, daß es jetzt nicht da ist«, sagte Anita, »aber es *war* da. Ich hab's gesehen. Ich habe mit der Frau gesprochen. Sie strickte einen Sweater für ihren Mann, und sie unterhielt sich mit mir. Sie aß ein Hustenbonbon – ich hab's gerochen. Sie hat mir eine Tasse Tee angeboten.«

»Es muß weiter entfernt die Straße hinunter gewesen sein«, sagte Ronald.

»Weiter die Straße hinunter gibt es nichts mehr...«, sagte Anita. Als die anderen auf ihrer Höhe waren, hörte sie mit dem Streiten auf.

»Angenehmer Spaziergang?« fragte Jessica.

»Ja, danke«, sagte Anita. »Sehr erfrischend.«

»Wie weit sind Sie gegangen?« fragte Jessica, und da sie deutlich bemerkte, daß diese beiden Mitreisenden gerade einen Streit hinter sich hatten, schlug sie jetzt einen freundlich ironischen Ton an.

»Genau bis dort, wo die Straße aufhört«, sagte Anita.

»Also nicht bis zur Burgruine«, sagte Jessica.

»Nein«, sagte Anita.

»Oh«, sagte Jessica. Sie stolperte, und Harry faßte sie am Ellbogen, um sie zu halten. »Diese Schuhe sind doch nicht ganz so vernünftig, wie sie aussehen«, sagte sie. »Ein merkwürdiger Weihnachtstag«, fuhr sie fort, als keiner etwas sagte. »Ich denke andauernd, hier sollten Kinder sein. Seit ich da bin, habe ich noch keine gesehen.«

Sie gingen an einem Feld vorüber, auf dem einige Kühe standen, und sie fragte sich, ob Harry seinen kleinen Jungen am Weihnachtsabend zu einem Stall gebracht hatte, um sie knien zu sehen, außer daß Kühe heutzutage nicht oft in Ställen anzutreffen waren, und im Hof der Pfarrei hatte sie auch keinen Stall bemerkt. Vielleicht knieten sie ja auf den Feldern. Und wenn sie sich hinlegten, dann hieß das, daß es regnen würde. Es regnete; ein feiner Sprühregen wehte von den Hügeln hinunter.

»Verdammt noch mal!« sagte Jessica und knöpfte ihren Mantel zu. »Warum stehen diese verlogenen Kühe da herum? Sie sollen gefälligst liegen, wenn es regnet.«

»Ich glaube, sie stehen, wenn es anfängt«, sagte Anita, deren Stimmung sich hob, je näher sie dem Gasthof kamen.

Die Stammgäste standen in der Bar. Es machte Ronald traurig zu sehen, daß sich die Frau, die von ihm analysiert werden wollte, auch dort befand. »Wann sagen Sie mir denn endlich meine Zukunft voraus?« rief sie.

»Er ist kein Wahrsager«, sagte Anita. Sie fragte sich, warum das Mädchen ihre Aufmerksamkeit nicht dem golden gelockten Jon zuwandte, da sie doch vom Professor nicht beachtet wurde. Obwohl sie sich etwas in Ronald verliebt hatte, konnte sie doch nicht verstehen, wie er irgend jemand anderem gefallen könnte. Das Mädchen musterte sie von oben bis unten und kümmerte sich nicht weiter um sie. Jessica interessierte sie auch nicht sehr. Zwar hatte sie sie erkannt, aber sie wollte verdammt sein, wenn sie ihr die Befriedigung gab, ihr das auch zu zeigen. Im allgemeinen hatte sie wenig Sympathien für andere Frauen. Anita, die sich daran gewöhnt hatte, von sich selbst als altjüngferlichem Wesen zu denken – obwohl sie das selbst nie so formuliert hätte –, stellte sich vor, daß heißblütigere Frauen – eben der nuttige Typ – Jon unwiderstehlich gefunden hätten. Aber auch darin irrte sie, die meisten Frauen fanden Jon, wenn sie einmal den Schock seiner Schönheit verwunden hatten, unbefriedigend. Und selbst wenn Ronald nicht sehr unterhaltsam war, wirkte er doch eindeutig männlich und stellte damit eher das dar, was sie für das Ziel ihrer Wünsche hielten.

»Warum sind Sie so ruhig?« wandte sich Jessica an Harry.

»Ich dachte gerade nach«, sagte Harry. »Ich habe gerade gedacht, daß Sie gut daran täten, nicht mehr allein mit diesem Jungen zu sein. Kommen Sie und setzen Sie sich.«

»Ich weiß«, sagte Jessica und folgte ihm zu einem Tisch. »Ich habe Ihnen ja gesagt, daß…«

»Das meine ich nicht«, sagte Harry. »Er ist Ihnen heute gefolgt. Nachdem Sie gegangen waren, ging ich direkt nach oben, sah aus dem Fenster, und er folgte Ihnen. Das war natürlich in Ordnung, da kann man nichts dagegen sagen, würde man denken, sucht sich einfach ein bißchen Gesellschaft für einen Spaziergang – nur daß er nicht versuchte, Sie zu erreichen. Das fand ich beunruhigend.«

»Ich verstehe«, sagte Jessica. Sie konnte sich Jon in dunklem Pullover und dunkler Hose vorstellen, wie er ihr außer Hörweite folgte, immer darauf bedacht, sich sofort verbergen zu können, sollte sie sich plötzlich umdrehen. Er hätte sich dann in die Rolle eines Geheimagenten hineingedacht, eines Guerilla, eines Mitglieds der SAS oder möglicherweise auch in die eines tapferen Indianerkriegers. Sie erinnerte sich an seinen Gesichtsausdruck, als sie sich umdrehte und ihn hinter sich sah und Harry sie ansprach. Sie hatte diesen Ausdruck schon vorher gesehen – einmal, als sie sich weigerte, mit ihm auf den Berg zu klettern, wo der Schnee lag und einmal, als...

»Was ist los?« fragte Harry, weil sie schwieg.

»Ich erinnere mich, wo ich ihm schon einmal begegnet bin«, sagte sie. »Es war auf einer Party nach irgendeinem Werbespot. Ich war betrunken – wir waren alle betrunken. Er muß wohl irgendeine Rolle in dem Ding gespielt haben, ich weiß nicht mehr was, und ich unterhielt mich in einer Ecke mit ihm, als Mike kam – er ist mein Freund – und sagte, wir sollten gehen. Er – Jon – hatte damals diesen Gesichtsausdruck. Ich habe sicher Auf Wiedersehen gesagt, und ich rufe an, oder so was, und wir gingen. Ich mache das manchmal. Ich sage Leuten, daß ich sie anrufe, und tu's dann nicht, und sie sind sauer darüber. Es war alles ziemlich trivial.«

»Ich dachte, er würde sie über die Klippe stoßen«, sagte Harry.

»Oh, Mann«, sagte Jessica.

»Ich kann mich natürlich auch irren«, sagte Harry.

»Und da mache ich mir Sorgen, daß die beiden anderen eine Kabbelei hatten«, sagte Jessica. »Wie ironisch.« Sie hatte keine Angst, sie war wütend. »Der hat vielleicht Nerven«, sagte sie. »Wenn mich schon jemand ermorden will, dann ziehe ich es vor, daß es jemand ist, den ich gut kenne, jemand mit einem richtigen *Grund.*« Sie stellte sich vor, wie sie, gestoßen von der Hand eines Schmierenschauspielers, ins Meer stürzte. »Und niemand hätte es je erfahren«, sagte sie. »Man hätte es für einen Unfall gehalten, und es wäre meine eigene Schuld gewesen, weil ich diese dämlichen Schuhe trage.«

»Halten Sie sich also fern von ihm«, sagte Harry.

»Was kann ich tun?« fragte Jessica.

»Halten Sie sich einfach fern«, sagte Harry. »Man kann ihm nichts weiter vorwerfen, als heimlich durch die Gegend zu schleichen.«

»Und einen merkwürdigen Gesichtsausdruck zu haben«, ergänzte Jessica. »Es ist wie bei einem dieser Fälle, über die man liest, wenn die Polizei sagt, sie könne nichts unternehmen, bis die Person einen umgebracht hat. Jetzt verstehe ich auch, warum die Opfer, auf die man es abgesehen hat, sich immer so aufregen. Für gewöhnlich haben die viel mehr, über das sie sich aufregen können, und ich bin nur so aufgebracht, weil er tatsächlich die Impertinenz besessen hätte, zu versuchen, mich umzubringen. Wie soll ich mich jetzt ihm gegenüber verhalten?«

»Das ist in meinem Erfahrungsbereich noch nie vorgekommen«, sagte Harry. »Ich habe den Feind nach dem Krieg getroffen, und wir haben zusammen einen Drink genommen, aber unsere Feindseligkeiten hatten nichts Persönliches.«

»Ich empfinde es fast so schlimm, wie vergewaltigt worden zu sein«, sagte Jessica. »Eine gewaltige Einmischung in die Privatsphäre einer Person. Wo ist er jetzt?«

»Scheint wieder verschwunden zu sein.« Harry sah sich um. »Ich kann ihn nirgends sehen.«

»Ganz schön unheimlich, wie er immer plötzlich verschwindet«, sagte Jessica und hatte damit noch eine Schwäche an ihm gefunden. »Kommen Sie, ich gebe ein Bier darauf aus, daß Sie mein Leben gerettet haben. Heute früh in all der Feuchtigkeit habe ich nicht gedacht, daß es mir sehr wichtig wäre, aber jetzt spüre ich deutlich, daß ich es ganz schön vermißt hätte.«

»Sie sind noch jung«, sagte Harry, »haben das ganze Leben noch vor sich.«

»Ach, hören Sie auf«, sagte Jessica. »Jetzt fangen Sie wieder damit an. Ich habe sicher schon die Hälfte hinter mir, nur daß ich jetzt auch in der zweiten dabeisein will – einfach um zu sehen, was passiert – zum Beispiel, was es zum Mittagessen gibt.«

»Truthahn«, schlug Harry vor.

»Ich glaube, Eric wird etwas taktvoller sein«, sagte Jessica. »Vergessen Sie nicht, daß wir ja kein Weihnachten feiern.«

»Melone«, sagte Eric, »Consommé, Roastbeef, Kartoffeln und Möhren mit Erbsen, Biskuitdessert mit Sahne, Käse und Cracker, Kaffee, und die können mich alle mal.«

Eigentlich wollte er dünne Scheiben gebeizten Lachs servieren, eine heiße Kräutersuppe, eine Wildbretkeule aus dem Supermarkt auf dem Festland und einen Brot-und-Butter-Pudding mit Brandy, aber er machte sich die Mühe nicht. Er hatte für sich entdeckt, was die meisten Frauen wissen: um gut und mit Einfallsreichtum zu kochen, muß man zufrieden und gutgelaunt sein, nur dann ist man auch großzügig. Eric war so niedergeschlagen, daß er in seinen Essensüberlegungen bereits bei ofenfertigen Pommes frites, paniertem tiefgefrorenem Stockfisch und Walls Eiscreme angelangt war. Warum nicht? fragte er sich, als die Verzweiflung in ihm aufstieg wie eine unheilsame Flut. Je länger Mabel weg war, um so mehr erinnerte er sich an sie als eigentlich recht süß. Die grimmigeren Aspekte ihrer Persönlichkeit verblaßten durch ihre Abwesenheit und seine Einsamkeit. Finlays Schwägerin, der er die Menüfolge erzählte, hatte den Druckkocher inzwischen wieder zum Leben erweckt, zerschnitt gerade zwei Melonen und warf die angestoßenen Teile weg.

Eric betastete mürrisch das Rindfleisch, um festzustellen, ob es auch richtig aufgetaut war, und dachte über den Weihnachtstag in Glasgow nach. Über die Hilfe von Finlay und Finlays Schwägerin war er froh, denn ohne sie wäre er verloren gewesen, und dennoch konnte er sich des ungnädigen Gefühls einer vagen Verstimmung nicht erwehren. Es kam ihm vor, als ob die beiden sich benähmen, als gehörte ihnen das Gasthaus. Sie taten das nicht auf eine auffallend besitzergreifende Art und Weise, sondern mit der stillen sicheren Annahme eines angestammten Besitzrechts. Sie wußten, wo alles war, und gingen ihrer Arbeit mit ruhiger Sicherheit nach, ohne ihn jemals etwas zu fragen oder anzusprechen, außer wenn Finlay zuviel trank und sich Bemerkungen gestattete, die, wenn sie auch für Eric völlig bedeutungslos waren, von seiner Schwägerin immer als indiskret bezeichnet wurden. Dann fühlte sich Eric jedesmal wie das Opfer einer Verschwörung, so als ginge genau vor seinen Augen etwas vor sich, von dem er nichts wußte. Die Inselmentalität, dachte er und fürchtete, langsam paranoide Tendenzen zu entwickeln. Er fragte sich, ob er mit Ronald darüber sprechen sollte. War noch Meerrettichsauce da oder hatten sie gestern alles mit der geräucherten Makrele verbraucht? Es kümmerte ihn einen feuchten Kehricht.

Widerwillig ging er in die Bar hinüber und ließ Finlays Schwägerin in der Küche Dosen mit Consommé öffnen, die er später mit einem guten Schluck Sherry versetzen würde, damit sie den Dosengeschmack verliert. Man sollte meinen, daß der Besitzer eines Gasthauses, besonders von einem, das am Ende der Welt liegt, sich wie ein Kapitän fühlt, der die volle und alleinige Verantwortung für Mannschaft und Passagiere innehat. Nicht Eric. Er fühlte sich wie ein kleiner, trauriger, herumgeschubster Niemand, der nach Küchendünsten roch und den man fast zu Tode trieb. Seine Erwartungen waren enttäuscht worden – nicht von seinen Gästen, denn im großen und ganzen waren sie mehr, als er hätte hoffen können –, sondern von seiner eigenen Reaktion. Er hatte ein inneres Bild von sich selbst und sah sich ganz im Stil jener selbstsicheren urbanen Besitzer/Chefköche von in Pastellfarben gehaltenen Restaurants, die sich auf gleicher Ebene mit ihren Gästen bewegten und deren schmeichelhafte Bemerkungen charmant (und immer geistreich) akzeptierten. Natürlich gab es, wie es das schon immer gegeben hatte, Köche mit unbestimmbarem Temperament, die die Hollandaise durch die Gegend schmissen, wenn der Fisch nicht rechtzeitig kam oder irgendein Witzbold mehr Salz verlangte, aber solche Selbstgefälligkeit strebte Eric nicht an. Er wollte nichts weiter als eine friedliche, einträgliche und möglicherweise befriedigende Zeit. Phantasie hatte etwas Vernichtendes. Dieser merkwürdige Junge war ihm auf dem Weg zum Meer wieder begegnet, und Eric wünschte sich, er wäre mit ihm angeln gegangen.

Wenigstens war die Szene in der Bar weniger ernüchternd, als es seine Überlegungen in der Küche noch gewesen waren. Ob nun wegen eines zu großen Alkoholkonsums am vorigen Abend oder wegen eines angeborenen Bewußtseins über die Natur der Feiertage, die Leute benahmen sich gut und gingen höflich miteinander um. Selbst der Professor und Mrs. H. unterhielten sich mit gedämpften Stimmen, während ein Mädchen Ronald in die Ecke gepinnt hatte und ernsthaft mit ihm redete. Jessica sah rosig, fröhlich und positiv aus und mehr als sonst wie eine Schauspielerin, und Anita befragte Jon über irgendeinen Aspekt der Inseltopographie. Harry war wie immer ganz der Gentleman, untadelig höflich und beruhigend normal.

»Das habe ich dir schon Ende August zurückgegeben, du Scheißtyp«, sagte Mrs. H. gerade. »Finlay hat es hinten auf seinem Traktor hingebracht.«

»Hat er nicht«, sagte der Professor. »Heute morgen habe ich noch danach gesucht und es nirgends gefunden.«

»Ich jedenfalls habe es nicht«, sagte Mrs. H. »Du mußt es irgendwo liegengelassen haben.«

»Wie sollte ich es denn irgendwo liegenlassen?« sagte der Professor. »Es ist keines von den Sachen, die man irgendwo liegenlassen kann.«

»Was weiß denn ich?« sagte Mrs. H. »Was weiß denn ich, was du mit Sachen machst, die du dir leihst.«

»*Du* hast es dir von *mir* geliehen«, sagte der Professor. »Ich hab's im vorigen Jahr von dir gekauft, und dann hast du es dir wieder zurückgeliehen.«

»Und dann habe ich es zurückgegeben«, sagte Mrs. H. »Finlay hat es dir zurückgebracht, das war am ...«

»Hat er nicht«, sagte der Professor. »Das wüßte ich doch.«

Dies war keine ungewöhnliche Diskussion für die Insel, wo Leute sich immerzu Dinge von anderen borgten – Maschinen, um Boote zu bewegen, Gras zu mähen, Regenrinnen zu reparieren, Antennen aufzustellen. Vielleicht war es nichts weiter als eine sehr primitive Form des sozialen Umgangs.

»Ich hoffe, es taucht wieder auf«, sagte Mrs. H. »Wer zahlt die nächste Runde?«

»Sie«, sagte der Professor laut.

Wieder einmal fragte sich Ronald, warum die Leute sich einbildeten, er könne möglicherweise an ihren Träumen Interesse finden. Er war nicht mal an seinen eigenen interessiert. Ihn interessierte das Mittagessen, und er schaute wiederholt auf seine Armbanduhr, ohne sich die Mühe zu machen, es verstohlen zu tun.

»... also ich flog gerade auf den Schornstein rauf«, sagte das Mädchen. »Also ich meine, das ist sicher total bedeutungsvoll.« Sie starrte ihn an und wartete auf seine Diagnose.

»Wie spät haben Sie es?« fragte Ronald.

»Was soll das?« fragte das Mädchen. »*Ich* habe es genau halb eins. Was sagt Ihnen das denn?«

Ronald starrte sie verunsichert an, während sie auf seine Antwort wartete.

»Daß es halb eins ist«, sagte er. Seine Uhr zeigte dieselbe Uhrzeit.

Sie dachte über die Bedeutung seiner Aussage nach und trank einen Schluck Rum mit Coke. Sie hatte irgendwo gehört, daß Psychiater nur selten etwas zu ihren Patienten sagten, daß sie vielmehr die psychologischen Fakten in eine übersichtliche Reihenfolge bringen und es dann ihnen überlassen, die Bedeutung für sich selbst herauszubekommen oder sich die vergessenen Ereignisse, die ja in Träumen in verfremdeter Form wieder auftauchen, in Erinnerung zu rufen. Irgendwann mußte ihr um 12.30 Uhr einmal etwas zugestoßen sein, etwas, das mit einem Schornstein zu tun hatte...

»Ich weiß einfach nicht, wie ich mich fühlen soll«, sagte Jessica. »Ich glaube nicht, daß mich zuvor schon einmal jemand ermorden wollte. Vielleicht wollte es ja schon mal jemand, wenn wir ganz ehrlich sind, aber sie haben es noch nie versucht. Wenn ich jetzt die Rolle von jemandem spielte, den gerade jemand ermorden wollte, dann wüßte ich ganz genau, wie ich mich verhalten sollte, aber so wie die Dinge stehen, fühle ich mich echt beleidigt. Irgendwie kommt es mir nicht sehr normal vor. Sollte ich mir vielleicht an den Hals fassen und voller Terror stöhnen?«

»Jetzt nicht«, sagte Harry. »Jeder wäre sehr erstaunt, es sei denn, Sie gäben eine Erklärung ab.«

»Das würde das Weihnachtsessen auf jeden Fall ruinieren, oder etwa nicht?« sagte Jessica.

»Es würde der Angelegenheit sicher einen Dämpfer verpassen«, stimmte Harry ihr zu. »Sie müssen einfach vorsichtig sein und sich von ihm fernhalten. Ich glaube nicht, daß er es noch einmal versuchen wird.« Indem er das sagte, vermutete Harry, daß Jon, von gelegentlichen Aussetzern abgesehen, grundsätzlich so normal wie er selbst war.

Dies eine Mal war Jessica klüger. »Nicht, wenn er verrückt ist«, sagte sie. »Wenn er verrückt ist, dann wird er es wieder versuchen. Vielleicht leidet er unter einer fixen Idee und ist davon besessen, seine Mutter umzubringen.«

»Sie sind nicht seine Mutter«, stellte Harry fest.

»Vielleicht *hält* er mich dafür«, sagte Jessica. »Vielleicht identifiziert er mich mit seiner Mutter, die ihn als Kleinkind in den Kohlenkeller gesperrt hat, damit sie in aller Ruhe mit einem männlichen Besucher einen Cocktail trinken konnte – oder vielleicht hatte sie einen anderen kleinen Racker, den sie lieber mochte und mit dem sie ins Kino ging, während er...«, sie wollte seinen Namen jetzt nicht nennen, »...im Kohlenstaub weinte, bis sein Gesicht völlig verdreckt war, und als sie dann zurückkam, verabreichte sie ihm eine Tracht Prügel, weil er sich schmutzig gemacht hatte. Ich sehe ihr wahrscheinlich ähnlich. Was macht er jetzt gerade?«

Harry schaute quer durch den Raum dorthin, wo Jon an der Bar lehnte. »Er unterhält sich mit Anita«, sagte er. Doch damit war er alles andere als genau, denn Anita sorgte fast für die gesamte Unterhaltung.

»Sie gehen die Straße entlang, bis Sie dahin kommen, wo das Schild heruntergefallen ist. Wenn Sie sich bücken, um es anzuschauen, lesen Sie irgendwas über die Burg, aber weil es runtergefallen ist, weiß man nicht, in welche Richtung es zeigt, also gehen Sie eine kleine Straße entlang, bis die endet, und genau da steht ein Cottage...«

»Tatsächlich?« sagte Jon und kaute abwesend an einem Cocktailrührer aus Plastik und dachte an gebrochene Knochen. »Wenn Sie schon einmal da oben waren, müssen Sie es gesehen haben«, sagte Anita. »Sie können es nicht verfehlt haben. Haben Sie es gesehen?«

»Ich kann mich ehrlich nicht daran erinnern«, sagte Jon. Er hatte es noch nie gemocht, den Eindruck zu erwecken, als gäbe es etwas, über das er nichts wußte, selbst wenn es nur die Lage eines unbedeutenden Häuschens auf dem Weg zu einer verfallenen Burg war. »Ich muß daran vorbeigegangen sein, habe aber wohl an etwas anderes gedacht.«

»Es ist zum Verzweifeln«, sagte Anita. »Es könnte ja sein, daß ich einen anderen Weg genommen und mich vertan habe, aber ich kann mir das nicht vorstellen. Ich wollte mir diese Pullover wirklich noch einmal ansehen. Sie stricken sie mit verschiedenen Mustern, damit wenn ihre Männer angeschwemmt werden...«

»Ja, das sagten Sie bereits«, unterbrach Jon.

»Glauben Sie«, flüsterte Jessica Harry zu, »daß er mit ein bißchen Glück seine kindlichen Mordgelüste auf Anita übertragen könnte? Nein, vergessen Sie, daß ich das gesagt habe«, fügte sie hinzu. »Das war nicht sehr nett. Ich meinte das nicht so – nicht wirklich, also im eigentlichen Sinn.«

»Er zeigt im Moment keinerlei Anzeichen«, sagte Harry. »Er geht wieder hinaus.«

»Ich frage mich, wohin er geht«, sagte Jessica. »Vielleicht sucht er sich eine andere Mutter, die er umbringen kann. Ich glaube, hier gibt es nicht zu viele, denn es gibt ja auch keine Kinder.«

»Viele der jungen Leute gehen weg«, sagte Harry. »Es ist schwer, sich hier einen Lebensunterhalt zu verdienen. Das bißchen Landwirtschaft oder Fischerei...«

»Wie schafft Finlay es?« fragte Jessica, als der gerade in seiner altmodischen Ölhaut die Bar betrat.

»Er macht von allem etwas«, sagte Harry. »Alles, was gemacht werden muß – wenn Finlay nüchtern ist, macht er's.«

»Das muß ihm ein wundervolles Gefühl von Macht geben«, sagte Jessica. »Was denn alles genau?« fügte sie hinzu, denn sie fand, daß sie Finlay auf unrealistische Weise zu einer mythischen Figur hochstilisierte, die dafür sorgte, daß der Mais zur rechten Zeit aufging, daß die Blüten richtig blühten und sich schließlich in Früchte verwandelten und daß die Gezeiten sich veränderten, wenn Finlay den Mond darum bat, es zu veranlassen.

»Mehr oder weniger alles«, sagte Harry. »In den meisten kleinen Kommunen gibt es solche Leute. Die muß es geben, oder niemand könnte überleben. Und dann ist da natürlich noch seine Schwägerin – sie kümmert sich um Geburten und medizinische Notfälle, wenn der Arzt nicht herüberkommen kann.«

»Wie der Schmied und die weise Frau«, sagte Jessica und war wieder in das verwirrende Reich alter Legenden eingetaucht.

»Genau so«, sagte Harry und trank sein Bier aus.

Finlay hatte seine äußere Hülle abgelegt und lehnte an der Bar. Er trug ein formloses, gestricktes Kleidungsstück mit vereinzelten Fischschuppen, die sich in der Wolle verfangen hatten. Anita sah es sich so genau an, wie die sozialen Umgangsformen dies unter den gegebenen Umständen zuließen, und erkundigte sich, ob seine Frau ihn gestrickt hatte. Finlay, der noch nüchtern war, antwortete, soweit Anita das beurteilen konnte, daß seine Frau ihn im Gegenteil für ihn im Oxfam-Laden in der Stadt gekauft hatte. Anita war sich ziemlich sicher, daß er log.

»Was darf's denn sein, Finlay?« fragte Eric und hoffte, daß er sich nicht vorgenommen hatte, sich zu betrinken, denn er hatte an diesem Morgen eine große Menge Treibholz für die Kamine gehackt und schien manchmal anzunehmen, daß ihm eine solche Tätigkeit die Berechtigung gab, für den Rest des Tages Whisky in sich hineinzuschütten.

»Whisky«, sagte Finlay, wie Eric es geahnt hatte.

»Ich glaube, ich hätte auch gern einen Whisky, bitte«, sagte Ronald und schob sich von dem Mädchen weg, die gerade damit beschäftigt war, sich an ein pränatales Ereignis zu erinnern.

»Sie sollten vor dem Mittagessen keinen Whisky trinken«, sagte Anita. »Geben Sie viel Eis hinein«, wies sie Eric an und fragte sich gleichzeitig, ob sie ihre neuentdeckte Autorität beibehalten könnte, wenn sie wieder in ihrer Abteilung war, falls sie sich überhaupt dazu entschließen sollte, zurückzukehren. Sie spürte, wie sich aus der alten gehäuteten Persona eine neue Anita herausschälte, denn ihr stetig zunehmendes Herumkommandieren von Ronald ließ ihre Selbstsicherheit und ihr Selbstwertgefühl steigen. Ronald drückte flüchtig ihre Hand.

Jessica dachte über ihren Gefühlszustand nach, während sie in die Tiefen der dampfenden Dosenconsommé stierte. Ermordet zu werden oder besser noch, zu vermuten, daß es jemanden gab, der Mordgelüste gegen einen hegte, war *außergewöhnlich* deprimierend. Jon saß auf der anderen Seite des Tischs vor dem Fenster mit dem Farn hinter sich, und sie warf ihm einen altmodischen Blick zu. Er starrte zurück, ohne mit der Wimper zu zukken, und Jessica schaute weg. Vielleicht konnte sie untertauchen, ihren Namen ändern und ihr Aussehen, sich neue Kleider kaufen und sich in einer kleinen Bergwerksstadt irgendwo im Norden niederlassen. Sie könnte sich einen Job im Laden an der Ecke besorgen und sich langsam nach oben arbeiten, den Besitzer heiraten und auf einem hohen Stuhl hinter dem Tresen sitzen und langsam stämmig werden. Sie stellte fest, daß sie der Flüchtigen, die sie werden sollte, gedankenlos ein französisches Image gegeben hatte und begann das Bild zu korrigieren. Es wäre ein Kleid aus grober Baumwolle und eine Strickjacke. Andererseits könnte sie immer in die Provence fliehen und dort einen Ladenbesitzer heiraten. Was aber, wenn der schon verheiratet war? Durch eine unglückliche Verkettung von Umständen würde Jon dann gerade per Anhalter durch Frankreich fahren, oder er wäre in einem Werbespot für irgendein Instantprodukt mit provencalischem Geschmack und würde in seiner Freizeit über seinen Hang nachdenken, Mütter zu ermorden, und so käme es dazu, daß er statt ihrer die Frau des Ladenbesitzers von einem Olivenbaum stieße...

Eric ging um den Tisch und schenkte Sherry ein. Er schmeckte der Suppe nicht unähnlich, aber das war wenig erstaunlich, denn er hatte gedankenlos mehr in die köchelnde Suppe gegossen, als er vorhatte. Es schien niemanden zu stören. Die meisten waren mit ihren Gedanken woanders.

»Das ist sehr gut«, sagte Ronald.

Anita lächelte ihn nachsichtig an. Seine Frau muß eine schlechte Hausfrau gewesen sein, wenn er das ernst meinte. Sie könnte ihm schon zeigen, was wirklich gut war – richtige Suppen, langsam aus einem Schinkenknochen gekocht und behutsam abgeschöpft; frische Salate und Bohneneintopf und *coq au vin* und alle möglichen Sachen, die man mit viel Geschick und Zärtlichkeit in stundenlanger Arbeit zubereitet. Sie würde nie die Stimme gegen ihn erheben, wären sie einmal verheiratet, würde ihn niemals bemerken lassen, ob sie sich über ihn ärgerte; kein hartes Wort. Nichts. Und wenn sie ihn einmal von ein paar Fehlern kuriert hätte, könnten sie sehr glücklich miteinander sein. Sie würde sich schon vor der Hochzeit darum kümmern, und dann könnten sie ohne Störungen mit ihrem gemeinsamen Leben beginnen. Als Frau eines Psychoanalytikers müßte sie nicht mehr arbeiten, weder aus finanziellen Gründen noch um sich mit etwas zu beschäftigen. Vielleicht würde sie ihn dazu bringen, sich den Bart abzunehmen, denn er hatte Suppe darin, und an den Abenden würden sie die Theorien Freuds diskutieren.

Harry dachte über vergangene Weihnachtsfeste mit der Resignation eines *mutilé de guerre* nach, dessen Leben vor der Katastrophe keinen Anlaß zur Beschwerde gegeben hatte. Er hatte seinen Verlust niemals ausgespielt, wie es manche Leute taten, wenn sie sagten: »Ich hab's dir ja gesagt. Es war immer schon alles gegen mich, und jetzt *das*.« Er hatte die Tode mit einem Gefühl der Verwunderung akzeptiert, daß etwas so sehr schmerzen könnte, und hatte sein Leben gelebt, wenn auch mit einigem Widerwillen. Er pries Gott dafür, daß er allen Menschen den Tod brachte, denn würden nur einige weggenommen, so lebten die anderen in hellem Wahnsinn, vom Gefühl des Verlusts gemartert und sich innerlich über diese seltsame Realität verzehrend...

»Woran denken Sie gerade?« fragte Jon, und jeder schaute ihn an und fragte sich, mit wem er gerade gesprochen hatte. »Sie«, sagte er und starrte Harry an.

»Ich glaube, ich dachte gerade über Weihnachten nach«, sagte Harry. »Aber wir dürfen das Thema ja nicht erwähnen, ist es nicht so?«

»Es ermüdet mich langsam, nicht darüber zu sprechen«, sagte Jessica. »Das ist ja fast wie eine Beerdigung, wo jeder versucht, weder die Sache noch den Namen des Toten zu erwähnen, selbst ob er jemals gelebt hat, oder warum alle da sind. Ich habe das Gefühl, es wäre nicht damenhaft, wenn ich ›Fröhliche Weihnachten‹ sagte.«

»Sie haben nicht daran gedacht«, sagte Jon, aber er sagte es leise, mehr zu sich selbst als zu Harry, und keiner beachtete ihn, denn plötzlich sprachen sie alle gleichzeitig.

»Wir haben immer Truthahn gegessen«, sagte Ronald, »mit einer Füllung und einer Art von Marmelade. Meine Frau hat am Vorabend Stunden mit der Vorbereitung zugebracht.« Er sprach mit einem melancholischen Stolz, als redete er von Florence Nightingale und den Lebensbedingungen in Scutari.

»Das ist wirklich nicht sehr schwierig«, sagte Anita scharf. »Nicht, wenn man sich vernünftig organisiert. Ich habe die Menüfolge schon von Anfang November an klar in meinem Kopf.«

»Wir hatten keinen Weihnachtspudding, weil wir ihn nicht mochten«, sagte Ronald mit Bedauern. »Wir aßen immer eine Art von Kuchen mit Nüssen.«

»Wenn Sie gerne Weihnachtspudding hätten, so kann ich das organisieren«, sagte Eric, als er die Teller mit Roastbeef hereintrug. Er hatte noch zwei vom vorigen Jahr übrig. Weihnachtspudding hatte kein Verfallsdatum, und selbst wenn, dachte er, so würde er keine Minute zögern, ihn dieser perversen, undankbaren und irrationalen Sippschaft vorzusetzen. Dran ersticken sollten sie.

»Ich hasse Weihnachtspudding«, sagte Jessica. »Und ich will auch keine Nüsse und Cracker und frommen Wünsche. Ich fühle mich nur seltsam, so zu tun, als wäre nichts Besonderes.«

Eric ließ sich ein wenig erweichen, wenigstens ihr gegenüber. Zumindest unternahm sie den Versuch, hier nach den Regeln zu spielen, auf die sie sich gegenseitig geeinigt hatten.

»Hier wird nie Weihnachten gefeiert«, sagte er ihnen wieder. »Das haben sie noch nie.«

»Warum?« fragte Anita, und Eric mußte zugeben, daß er es gar nicht wußte. »Weiß es denn irgend jemand?« fragte sie.

»Zum Teil ist es ein Überbleibsel des fundamentalen Protestantismus«, sagte Harry. »Es gab eine Zeit, da hat hier jeder am Weihnachtstag gearbeitet, aber das war damals, als alle Leute noch jeden Tag arbeiteten…«

»Und zum anderen Teil?« fragte Anita, als er schwieg.

»Zum anderen Teil sind es heidnische Überbleibsel«, sagte Harry. »Der alte Aberglaube ist nie wirklich gestorben, bis durch die Fähre die Insel Fremden zugänglich gemacht wurde.«

»Was für ein alter Aberglaube?« fragte Anita.

»Da sollten Sie Finlay fragen«, sagte Harry.

»Ich kann Finlay nicht verstehen, wenn er spricht«, sagte Anita. »Ich glaube auch, er erzählt mir sowieso nichts.«

Harry wußte das.

»Das ist die Inselmentalität«, sagte Eric und trug das Gemüse auf. »Die hängen alle zusammen«, und die anderen wußten, was er mit diesem scheinbar sinnlos dahergesagten Satz meinte, denn auch sie hatten dieses Gefühl von Ausgeschlossenheit erfahren, das ihn verunsicherte. Nur Harry schien im Moment nicht dazuzugehören, denn sie merkten, daß er zuviel oder zuwenig wußte und ihnen nichts sagen, daß er weder sein Wissen noch seine Zweifel mit ihnen teilen würde. Er war schon einmal hier gewesen, war weggegangen und zurückgekehrt, und sie fragten sich dunkel, ob er Fleisch oder Geflügel oder guter roter Hering war; einer von ihnen oder auf der Seite der Inselbewohner. Harry hatte selbst schon darüber nachgedacht, aber er fühlte sich jetzt schon seit langer Zeit auf der ganzen Welt wie ein Fremdling. Er war daran gewöhnt.

»Das kollektive Unbewußte«, begann Ronald als alter Eklektiker, »kann unter bestimmten Bedingungen – entgegen der Unterdrückung des individuellen Unbewußten, und ohne daß die Teilnehmer sich dessen bewußt sind und ohne jedwedes Trauma im, nennen wir es einmal, psychotischen Gewebe der Gemeinschaft auszulösen – im Bewußtsein auftauchen und sich durch eine Gruppenaktivität manifestieren.« Er wollte damit das Bild einer jener Stammesmanifestationen einer alten Kultur erzeugen, deren Wurzeln sich in der Vergangenheit verloren haben; wo die lebenden Mitglieder des Stammes, da sie ein zurückgezogenes Leben führen, mehr oder weniger auf dieselbe Weise leben wie ihre Vorfahren in grauer Zeit, indem sie sich bemalen, Kriegstänze aufführen, ihre Götter versöhnlich stimmen und sich eben so verhalten, wie es ihnen – wenn auch nicht allen anderen – völlig normal erscheint. Für Jessica jedoch hatten seine letzten Worte Visionen von der charismatischen Bewegung in der Kirche erzeugt, von bärtigen Menschen, die sich während ihrer Treffen vertrauensselig rücklings in die Arme anderer Leute fallen ließen, von Amerikanern, die sehr ernst sagten: »Wir müssen uns *unterhalten*«, und ähnlichen verunsichernden Szenen. Sie erschauerte.

»Ist Ihnen kalt?« fragte Anita. Sie hielt Ronalds Beitrag sowohl für wissenschaftlich als auch für aufschlußreich, obwohl sie ihn nicht verstanden hatte.

»Ein Vogel ist über mein Grab geflogen«, erklärte Jessica, und wünschte, sie könnte aufhören, an den Tod zu denken und Jon für ihr Gefühlstief verantwortlich zu machen. »Die sind einfach sippenbewußt«, sagte sie. »Landvolk kluckt immer zusammen. In jedem Dorf der Welt fühlt man sich wie ein Außenseiter.«

»Das finde ich nicht«, sagte Anita. »Ich finde, die meisten Menschen sind bereit, einen zu akzeptieren, wenn man selbst offen und freundlich ist.« Sie wußte, daß das nicht stimmte, aber sie meinte, es sollte so sein. Sie wollte damit Ronald auch andeuten, daß sie gut mit Leuten umgehen konnte, denn das war für die Frau eines Psychoanalytikers unzweifelhaft eine gute Eigenschaft.

»Da braut sich ein Sturm zusammen«, sagte Eric, als er kam, um die Gemüseteller abzuräumen. »Es wird draußen ganz dunkel. Vielleicht schneit es sogar.«

Für die volle Pracht von Schnee war es jetzt zu spät, aber selbst an ein wenig hätten sie sich erinnert, und es hätte ein Bild von einem unschuldig weißen Gasthofdach bei ihnen hinterlassen statt seines abweisenden Steingraus. Die ganze Insel im christlichen Gewand statt in dem fadenscheinigen Unterholz aus trockenem Gras und nackten Ästen. Als er sie zum ersten Mal sah, war sie mit grünen Blättern bedeckt, und auch jetzt sah er manchmal, wenn er an sie dachte, nicht die Realität, sondern die grünen Hänge unter einem Himmel so hell wie Seide. So war es auch mit seiner Frau; oft dachte er an sie, wie sie einmal war, als sie sich kennenlernten, und nicht an die blasse unzufriedene Kreatur, die aus ihr geworden war. Eric wünschte manchmal, er hätte weniger Phantasie, das würde das tägliche Leben weniger schmerzhaft machen.

Finlays Schwägerin räumte das restliche Geschirr ab, und ein Schweigen fiel über den Tisch, denn diejenigen, die aus dem Fenster schauen konnten, ohne sich zu verrenken, sahen in einen dunklen Nachmittag hinaus und hörten den Wind heulen. Es wurde ihnen deutlich, daß sie für einige Tage die Insel nicht verlassen könnten, wenn die Wetterbedingungen richtig schlecht würden.

»Ja, ja...«, sagte Harry. Es war ihm relativ egal, wenn er nicht abreisen konnte, aber er machte sich Sorgen wegen der anderen. Wenn sie gezwungen wären, länger zu bleiben, würden sie jedes Gefühl für ihre Ferien verlieren und sich nur noch eingesperrt fühlen. Vor Jahren hatte er frustrierte Feriengäste beobachtet, wie sie am Hafen standen und sich der Fähre anvertrauen wollten und hofften, sie würde sie über die tosenden Wasser bringen und vor dem Exil retten. Sie warteten dort mit der verdrossenen Hilflosigkeit Verlorener, mit gepackten Koffern, bezahlten Rechnungen, vorbereitet auf die Abreise hingen sie sinnlos in der Schwebe, und selbst die Ferienzeit, die sie ja genossen hatten, verlor mit jeder Minute an Wert, die sinnlos und ohne Ende in Sicht verstrich. Er kannte das Gefühl, aber ihm war es egal, wo er sich aufhielt.

»Wenn es schneit«, sagte Jon, »komme ich ja vielleicht doch noch zum Skilaufen.«

»Uns bleibt nur noch ein Tag«, sagte Anita.

»Ein Tag reicht mir«, sagte Jon. Er gäbe sicher eine großartige Figur ab, wie er am letzten Tag den Hang hinunterblitzte. »Ist schon einige Zeit her, daß ich in Klosters war.«

»Wann waren Sie denn das letzte Mal in Klosters?« fragte Ronald aus einer berufsbedingten Angewohnheit heraus und dachte nicht weiter über sein Tun nach. Die anderen redeten alle gleichzeitig los.

»Wenn es nur schneit«, sagte Anita, »so hält uns das doch nicht von der Abreise ab, oder?«

»Hören Sie sich den Wind an«, sagte Jessica.

»Ich fahre fast jedes Jahr«, sagte Jon. Alle anderen waren daran gewöhnt, mit mehr oder weniger großer Geschicklichkeit zu lügen, und da sie alle Menschen waren, fragten sie sich im Moment nicht, warum er es tat, sondern wie es möglich war, daß er es so schlecht machte. Besonders Anita hoffte unsicher, sie wäre nicht so leicht durchschaubar, wenn sie von der Wahrheit abwich, während Jessica dachte, daß sie ihm aus der Güte ihres Herzens heraus und schon aus Respekt vor dem Berufsstand der Schauspieler sicherlich beigebracht hätte, es besser zu tun, wenn er sie nicht umbringen wollte. Ronald, dessen Lebensaufgabe daraus bestand, die Phantasien anderer Menschen und das, was man gemeinhin als Realität bezeichnete, auseinanderzudividieren, widmete sich seinem Pudding und fragte sich, ob sich Zahnärzte in ihrer Freizeit auch veranlaßt sahen, Fremde über die Nachteile von Süßigkeiten aufzuklären. Es war schwerer, sich Angewohnheiten abzugewöhnen, als er dachte.

Als Jessica Jon dort eingerahmt vom Farn sitzen sah, verwandelte er sich für sie für einen Augenblick in eine Mischung aus Nervensäge und Urwaldbestie. Jemand, der einen umbringen wollte, war schlimmer als ein Langweiler, dem letzteren aber nicht sehr unähnlich. In jedem Fall bedurfte es großer Vorsicht und Umsicht, ihm aus dem Weg zu gehen. Auf leisen Sohlen mußte man über die Korridore schleichen und vorher in jeden Raum spähen, bevor man wagen durfte, ihn zu betreten, aus Angst, er könnte jeden Moment zuschlagen. Aber was für einen *Nerv* er hatte, dachte Jessica, was für ein ungeheuerliches Eindringen in ihre Privatsphäre. Und was die Urwaldbestie anbelangte – sie hatte nichts dagegen, solange sie sich im Unterholz aufhielt und an den verrottenden Kadavern anderer Bestien knabberte, aber sobald sie einen Geschmack für Menschenfleisch entwickelte, ignorierte man sie besser nicht mehr. Sie bemerkte, daß sie anfing, ihn zu hassen, und kämpfte innerlich dagegen an, denn sie gestand sich eine solche Intimität zwischen ihnen nicht zu. Sie blickte ihn an, aber seine Augen waren leer, seine Gedanken offensichtlich woanders. Er war sicherlich gerade dabei, über einen verschneiten Abhang zu brausen, zwischen den Zähnen eine Schachtel mit vergifteter Schokolade, auf dem Weg zu einer älteren Frau, der er sie überreichen wollte. Jessica irrte sich nicht sehr.

»Ich schlage vor, wir trinken auf unseren Gastgeber«, sagte Harry, als die Puddingteller abgeräumt wurden.

Eric lächelte bescheiden und wünschte, er hätte ihnen ein besseres Mittagessen vorgesetzt, war jedoch dankbar, daß sie dessen Mängel nicht bemerkt zu haben schienen. »Solange wie es Ihnen hier gefällt…«, sagte er.

Jessica zog sich mit *Die Herrin von Wildfell Hall* und dem Geschmack von Portwein in ihrem Mund auf ihr Zimmer zurück. Huntingtons Exzesse hatten ihn schließlich eingeholt, und er stand kurz davor – wenn auch widerwillig – zu sterben. Abgesehen von einer natürlichen Abneigung vor dem Vorgang hielt ihn eine panische Angst vor der Hölle im Bann, und er beschwor seine Frau, ihn zu retten. Von Zeit zu Zeit sagte er sich selbst, daß das Leben nach dem Tode nichts weiter als eine Fabel war, aber Zweifel fiel ihn immer wieder an. Armer Mann, dachte Jessica, aber seine Forderungen waren so groß und unzumutbar, daß sie begann, für Helen Sympathie zu entwickeln, denn trotz ihrer Scheinheiligkeit war sie eindeutig eine gute Seele. Wenn irgend jemand Jessica als seinen »unbefleckten Engel« bezeichnet oder gesagt hätte, »…wenn du einst deine Belohnung erhältst und dich sicher im Himmel wiederfindest, und ich im Höllenfeuer schreie, krümme dann einen Finger und rette mich…«, so sollte er bestimmt verrotten, aber Helen ließ die Tür auf, schlief unregelmäßig und nie länger als eine Stunde und gab ihm niemals eine passende Antwort. Jessica las weiter und wurde mit jeder Seite deprimierter, bis Huntington schließlich starb, »…niemand kann sich die körperlichen und seelischen Leiden des Sterbelagers vorstellen! Wie sollte ich es ertragen zu denken, daß diese arme, zitternde Seele zu ewiglichen Qualen hinweggerafft worden war? Es triebe mich in den Wahnsinn!«

»Harry«, sagte Jessica an seiner Zimmertür, »könnte ich einen B und S haben?« Sie entschuldigte ihr Eindringen mit keinem Wort.

»Sie sehen nicht gut aus«, sagte Harry.

»Ich bin schon in Ordnung«, sagte sie. »Ich habe nur gerade wieder über die Hölle gelesen. Ich glaube, die Hölle des neunzehnten Jahrhunderts ist schlimmer als die Hölle anderer Zeitalter. So wie die Medizin des neunzehnten Jahrhunderts; die begann gerade modern zu werden, also setzten sie alles daran, einen am Leben zu erhalten, und man konnte nicht so schnell sterben, wie man gern gewollt hätte. Sie experimentierten mit immer neuen Methoden, um die Agonie zu verlängern. Woher ich das weiß? Stimmt es überhaupt, werden Sie sich fragen? Und was hat es eigentlich mit der Hölle zu tun?«

»Ich weiß nicht«, sagte Harry, »aber ich verstehe, was Sie meinen.«

»Diphterie und Keuchhusten und Scharlach und Ätzlauge und Desinfektionsmittel, und alle Vorhänge sind geschlossen, und über allem die Angst vor der Hölle«, sagte Jessica. »Ich weiß, wie sich das Heute anfühlt. Es fühlt sich an wie der Sonntag eines Protestanten. Keine Freude. Schlimmer – eine Vorahnung der Hölle. Ich werde nicht noch einmal versuchen, Weihnachten ausfallen zu lassen, das ist es nicht wert.«

»Gordon kannte sich mit der Hölle aus«, sagte Harry. »Soll ich Ihnen davon erzählen?«

»Meinen Sie, das muntert mich auf?« fragte Jessica.

»Vielleicht«, sagte Harry.

»Ich bin gar nicht sicher, ob ich Angst vor dem Tod oder der Hölle habe«, sagte Jessica. »Oder vor beidem. Oder vor keinem von beidem. Oder ob ich einfach nur Verdauungsstörungen habe. Oder vielleicht wurde ich zuletzt in einer alten viktorianischen Villa mit schlechtem sanitären System reinkarniert und kann die Erinnerung daran nicht loswerden. Erzählen Sie mir von Gordon und der Hölle.«

Harry wandte sich seinen Aufzeichnungen zu. »›Ich könnte sagen,…‹« las er, »›…daß ich über hundert Mal eines plötzlichen Todes gestorben bin; aber in diesen Toden empfand ich niemals auch nur den geringsten Zweifel an unserer Rettung. Es gibt nichts Kleinlicheres und Erbärmlicheres als die normale Vorstellung von Gott. Akzeptiert, was ich sage – denn er hat uns in eine schmerzliche Lage gebracht (ich bin davon überzeugt, daß es mit unserer absoluten Zustimmung geschah, denn wenn Christus kam, um seinen Willen zu tun, so gilt dasselbe für uns, seine Untertanen), um zu begreifen, wer er ist und daß er uns erlösen wird. Stellt euch vor, welche Freude es für ihn wäre, uns zu verbrennen oder zu martern? Können wir uns ein *menschliches Wesen* vorstellen, daß uns für einen solchen Zweck erschaffen hätte? Zeigt es seine Macht? Warum? Er ist allmächtig! Zeigt es seine Gerechtigkeit? Er ist gerecht – niemand wird das bezweifeln. Wir zeichnen Gott mit Attributen aus, die für die verachtungswürdigsten Menschen hassenswert wären. Vertiefen uns in unsere schwärzesten Visionen, aber wie kann er sein, was wir aus ihm machen? Ich bin über die lange Zeit verwundert, die wir brauchten, bis wir die allgemeine Lehre der Kirche als irrig betrachteten.‹ Ich vermute, daß die allgemeine Stimmung der Zeit immer noch vom Calvinismus überschattet war.«

»Ob er wohl an die Seelenwanderung geglaubt hat?« fragte Jessica, die eine Weile mit einem konvertierten Buddhisten zusammengelebt hatte.

»Es würde mich nicht erstaunen«, sagte Harry.

»Ob die Kirchenmänner wohl böse auf ihn sind?« sagte Jessica und stellte sich eine Horde von Priestern mit Spitzhüten vor, die Gebetsbücher hielten und einen Gordon verfolgten, der hoch oben auf einem Kamel durch eine Staubwüste davonritt.

»Wenn sie es waren, so konnten sie sicherlich nicht viel unternehmen«, erwiderte Harry, »denn während und nach Khartum war er der Liebling der Öffentlichkeit.«

»Ob ich wohl jemals der Liebling der Öffentlichkeit sein werde«, sagte Jessica, »oder hieße das nur, daß mich noch mehr Leute umbringen wollen?«

Und obwohl Harry sie mochte, wünschte er sich jetzt, daß sie ihn allein ließ und ihr Buch las, denn er hatte seine eigenen Probleme.

Es war kein Witz mehr. Jon stand schon seit fast einer Stunde mit weit offener Tür in seinem Zimmer und stierte und wartete darauf, daß Jessica aus Harrys Zimmer kam. Er empfand es nicht als Anstrengung, stand vielmehr sehr ruhig und schaute, ohne auch nur eine Wimper zu bewegen, nur sah er irrer als gewöhnlich aus. So ist es ja der Fall mit Leuten, die für zu lange still stehen und auf einen Punkt starren, ohne sich zu regen: Ihre

Köpfe sind nach vorn gelehnt, und ihr Blick ist auf eine erwartete oder eingebildete Sache geheftet.

Als Jessica schließlich erschien, bewegte er sich immer noch nicht, aber seine Augen folgten ihr, solange er sie sehen konnte. Sie war außerhalb seines Gesichtsfeldes, als er sie fluchen, sich umdrehen und zurückkommen hörte. In ihrer Hand, die sie über das Geländer im Korridor hatte gleiten lassen, baumelte lose der Zimmerschlüssel, er war gegen eine Strebe gestoßen und in die Halle hinuntergefallen. Fluchend ging sie jetzt schneller zurück. Auf Jon machte sie den Eindruck, als habe sie sich gegen ihren Willen von der geliebten Person getrennt, sei bis ans Ende des Korridors gelangt und habe sich dann gesagt: »Verdammt – ich kann ihn nicht verlassen!« und befand sich nun auf dem Rückweg zu genau jener geliebten Person. Plötzlich schloß er die Tür und wandte sich dem Fenster zu. Er zitterte derart, daß es wie der Beginn eines Anfalls aussah. Ein unbeteiligter Beobachter hätte sein Verhalten sicher als äußerst bedenklich empfunden. Jessica fand ihren Schlüssel auf der Fußmatte in der Halle und ging ungesehen zu ihrem Zimmer zurück. Ebenfalls ungesehen, gestattete sich Jon einen offenen Ausbruch seiner *malaise:* Er verzog das Gesicht, schlug mit Kopf und Händen in die Luft und knurrte still. Nach einer Weile wusch er sein Gesicht in dem angelaufenen Becken mit kaltem Wasser und betrachtete sich im Spiegel, während er sich abtrocknete. Jetzt, da er einen Beobachter hatte – war es auch nur er selbst –, beruhigten sich seine Züge wieder, und er schaute in sein Gesicht, bis es nahezu normal erschien. Einen Moment später ging er zu Harrys Zimmer und stand da mit dem Ohr an der Tür und horchte auf Laute sündhafter Verzükkung. Nichts war zu hören, und diese Stille stachelte Jons Einbildungskraft noch stärker an, als wirkliche Geräusche es jemals vermocht hätten. Er öffnete die Tür ohne zu klopfen und ging hinein. Harry stand da und schaute aus dem Fenster. Für Jon vermittelte der Raum jedoch ein unfertiges Bild, denn es fehlte Jessica ohne Kleider und mit aufgelöstem Haar. Er war sich so sicher gewesen, daß sie da wäre, hatte ein so klares Bild davon, *wie* sie dort läge, daß er ihre Abwesenheit für eine Halluzination hielt, und mit ausgestreckten Händen trat er vor und fühlte nach ihrer unsichtbaren Person.

»Ja?« sagte Harry.

»Wo ist sie?« sagte Jon und drehte sich immer wieder auf der Stelle.

»Sie ist nicht hier«, sagte Harry.

»Sie ist...«, sagte Jon und hielt mit der Vorsicht des Irren inne. Er begann zu erklären: »Sie sind viel zu alt für sie, verstehen Sie.«

Harry schaute ihn an und sagte nichts.

»Nicht, daß sie so jung wäre«, fuhr Jon fort, »aber Sie sind zu alt für sie.« Er wurde ruhiger. »Sie ist eine Nymphomanin, nicht?« sagte er. »Sie kommt nachts in mein Zimmer...«, wieder verharrte er, unsicher, ob er tatsächlich das sagte, was er sagen wollte. »Sie haben einen schönen Blick von hier«, bemerkte er und stellte sich neben Harry ans Fenster. »Sie können sie beobachten, wenn sie vom Ufer her an Land kommen.« Aber auch das hatte er nicht sagen wollen, und er schloß für eine Sekunde seine Augen. »Ich habe getrunken«, gestand er nach einem Moment, als Harry immer noch nichts sagte. »Ich habe eine Flasche Whisky getrunken und Erdnüsse gegessen. Sie wird böse auf mich sein, wenn sie sieht, wieviel ich getrunken habe und daß ich ihr keine Erdnüsse übriggelassen habe. Sie wird sagen, daß...« Er legte seine Hand auf die kalte Fensterscheibe. »Irgend jemand beobachtet mich da draußen«, sagte er. »Draußen auf See. Sie haben graue Augen. So grau wie das Meer. Sie schauen mich an.«

»Die Eule war die Tochter des Bäckers«, sagte Harry.

»Ja, das stimmt«, sagte Jon, über die Mitteilung nicht erstaunt. Dann ging er.

Harry blieb am Fenster und schaute wieder aufs Meer hinaus, dorthin, wo die grauen Augen lauerten. Er fragte sich, was er tun sollte.

Es war Nacht in der Bar, und draußen hatte es endlich begonnen zu schneien, und der Schnee gab den Bewohnern des Gasthauses die Illusion von Wärme und Sicherheit.

»Ist das nicht gemütlich«, sagte Mrs. H., zog ihren Anorak aus und zeigte sich in einem blauen Kleid mit Pailletten an Schultern und Hüfte. Es handelte sich dabei, vermutete Jessica, um ein Cocktailkleid, eins von jener Sorte, die heutzutage zumeist ausgestorben sind – außer auf weitentfernten Inseln. »Ich dachte, das letzte davon wäre vor Jahren erlegt worden«, sagte sie zu sich selbst und fühlte sich erneut fehl am Platz, verloren und schutzlos in diesem fremden und unmodischen Ambiente. »Es muß sich irgendwo in einer Ecke versteckt gehalten haben, ganz allein und verängstigt. Wahrscheinlich ist es jetzt in Panik, daß ein Sammler es zur Strecke bringen könnte…«

»Hatten Sie ein angenehmes Mittagessen?« fragte Mrs. H. »Ich habe John mit dem schmutzigen Geschirr alleingelassen.« Sie schaute sich nach irgendeinem neuen Mann um, der für den Abend verfügbar wäre, wurde enttäuscht, schien aber nicht erstaunt. »Was für eine Bruchbude«, sagte sie weder kritisch noch traurig, sondern eher so, wie man eine Tatsache feststellt. Eric verzog das Gesicht, widersprach ihr aber nicht.

»Tut mir leid«, sagte Jessica, »ich habe gerade an etwas anderes gedacht. Was sagten Sie?«

»Ich sagte, hatten Sie ein angenehmes Mittagessen«, wiederholte Mrs. H.

»Sehr angenehm«, sagte Jessica. »Und Sie?«

»Es war in Ordnung«, sagte Mrs. H. »Er hat den Rosenkohl zu lange gekocht, aber das ist mir auch eigentlich nicht so wichtig. Ich mag die Art gar nicht, wie sie ihn heute zubereiten, wenn sie ihm nur das heiße Wasser zeigen und ihn Ihnen dann schon auf den Teller knallen.«

»*Al dente*«, sagte Eric, als müsse er sich verteidigen.

»Nicht richtig gekocht«, sagte Mrs. H. »Das bringt noch nicht mal die Bakterien um.«

»Einige Gemüse sind roh besser«, sagte Anita, »man muß sie nur gut waschen.«

»In unserer Mitte ist ein Mörder«, sagte Jessica.

»Wie bitte«, sagte Mrs. H.

»Ich habe nur laut gedacht«, sagte Jessica. »Es ist eine Passage aus meinem neuen Stück.«

»Klingt interessant«, sagte Mrs. H.

»Manchmal genügt es, sie zu blanchieren«, sagte Anita.

»Meine Frau hat oft kleine Kürbisse gekocht – in viel Butter, glaube ich«, sagte Ronald in Erinnerungen befangen.

»Zucchini«, sagte Anita. »Ich bereite sie mit Knoblauch und Tomaten zu.« Sie haßte Ronalds Frau.

»Ob man Farn wohl essen kann«, sagte Jessica. Sie sahen sie durchdringend an. »Wenn man einzelne Stengel zusammenbindet, könnte man sie wie Spargel dünsten.«

»Warum wollen Sie das?« fragte Anita.

»Ich will es nicht wirklich«, sagte Jessica, »es gibt nur so viele davon, daß es wie Verschwendung erscheint, ihn nicht zu essen.«

»Man muß nicht alles essen«, sagte Anita.

»Wahrscheinlich nicht«, sagte Jessica. Nur noch ein Tag, und sie wäre zu Hause und könnte sehen, was Mike gemacht hat. Im Zug würde sie sich an Harry halten, würde nicht zu dicht an die Bahnsteige gehen, für den Fall, daß Jon es sich in den Kopf gesetzt hatte, sie unter einen Zug zu schubsen, um sie von den Rädern zermalmen zu lassen. Er war gerade in die Bar gekommen, stand auf der Seite und sah sie an.

Der Professor kam mit einem Mädchen in einem Dufflecoat herein. Er erschien verärgert, und Jessica fragte sich, was für einen Grund er haben könnte, sich aufzuregen, denn soweit sie wußte, wollte ihn niemand umbringen. In diesem Moment meinte sie, sie sei die einzige Person auf der ganzen Welt, die guten Grund hatte, verärgert zu sein.

»Sie haben's wieder getan«, sagte er. »Diesmal habe ich sie beinahe geschnappt. Es ist genug Schnee gefallen, um die Fußabdrücke auf der Wiese sichtbar zu machen.«

»Sie haben Musik gespielt«, sagte das Mädchen im Dufflecoat unerwartet.

»Quatsch«, sagte der Professor. »Stimmt nicht. Das war der Wind in den Leitungen.« Dies war eindeutig die Fortsetzung eines Streits, der schon früher begonnen hatte und offensichtlich nirgendwohin führte.

»Doch«, sagte das Mädchen, und Mrs. H. blühte durch die Aussicht auf Unstimmigkeiten auf.

»Vielleicht waren es wieder die Geister«, sagte sie. »Ihr seid verwunschen.«

»Ich bin nicht verwunschen«, sagte der Professor, als hätte man ihn beschuldigt, Läuse zu haben. Die Auszeichnung, ein Gespenst zu haben, wurde für ihn offensichtlich durch die Ungeheuerlichkeit eines unbefugten Betretens verdrängt. Auch wenn die Tänzer auf dem Rasen aus einem anderen Element kämen, so haßte er sie dennoch dafür, daß sie seinen Zaun umstießen. »Diese scheiß Einheimischen«, sagte er und griff sich gereizt in den Schritt. Das erinnerte Jessica wieder an Mike. Vielleicht war es ja nur die Schuld der Feministinnen, dachte sie, daß so viele Männer ihre Männlichkeit ständig in der Öffentlichkeit überprüfen mußten.

Mrs. H. schlug ihm auf die Hand. »Lassen Sie das«, sagte sie kokett.

»Quatsch«, sagte der Professor.

Ja, dachte Jessica, sie kannten einander sehr gut.

»Was ist los?« fragte Ronald, der die Spannung spürte.

»Irgend jemand reißt immer wieder meinen Zaun um«, sagte der Professor. »Irgendwelche Rowdies.«

»Wenn Sie keinen Zaun hätten«, sagte Ronald, »könnten sie ihn nicht niederreißen.«

Der Professor machte sich nicht die Mühe, ihm darauf zu antworten.

»Für manche Personen«, sagte Ronald, »ist die schiere Existenz eines Verbots ein ausreichender Auslöser für eine asoziale Reaktion. Ohne die Herausforderung von auferlegten Begrenzungen, die der Laie durchaus als subnormal bezeichnen könnte, würden die ›Rowdies‹, von denen Sie sprechen, nicht einmal erkennen, daß ein bestimmter Bereich außerhalb ihres Zugriffs und auch ihrer Kompetenz liegt, und folglich würde ihr Unmut nicht außer Kontrolle geraten.«

»Er meint, wenn Sie ein Schild sehen, auf dem steht ›Rasen betreten verboten‹«, übersetzte Anita, die nach Stunden in seiner Gesellschaft seinen Stil zu verstehen begann, »daß sie genau das dann nicht tun. Sie betreten ihn, weil das Schild sagt, daß er da ist. Stimmt das nicht, Ronald?«

»Das«, stimmte Ronald zu, »ist auf die einfachste Weise ausgedrückt, mehr oder weniger das, was ich meine.«

»Quatsch«, maulte der Professor, denn er wollte seinen Zaun, und seinen Zorn wollte er auch.

Ein kühler Luftzug wehte durch die Bar, und Jessica schaute auf, um zu sehen, wer hereingekommen war. Es war Finlay in seinem Ölzeug. Er torkelte ein wenig. Er nahm seine Flöte aus der Tasche und blies hinein, worauf seine Schwägerin sich über den Tresen lehnte und sie ihm wegnahm. Er lachte und wollte Whisky. Sie servierte ihn ohne ein Wort. »Wo is'n der Oberst?« sagte er und sah sich um. »Hab ne Nachricht für ihn.« Seine Schwägerin bedachte ihn mit einem warnenden Blick, und er lachte wieder.

Eric beobachtete sie kalt. Ihre scheinbar sinnlosen Gespräche hatten wieder einmal nur den einen Zweck, ihn außen vorzulassen. Er war von einem Gefühl der Leere übermannt, und er wollte seine Frau zurück, egal, wie unangenehm sie sein konnte. Er fühlte sich einsam. »Ich hole etwas Mineralwasser von hinten«, sagte er, aber keiner kümmerte sich darum.

Im Hof des Gasthauses schneite es beständig, und durch die wirbelnden Schneeflocken konnte er den Jungen auf der Steinmauer sitzen sehen. Er beobachtete ihn eine Zeitlang, und es schien, als schaute der Junge zurück, so wie die Seehunde ihn manchmal beobachteten, wenn er am Strand stand, aber keiner von beiden sagte ein Wort.

In der Bar wurde auch nicht viel geredet, als er zurückkam. Jon hatte den ganzen Abend über noch nichts gesagt, und die anderen schienen in ihre Überlegungen vertieft zu sein. Nur Ronald und Anita sprachen über einen Aspekt der Psychologie, wobei der eine sprach und die andere einen intelligenten Gesichtsausdruck aufgesetzt hatte. Jessica sprang plötzlich auf. Es war ihr in den Sinn gekommen, daß sie ihre Flucht ins Bett am besten antrat, solange sich andere Menschen in ihrer Nähe befanden, die Jon von seinen mörderischen Anwandlungen abhalten würden.

»Gute Nacht, allerseits«, sagte sie und ging schnell nach oben. Sie verschloß die Tür, prüfte mehrere Male nach, ob das Schloß tatsächlich standhielt, und ging ins Bett. Sie lag bis zum Morgengrauen wach. Sie wußte Jon in der Nähe, und in ihrer bitteren Angst fror sie. Auch Harry blieb wach. Seine Tür war nur angelehnt, damit er sähe, ob der Tod umginge.

Bei Tagesanbruch stieg Jessica aus dem Bett und ging zum Fenster. Der Schnee war gekommen wie eine Kokette – blaß und hübsch – und jetzt wieder gegangen. Jede Freude und Schönheit, stellte Jessica fest, ging ohne Entschuldigung oder Erklärung und ließ nur Freudlosigkeit zurück. Wie die Ebbe, die dem Mond nachhurte, auch nur furchtbare und überflüssige Dinge auf dem hilflosen Sand zurückließ. Durch den ganzen Portwein, den sie getrunken hatte, litt sie unter einem furchtbaren Kater.

»Was ist los?« fragte Anita beim Frühstück. »Sie sehen schlimm aus.« Obwohl sie mitfühlend klang, verschaffte es ihr doch große Befriedigung, in der Lage zu sein, dies in aller Offenheit zu einer relativ berühmten Schauspielerin zu sagen.

»Ich bin schlimm«, sagte Jessica und goß ein Glas Saft hinunter. Es schmeckt, dachte sie, wie der Urin von Dämonen. »Möchten Sie eine von meinen Vitamintabletten?« fragte Anita. »Da ist alles drin.«

»Ach, das wäre nett«, sagte Jessica und hielt ihre Hand auf. »Sie müssen darauf achten, daß ich heute nichts trinke. Wenn mich irgend jemand auf dem Weg in die Bar sieht, muß er mir den Weg verstellen und so mit dem Kopf schütteln – *Aua!*« Sie hielt sich mit beiden Händen den Kopf fest, um ihn ruhigzuhalten.

»Sie Arme«, sagte Anita in Ronalds Richtung: die Fähigkeit, sich um jemanden zu sorgen, wäre für die Frau eines Psychoanalytikers unverzichtbar.

»Alkohol hat eine dämpfende Wirkung«, sagte Ronald.

»Das Leben hat eine dämpfende Wirkung«, sagte Jessica. Murmelnd fuhr sie fort: »Heute morgen wurde Jessicas Leiche entdeckt. Sie hatte sich nach dem Verzehr von zu viel schlechtem Portwein erschossen. Sie sah äußerst schön und friedlich aus, wenn man die Umstände bedenkt. Mit ihrem Tod hat das Theater – oder vielmehr die Welt der Fernsehwerbespots – eine brillante Darstellerin verloren, die schwerlich zu ersetzen sein wird. Als weiterer Grund für ihren Selbstmord wurde angegeben, daß ein Wahnsinniger versucht hatte, sie zu töten, und statt sich dieser grauenhaften Impertinenz zu überlassen, legte sie selbst Hand an sich…«

»Sagten Sie etwas?« fragte Anita.

»Nein, nein«, sagte Jessica.

»Haben Sie wieder Ihren Text geprobt?« sagte Anita. »Sie müssen sich in Ihrem Unterbewußtsein Sorgen über Ihr Stück machen.«

»Nein, eigentlich nicht«, sagte Jessica. »Ich habe gerade mein Morgengebet gesprochen, denn das habe ich vorhin vergessen.« Als sie die Heilige Johanna spielte, hatte sie herausgefunden, daß jede Erwähnung von religiösen Pflichten Leute sofort zum Verstummen brachte und sie sich unwohl fühlten.

»Was haben Sie heute vor?« fragte Anita Ronald.

»Ich weiß nicht«, sagte Ronald und aß seinen Toast auf.

Jessica wurde noch deprimierter. Es war offensichtlich, daß Anita heiraten wollte und Ronald der Auserwählte war. Sie kannte die Anzeichen. Frauen, die sich entschieden hatten zu heiraten, verhielten sich immer genau so wie Anita jetzt: halb besitzergreifend und halb mit gewinnendem Charme. Sie fragte sich, ob sie sie warnen sollte. Sie könnte sagen: »Tun Sie's nicht. Es wird Ihnen nicht gefallen, glauben Sie mir. Es macht überhaupt keinen Spaß. Vielleicht glauben Sie jetzt, daß es Spaß macht, aber schon bald werden Sie es besser wissen, und dann ist es zu spät. Ich *weiß*, wovon ich spreche.« Aber jeder, der sich auf dem Höllenkurs einer Eheabsicht befand, würde ihr kein Wort glauben. Aller Wahrscheinlichkeit nach würde Anita vermuten, sie wolle Ronald selber heiraten oder in jedem Fall alle anderen Menschen davon abhalten, glücklich zu werden. Unerwarteterweise heiterten diese Gedanken Jessica auf. Es könnte schlimmer sein: Sie selbst hätte mit Zottelbart da drüben verheiratet und dazu verdammt sein können, ihm ein Leben lang dabei zuzusehen, wie er mit offenem Mund aß. Aber da betrat Jon den Raum, und ihr Herz setzte einige Schläge lang aus, genau so wie sie sich vorstellte, wie es in einer lebensbedrohenden Situation geschähe. Er setzte sich neben den Farn und wünschte allen auf ziemlich normale Weise einen guten Morgen.

»Wird also doch nichts aus dem Skilaufen«, sagte er. »Der ganze Schnee ist wieder geschmolzen.«

»Wie schade«, sagte Anita. Es hätte sarkastisch klingen sollen, aber da sie so sehr damit beschäftigt war, Ronald mit der Süße ihre Person zu beeindrucken, sagte sie es mitfühlend. »Vielleicht fällt Ihnen ja etwas anderes Aufregendes ein, was Sie an Ihrem letzten Tag unternehmen könnten.« Na also, klang das nicht ganz wie ein wirklich ernstgemeintes Interesse an einer Person, die soviel Aufmerksamkeit nun wirklich nicht verdiente? Sie schaute Ronald an, um seine Zustimmung zu erheischen, aber er dachte an etwas anderes.

Na vielen Dank, dachte Jessica, er fände es sicher am aufregendsten, aus diesem meinen letzten Tag zu machen.

»Ich dachte gerade so nach«, sagte Ronald ernst.

»Worüber?« fragte Anita, legte ihre Serviette zur Seite und wendete sich ihm mit dem gehorsamen Gehabe einer potentiellen Braut zu, die gerade damit beschäftigt ist, sich mit dem Innersten ihres Zukünftigen vertraut zu machen.

»Wenn wir hier morgen früh um elf Uhr abfahren, wo essen wir denn dann zu Mittag?« sagte er.

»Wir können den Lunch im Zug einnehmen«, sagte Anita zärtlich, ließ das Pluralpronomen auf der Zunge zergehen und machte ganz deutlich, daß sie damit nur Ronald und sich meinte. Es verwirrte sie nicht länger, wie er sich vom Gelehrten in ein gieriges Kind verwandelte, denn – so sagte sie sich selbst – sie war gerade auf dem besten Weg, ihn wirklich zu verstehen und alle seine Eigenarten reizend zu finden.

»Ich will unbedingt noch ein bißchen segeln«, sagte Jon und sah am Farn vorbei auf den trüben Anblick von See und Himmel. »Ich werde mit Jessica eine Runde um die Landzunge drehen.«

Oh, nein, das wirst du nicht, dachte Jessica und sagte laut: »Ich muß mir die Haare waschen.« Dann wünschte sie, sie hätte sich eine andere Ausrede ausgedacht, denn sie stellte sich vor, wie Jon ihre Haare für alle Zeiten in den schäumenden Wellen des Atlantischen Ozeans wusch. »Ich will mein Buch zu Ende lesen, bevor ich abreise«, fügte sie hinzu. »Hier drinnen, wo es warm und trocken ist.«

»Dann schau mir einfach vom Fenster aus zu«, und er klang nicht irr, sondern untröstlich und bescheiden. Jessica empfand eine Sekunde Mitleid mit dem verlorenen Kind, aber dann riß sie sich wieder zusammen.

»Blödmann«, sagte Ronald, als Jon das Zimmer verließ; das lenkte Jessica etwas ab und erheiterte sie, denn das war eine ganz neue Seite an einem Menschen, den sie völlig zu kennen meinte. Er hat doch menschliche Züge, dachte sie. Anita allerdings empfand diesen Ausdruck fehl am Platz und wenig professionell.

»Er ist labil«, erinnerte sie den Psychoanalytiker. »Er braucht Hilfe.«

»Er ist ein Blödmann«, wiederholte Ronald stur. Jon erinnerte ihn an seinen ungeliebtesten Patienten und hatte damit die Assoziation eines frauenlosen kalten Hauses ohne Essen darin ausgelöst, wohin Ronald bald zurückkehren mußte. Es gibt, dachte er voller Selbstmitleid, nichts Deprimierenderes als einen deprimierten Psychoanalytiker, denn niemand war so sehr wie er selbst, sowohl durch Beobachtung als auch durch Erfahrung, mit den subtilen Abstufungen und öden Möglichkeiten dieses melancholischen Zustands vertraut. Er nahm die Reste eines ehemals warmen Brötchens von Anitas Teller und packte Marmelade darauf – eine Handlung, die entweder eine herzerwärmende Vertrautheit und Leichtigkeit im gegenseitigen Umgang demonstrierte oder aber völliges soziales Fehlverhalten. Anita konnte sich nicht entscheiden.

Jessica schob die Fächer des Farns beiseite und schaute über den Strand, wo Finlay auf den Überresten eines kaputten Ruderboots saß und, wie es schien, mit nautischem Sachverstand ein Seil behandelte. Andererseits, dachte Jessica, könnte er genausogut nur damit herumspielen, denn von seinem Ruf als hart arbeitender Mann einmal abgesehen, schien er doch eine unglaubliche Menge Zeit einfach zu vertun. Er schaute zu den oberen Fenstern des Gasthauses und winkte. Jessica hörte Harrys Schritte auf der Treppe und beobachtete ihn, wie er durch die Vordertür zu Finlay hinüberging, der dort umgeben von den Dingen der See saß.

Sie hätte gern gehört, was sie sagten. Harry war sehr ernst, und Finlay warf vor Lachen den Kopf in den Nacken. Als sie da stand, empfand sie etwas von dem Gefühl des Ausgeschlossenseins, das Eric immer so stark fühlte, und als sie weiter stehenblieb, begann sie sich wie eine Spionin zu fühlen.

»Was beobachten Sie denn da?« fragte Anita – also war ihr Spionieren den anderen bereits aufgefallen, sie hatte zu lange und zu interessiert hinausgeschaut.

»Ich habe mir gerade die Vögel angesehen«, sagte sie und schaute nach oben. »Sie fliegen alle ins Innere der Insel.« Sie wendete sich dem Tisch zu, und als sie sich wieder umdrehte, war Finlay verschwunden, und Harry stand allein da und schaute aufs Meer, und ein Windstoß blies seinen Mantelsaum hoch.

Ihr war kalt, und sie wünschte, sie hätte ihren Kaschmirpullover mitgenommen. Als sie packte, hatte er nicht in den Koffer gepaßt, und sie hatte ihn auf dem Bett liegenlassen. Sie ging auf ihr Zimmer, um ihre rote Strickjacke zu holen, und traf Finlays Schwägerin, die dort aufräumte. Auf dem Bett lag ein seltsamer wollweißer Sweater. »Oh«, sagte Jessica, »genau, was ich brauche. Würde es Sie stören, wenn ich mir den ausliehe?« Er wirkte viel schwerer und praktischer als ihre dünne und leichte Strickjacke. Finlays Schwägerin lächelte, und Jessica verstand das als Zustimmung. Sie empfand die plötzliche Anwesenheit des Sweaters in keiner Weise merkwürdig. Sie brauchte einen, und da lag einer. Alles wurde dunkel, als sie ihn über den Kopf zog, und als ihr Kopf wieder hervorkam, kniff sie die Augen zusammen. Nie mehr Portwein. Für einen Augenblick hatte sie nicht Finlays Schwägerin gesehen, keine Frau, sondern etwas anderes, etwas, das man ganz bestimmt nicht in einem Schlafzimmer erwartete. Sie kniff die Augen wieder zusammen und sah wieder normal. Die Frau in ihrer Nähe hatte wieder ihre gewöhnliche menschliche Form angenommen und wischte ganz normal über den Spiegel des Schminktischs. Mein lieber Mann, sagte sich Jessica und sorgte sich ernstlich über die Eigenschaften von Portwein. Lieber Himmel, dachte sie. Halluzinationen. Meine armen grauen Zellen...

Jon ging in seinem Zimmer auf und ab und dachte an Jessica, dann an jemand anderen, dann wieder an Jessica und sagte laut: »Aah«, und dann fragte er sich, ob er geweint, es aber vergessen hatte, denn sein Atem hatte gestockt wie bei einem Seufzer. Er hörte die Wörter »Armes Kind« und sah sich um, aber es war niemand da. »Armes Kind«, wiederholte er und schüttelte den Kopf. Ein Windstoß rüttelte am Fenster, und das Zimmer war kein Zimmer mehr, sondern das Achterdeck eines Kriegschiffs, und er war nicht mehr Jon, sondern Errol Flynn, und alle lieblichen Frauen liebten ihn. »Wenn du in diesem dünnen Hemd aufs Meer hinausgehst, armes Kind«, sagte er zu sich, »wird dir bitter kalt«, und ein neuer Seufzer hob sich in ihm. In dem leeren Zimmer am Ende des Korridors lagen ein paar alte Sweater im Kleiderschrank. Er hatte sie eines Nachts entdeckt, als er auf Entdekkungsgang war, als die betrügerische Frau ihm die Tür wieder verschlossen hatte und er dazu verdammt war, allein durch die dunklen Korridore dieses fremden Hauses zu streifen. Er ging ganz offen in den Raum hinein, ganz so, als wäre es sein gutes Recht, und nahm sich den obersten Pullover. Er roch nach Teer und fühlte sich kalt an, aber als er ihn überstreifte, wärmte er ihn, gab ihm Mut, so daß er ein anderer Mensch wurde und vor Freude lachte.

Als er nach unten kam, war niemand da, keiner konnte ihm eine Frage stellen oder ihn aufhalten, keiner konnte ihm aber auch sagen, wie attraktiv er in seinem Seemannspullover aussah. Es war ihm egal. Sehr bald schon würden sie sehen, was er alles konnte und wer er war – wer er *wirklich* war. Nicht Jon, nicht mal Errol Flynn, nein, ein mythischer Held, der die gewaltigen Wellenberge mit eigener Hand bändigte, hocherhobenen Kopfes mit angespannten Muskeln, während die erbarmungslose See an den lackierten Bordwänden seines Bootes leckte und sie anknurrte.

Er hatte die Jolle schon vor einigen Tagen für sich ausgewählt. Sie war am Ende des Stegs festgezurrt, wo sie einladend auf und ab hüpfte, fast wie ein anderes Kind, das ihn auffordert: »Spiel mit mir. Spiel mit mir.« – »Das ist kein Spiel«, sagte Jon ernst und strengte sich an, das durchnäßte und festverknotete Seil zu lösen. Mit der Ebbe wich das Wasser zurück, und wie ein weiteres Kind drängte es: »Komm mit mir. Komm mit mir.« Als er das Seil löste und in das kleine Segelboot sprang, hob eine Sturmböe es hoch in die Luft, und eine zurückrollende Welle zog es seewärts. »Bald schon fahren wir unter Segel«, sagte Jon.

Eric stand vor dem Gasthof und suchte nach dem streunenden Finlay, ungläubig beobachtete er Jon, wie der sich auf den Weg nach Amerika machte. »Hey«, schrie er, sinnlos. Er hatte gesehen, wie Jon am Seil herumgefummelt hatte, aber es war ihm nicht in den Sinn gekommen, daß irgend jemand mit einer Jolle ohne Segel, ohne Ruder und mit einem Riß in der Mitte hinausfahren würde. Es sei denn, er war wahnsinnig. Das verfluchte Ding war jetzt schon halb voll Wasser.

»Hey«, schrie er wieder. »Kommen Sie zurück.«

Eine neue Welle hob Jon weiter hinaus.

»Großer Gott«, sagte Eric und sah sich nach Finlay um. Der Sturm kehrte mit einem neuen Regenguß zurück, und er konnte die Jolle nicht mehr sehen. »Finlay, wo stecken Sie?« Seine Stimme wurde ein Stöhnen, und er floh ins Gasthaus.

»Rufen Sie die Küstenwache an«, schrie er, als er nach hinten durch die Halle lief, und noch während er das schrie, fragte er sich, ob seine Reaktion nicht übertrieben war und es sich hier nicht um eine ganz belanglose Sache auf dieser verfluchten Insel handelte. Vielleicht wußte Jon ganz genau, was er tat, und verfügte über unerwartete Möglichkeiten, das Segelboot in seine Kontrolle zu bringen. Wer wußte schon, was diese Segeltypen alles konnten. »Finlay«, schrie er in den Hof hinaus, denn er war sich der Unwahrscheinlichkeit seiner Gedanken bewußt.

»Warum sollen wir die Küstenwache anrufen?« fragte Anita Ronald, der seinen kalten Kaffee austrank. »Was ist los?«

»Wo ist Finlay?« schrie Eric, als er hineinrannte. Ein Ertrunkener, mehr oder weniger auf seinem Grundstück, das wäre fürs Geschäft alles andere als gut.

»Ich weiß nicht«, sagte Anita und ärgerte sich über seine mangelnde Höflichkeit.

»Dann rufen Sie die Küstenwache an«, brüllte Eric und rannte wieder zur Eingangstür hinaus. »*Finlay.*«

»Wie ruft man denn hier die Küstenwache an?« fragte Anita. »Und warum ausgerechnet wir?« Sie folgte Eric nach draußen. »Was ist hier eigentlich los?« fragte sie.

»Die Nummer steht auf dem Brett neben dem Telefon«, sagte Jessica, als Anita zurückkam und immer noch nicht aufgeklärt war, denn Eric war zum Strand gelaufen und hüpfte im Regen herum, schrie und winkte mit den Armen.

»Ich sehe gar nicht ein, warum ich die Küstenwache belästigen sollte, wenn ich nicht einmal weiß, worum es sich handelt«, sagte Anita.

»Er muß da draußen jemanden gesehen haben, der in Seenot ist«, sagte Jessica und ging selbst zum Telefon in der Halle und wählte vorsichtig die Nummer. Die Leitung war tot.

»Die Leitung ist tot«, sagte sie zu Eric, der klatschnaß hereingerannt kam. Er riß den Hörer von der Gabel, horchte und hängte wieder ein.

Jessica wollte sagen: »Ich hab's Ihnen ja gesagt«, aber sie tat es nicht. Sie sagte: »Was ist geschehen?«

Eric raufte sich inzwischen die Haare. Dann wurde er ruhiger und versuchte, sich zu konzentrieren. »Der Professor«, schrie er. »Der Professor hat eine Jolle. Kommen Sie.«

»Wohin gehen wir denn?« fragte Ronald, als alle automatisch Erics Befehl folgten. Es goß in Strömen, als sie zur Tür kamen, und die Sicht war das, was man gewöhnlich als »stark eingeschränkt« bezeichnet.

»Scheiße«, sagte Jessica. Ronald und Anita zogen sich in aller Ruhe ihre Mäntel an, aber es war etwas in Erics Drängen, das Jessica mitriß, und sie griff sich das erste Kleidungsstück, das ihr in die Hand fiel. »Was ist denn los?« fragte sie, als sie liefen.

»Dieser Junge«, sagte Eric und schnappte nach Luft. »Er ist mit unserem Segelboot hinausgefahren, und es ist voller Lecks...« Durch den Regen kam eine Person auf sie zu. »Finlay?« schrie Eric.

»Harry«, sagte Jessica.

Die Tür am Haus des Professors war gegen das Wetter geschlossen, und Eric hämmerte immer noch laut schreiend dagegen.

»Was soll der Aufstand?« fragte der Professor unfreundlich, als er öffnete. Er war nur mit einem fadenscheinigen Bademantel bekleidet. Jessica dachte wieder über ihre Theorie nach, was von Männern zu halten sei, die sich immer gleich auszogen, denn er hatte sich den Bademantel offensichtlich gerade erst übergeworfen, und in der Küche standen zwei Mädchen. Sie nahm sich vor, es später mit Harry zu diskutieren.

»Können wir Ihr Telefon benutzen?« sagte Eric.

»Warum?« fragte der Professor.

»Weil wir einen Notfall haben«, sagte Eric mit lobenswerter Zurückhaltung, denn er stand kurz davor zu brüllen:

»Weil es ein Notfall ist, du bösartiger, geiziger Bastard.«

»Da muß ich es erst aufschließen«, sagte der Professor widerwillig, und Eric fuhr sich mit den Händen wieder durch die Haare.

»Was ist los?« fragte Harry Jessica.

»Jon«, sagte Jessica. »Er ist in einem lecken Boot ausgefahren, und Eric versucht, die Küstenwache zu benachrichtigen.«

»Das ist auch tot«, jammerte Eric, nachdem man ihm das Telefon schließlich zugänglich gemacht hatte. Seine Stimme überschlug sich.

»Beruhigen Sie sich«, sagte Harry. »Wir haben sowieso nicht genug Zeit, um auf die Küstenwache zu warten.«

»Dann müssen wir seine Jolle nehmen«, sagte Eric und zeigte bösartig auf den Professor, als wollte er ihn herausfordern, es ihnen zu verweigern. »Wo ist sie?«

»Sie ist auf dem Strand festgemacht«, sagte der Professor. »Aber Finlay hat den Außenbordmotor geliehen.«

»Dann werde ich rudern«, sagte Eric.

»Wir haben Ebbe«, sagte der Professor, und Eric sah aus, als wollte er losheulen.

»Es geht schon«, sagte Harry. »Ich ziehe es bis zum Ende des Damms und lasse es da zu Wasser. Das Wasser ist tief genug, und dort ist auch der Kanal...«

»Sie?« sagte Eric.

»Ich kenne diese Küste«, sagte Harry, und Jessica erinnerte sich, daß sein Sohn in diesen tiefen Wassern ertrunken war.

»Ich komme mit Ihnen«, sagte sie. »Ich habe Segelerfahrung...« Ich klinge wie Jon, dachte sie.

»Nein«, sagte Harry. »Die Jolle trägt nicht mehr als zwei, und wenn...«

»Wenn Sie einen Passagier für den Rückweg haben«, sagte Jessica.

»Ja«, sagte Harry.

Der Damm war hart und kalt und naß; die Welt in ihrem schlimmsten Zustand, feindlich. Der Regen als der unbarmherzige Kollaborateur, und das Meer – das Ende.

»Gehen Sie nicht...«, sagte Jessica. Ihre Schienbeine bluteten, wo sie auf die Felsen geschlagen war, und ihr Blut vermischte sich mit dem salzigen Regen. Dann sagte sie: »Sie müssen das hier nehmen«, und sie zog sich den alten Pelz von den Schultern und gab ihn Harry nach unten ins schlingernde Boot, dann hockte sie sich in den Seetang und sah zu.

Vor ihr lagen die Felsen. Halbblind starrte sie in den Regen und sah Figuren, die sich bewegten, aufstiegen und wieder fielen; es war, als schaute sie durch einen halbtransparenten Vorhang, und sie hörte den Wind. Sie sah eine Frau und einen Jungen über der See schweben. Sie sah ihre grauen Augen. Sie sah die Frau ihre Arme ausstrecken, und sie sah den Jungen seine Arme ausstrecken, und Harry legte ihm den Pelz um, und sie sagte sich: »Es ist Jon, und Harry hat ihn gerettet«, aber dann schaute sie wieder hin, und genau in dem Moment, als eine Welle brach, sah sie das Boot in ihrem Tal, sah jemanden, der sich an seine Seite klammerte, sah, wie er losließ, zurückfiel, wieder zufaßte, sah dann, wie es umschlug, und sah nichts mehr.

»Jessica«, sagte jemand. »Jessica, Jessica – sind Sie in Ordnung?«

Sie öffnete ihre Augen. Noch vor einer Minute hatte sie andere Stimmen vernommen; hatte Jons Angstschrei gehört und eine Frau, die sagte: »...armes Kind. Hab keine Angst.« Hörte Harry: »Wir haben nichts zu fürchten, absolut nichts zu fürchten.« Hörte eine junge Stimme: »Vater.« Dann wieder Harry, jetzt voller Freude. Hörte Flötenmusik, so süß und sonderbar wie noch nie zuvor auf der Welt...

»Jessica«, hörte sie schwach. »Jessica, Jessica...«

»Leck mich doch«, sagte Jessica und versuchte sich aufzusetzen. Ihr Kopf schmerzte.

»Wir dachten, Sie wären auch mit hinausgefahren«, sagte Eric hysterisch. »Sie sind hier auf den Felsen herumgesprungen und dann gestürzt.«

»Ich erinnere mich nicht«, sagte Jessica und hob ihre Hand.

»Sie haben sich den Kopf gestoßen«, sagte Anita.

Sie waren alle da. Alle außer Harry und Jon, die waren mit den Robbenmenschen unterwegs zum Ende der Welt...

»Was sagen Sie?« fragte Anita und kniete sich im Windschatten neben sie.

»Sie redet wirr«, sagte Eric. »Ist ein Arzt anwesend?«

Er fühlte, daß auch er irre redete. Er schaute vom Psychoanalytiker zum Zahnarzt, wie sie sinnlos herumstanden und zusahen. »Hat denn keiner von Ihnen eine medizinische Ausbildung?« fragte er und hatte den Ton des respektvollen Wirts lange abgelegt.

»Es ist nur eine Schramme«, sagte der Professor.

»Ich untersuche sie, wenn wir zum Hotel zurückkommen«, sagte Ronald. Der Rückweg über den Damm schien viel schwerer. Vielleicht, dachte Jessica, weil sie sich jetzt nicht mehr zu beeilen brauchten. Und kein Harry...

»Weinen Sie nicht«, sagte Anita mit ihrer neuen freundlichen Stimme.

»Nein, das tue ich nicht«, sagte Jessica.

Finlay war in der Bar, als sie zum Wirtshaus zurückkamen. Er schien noch nicht lange da zu sein, denn er war ebenso naß wie die anderen auch.

»Wo in aller Welt waren Sie?« fragte Eric. Er hatte zwei Gäste verloren. Man würde Nachforschungen anstellen. Die Leichen würden vielleicht nie mehr auftauchen. Das Gasthaus war verflucht. Niemand würde jemals wieder hier übernachten wollen. Mabel würde sagen, er wäre an allem schuld. Vielleicht käme sie nie mehr zurück. Wenn er doch nur in Telford geblieben wäre. Wenn er doch tot wäre, ertrunken und fortgewaschen wie seine ehemaligen Gäste.

»Ich hatte Erledigungen zu machen«, sagte Finlay, und – kaum zu glauben – er blies einen kurzen Triller auf seiner Pfeife und lachte.

»Ich geb's auf«, sagte Eric an jenem Abend in der Bar. »Ich habe die Nase voll.« Er hatte jeden Versuch aufgegeben, den normalen freundlichen und doch respektvollen Abstand zwischen einem Wirt und seinen Gästen zu wahren. »Die wollen uns hier nicht, und ich verstehe sie nicht. Ich bin hier verschwunden, sobald ich das Haus zum Verkauf angeboten habe. Was soll ich denn jetzt machen?« Er war schon auf der Polizeistation gewesen und hatte dem Polizisten von dem Unfall berichtet. Bei ihm hatte sich der Eindruck festgesetzt, man würde ihn zur Verantwortung ziehen. »Ich hab's *dicke*«, sagte Eric.

»Es ist doch nicht Ihre Schuld«, sagte Anita und deutete damit an, daß es vielleicht doch so betrachtet werden könnte.

»Passiert dauernd«, sagte der Professor. »Gefährliches Stück Küste.«

»Und was soll ich mit ihren Sachen machen?« wollte Eric wissen. »Sagen Sie mir das mal.«

»Schicken Sie sie an ihre Angehörigen«, schlug Anita vor.

»Harry hatte keine Angehörigen«, sagte Jessica. Es war das erste, was sie an diesem Abend sagte.

»Da haben wir's schon«, sagte Eric. »Und was ist mit Jon? Der hat wahrscheinlich auch niemand?«

»Nein«, sagte Jessica. »Ich glaube nicht.« Sie hätte an dieser Stelle behilflich sein können, indem sie ihre Agentin gefragt hätte, aber sie wollte nicht. Ihre Agentin wäre sicher verstimmt darüber, daß sie sich in Schwierigkeiten gebracht hatte.

»Was mache ich also mit den Sachen?« Eric ließ nicht locker. »Sicher soll ich sie hier behalten, in Schubladen verstaut, damit für nichts anderes mehr Platz ist.« Er dachte an all die alten Sweater und Pelze, die er noch wegwerfen mußte. Die Hälfte lag immer noch irgendwo herum.

»Die Polizei soll sich darum kümmern«, sagte Anita.

»Ich glaube, die machen das nicht«, sagte Eric. »Vielleicht wirft man mir noch vor, sie gestohlen zu haben.«

»Ich habe gehört«, sagte Jessica, »daß Ertrinken ziemlich angenehm sein soll. Ich habe gehört, daß Seeleute sich mit Freude ins Meer stürzen, wenn an Bord ein Feuer ausbricht. Ich weiß natürlich, daß man auch sagen könnte, sie hätten keine Wahl, aber…«

»Ich verstehe nicht, wie das angenehm sein soll«, sagte Anita.

»Ich habe gehört«, sagte Jessica, »daß beim Ertrinken eine Art von Euphorie ausgelöst wird. Obwohl ich mir auch nicht vorstellen kann, woher irgend jemand das wissen will.«

»Ich weiß auch nicht, was das soll«, sagte Anita.

»Nichts wahrscheinlich«, sagte Jessica.

»Wie geht es Ihrem Kopf?« fragte Anita.

Ronald hatte die Verletzung als oberflächlich diagnostiziert, und Eric hatte ein Pflaster darauf geklebt.

»Er tut weh«, sagte Jessica, aber sie lächelte, denn Mrs. H. trat ein, und sie fände es interessanter und tragischer, wenn eine der Überlebenden des morgendlichen Unglücks starke Schmerzen hätte.

Mrs. H. war äußerst erregt. Zwei Tote durch Ertrinken so dicht vor der eigenen Tür war wesentlich aufregender als die Zerstörung einiger Netze durch fehlgeleitete Unterseeboote. »Wie furchtbar«, sagte sie. »Wie konnte nur so etwas Grauenvolles geschehen.« Jetzt allerdings war sie es, die als einzige aus der Gruppe ausgeschlossen wurde, denn sie war nicht auf dem Damm gewesen, hatte weder den Sturm noch den blindmachenden Regen erlitten, hatte auch nicht das schwächliche Erstaunen erlebt, als zwei Menschen, mit denen man gerade noch gefrühstückt hat, von einem gleichgültigen Element in die Vernichtung geschwemmt wurden. »Wie ist es passiert?« fragte sie.

»Unfall«, sagte Eric. »Der Sturm…« Der Wind hatte sich gelegt, und die See lag da wie ein schlafendes Kind, und die Luft über dem Wasser war so süß wie Milch. So unschuldig erschien die Welt, jetzt, nachdem sie gefressen hatte. Jessica legte sich die Hand auf den Kopf.

»Welcher Sturm?« fragte Mrs. H. »Den ganzen Tag hat es kaum einen Luftzug gegeben.«

»Sie müssen dort oben sehr windgeschützt leben«, sagte Eric. »Hier unten hat der Sturm getobt wie verrückt.«

»Auch in der Wettervorhersage haben sie nichts davon erwähnt«, sagte Mrs. H.

»Tun sie nie«, sagte Eric nicht ganz fair.

»Plötzlich aufgekommener Sturm«, sagte der Professor. »Gefährliches Stück Küste.« Er schien von der anthropomorphen Qualität der Inselgeographie besessen zu sein, und Eric konnte es ihm nicht einmal übelnehmen. Alles in allem hielt er es für eine zutreffende Zusammenfassung. Frauen und Inseln – dachte Eric –, eins so unzuverlässig wie das andere.

»Vielleicht ist es das Meer, das ihren Zaun immer umwirft«, schlug Mrs. H. vor, »wenn es hier unten so rauh werden kann.«

»Dann wäre es mir ja wohl schon mal aufgefallen«, sagte der Professor. »Das hätte mir ja auffallen müssen, wenn die See in meinem Vorgarten gewesen wäre.«

»Nicht, wenn Sie nicht da waren«, sagte Mrs. H.

»Es geschieht, wenn ich hier *bin*«, sagte der Professor. »Es geschieht andauernd.«

Mrs. H. hätte sich dafür ohrfeigen können, das Thema auf den verfluchten Zaun gelenkt zu haben. Sie wollte Details von der Katastrophe des Tages, das war's, was sie interessierte.

»Die Jolle ist auch gesunken«, sagte der Professor.

»Meine auch«, sagte Eric.

»Ihre war sowieso schon kaputt«, sagte der Professor. »Finlay hatte meine gerade noch überholt.«

»Finlay«, sagte Eric. »Wenn Sie mich fragen, ist Finlay ein hoffnungsloser Fall. Er ist nie zur Stelle, wenn man ihn braucht.« Es kümmerte ihn wenig, daß sich Finlays Schwägerin irgendwo hinter ihm aufhielt, vielleicht sogar in Hörweite. Er hoffte sogar, daß sie Finlay weitererzählte, was er von ihm hielt, obwohl er vermutete, daß es Finlay nicht zu schwer träfe, wenn er das hörte. »Warum war er nicht da mit seinem verdammten Boot?« forderte er. »Er hätte all das verhindern können.«

»Finlays Boot war ein paar Kilometer weiter unten an der Küste vertäut«, vermeldete Mrs. H. »Ich habe es da kürzlich noch gesehen.«

»Was tut es denn da?« fragte Eric. »Aber was soll das alles?« Es war nur ein weiteres Beispiel für diese Art der Einheimischen, die einen um den Verstand bringt, verantwortungslos und unergründlich. Sie sind genau wie das Wetter: das teuflische, sorglose, mörderische Wetter.

»Ich fahre lieber mit der Fähre zurück«, sagte Anita.

»Es sieht ganz so aus, als müßten Sie das auch«, sagte Eric.

»Haben Sie ihre Verwandten schon benachrichtigt?« fragte Mrs. H., da niemand mehr über das Geschehene sprechen wollte.

»Sie haben beide keine«, sagte Eric. »Möchte noch jemand einen Drink?« Heute nacht war es ihm egal, wenn er sie verschenkte. Alle seine Hoffnungen waren letztendlich enttäuscht worden, und seine Frau vermißte er mittlerweile auf unerträgliche Weise. Er wußte ganz genau, daß sie aus seinem Leben eine einzige Misere machen würde, käme sie zurück, und es war ihm egal, denn sie verschaffte ihm Momente, die all das fast ausglichen. Es wäre ihm egal, wenn sie mit dem Staatsanwalt unfreundlich umginge. All das schien nichts gegen ihr Lächeln, wenn das Wetter schön war und sie sich auf der Mauer im Hof sonnte, wo der Junge immer gesessen hatte, und über den Aal lachte, den Finlay in einem Eimer gebracht und der Eric fast zu Tod erschreckt hatte.

»Sie scheinen sich alle nicht sehr viel daraus zu machen«, sagte Mrs. H. schließlich anklagend.

»Woraus?« fragte Eric.

»Sie wissen schon ...«, sagte sie und gestikulierte mit den Händen.

»Wir haben alle einen Schock«, wollte Anita wissen.

»Sie haben noch nicht genug Zeit gehabt ...«, sagte Ronald und zog es damit vor, sich vom Rest der Gruppe abzusetzen, »... die vollen Konsequenzen dessen zu verarbeiten, was heute geschehen ist. Ein plötzliches, unerwartetes und traumatisches Ereignis wie das, welchem sie heute morgen beiwohnten, bedarf einiger Zeit und möglicherweise sogar professionellen Beistands, bevor sie in der Lage sein werden, es voll zu verstehen und hoffentlich verarbeiten zu können. In einigen Fällen könnten sie einen Anflug von Schuld empfinden, den sie entweder als einen Mangel an Vorbereitetsein auf eines der wichtigsten Ereignisse existenziellen Ausmaßes bewerten oder als Versagen, es vorauszuahnen und ihm damit vorzubeugen. Es ist nicht unwahrscheinlich, daß einige von ihnen meinen, sie hätten größere Anstrengungen anstreben sollen, um zu verhindern, daß das eintritt, was sie für ein zufälliges Ereignis halten. In keinem Fall jedoch befinden sie sich in einem Zustand von...«, fuhr er fort, »...Schock. Schock ist ein pathologischer Zustand, der durch Hyperthermie ausgelöst wird, man hat einen zu schwachen und sehr flachen Puls...«

»Oh, halt endlich den Mund«, sagte Anita. Er hatte den ganzen Tag noch fast nichts zu ihr gesagt, kein Wort darüber, daß sie sich in London wiedersehen würden, und ausgerechnet jetzt mußte er ihr widersprechen.

»Was mich beschäftigt«, sagte Eric, »ist, daß da noch jemand auf dem Damm war, ich könnte es schwören. Man konnte nicht deutlich genug sehen, aber für einen Moment oder so dachte ich, ein Fischerboot müßte aufgestiegen sein. Ich hätte schwören können, daß ich den Jungen gesehen habe, der hier so oft vorbeigeht, aber das kann nicht sein, denn selbst wenn sie versucht hätten zu helfen und es nicht geschafft hätten, dann wären sie doch nicht einfach wieder verschwunden, ohne ein Wort zu sagen. Oder? Ich habe auch kein Boot auslaufen sehen. Sie?« Er wandte sich an die anderen.

»Das waren sicher Seehunde, die Sie gesehen haben«, sagte der Professor. »Es waren Dutzende da.«

»Wahrscheinlich haben Sie recht«, sagte Eric. »Aber es sah aus wie Menschen.«

»Unter solchen Bedingungen«, sagte der Professor, »hätte man nicht einmal einen Ozeanriesen deutlich gesehen. Ich konnte ja kaum die Hand vor Augen sehen.« Er begann schon, sich schuldig zu fühlen und Ausreden für sich zu erfinden, bemerkte Ronald mit unvoreingenommener Befriedigung.

»Ich gehe zu Bett«, sagte Jessica. Sie hatte sich entschlossen, Harrys Buch über General Gordon mit nach Hause zu nehmen. Sie wußte nichts über das Verlagswesen, aber ihre Agentin kannte sicher jemanden, der sich da auskannte. Und wenn er es noch nicht ganz beendet hatte, würde sie es für ihn abschließen.

Seine Tür war unverschlossen, das Zimmer säuberlich aufgeräumt. Eine verlogen zärtliche Brise hob den Vorhang am Fenster an, und Jessica erzitterte. Sie öffnete den Kleiderschrank und betrachtete seine Kleidungsstücke eine Zeitlang. Es schien absurd, daß die Bekleidung eines Menschen zurückbleiben sollte, wenn er von uns gegangen war. Was bildeten die sich denn ein, einfach so dazuhängen? Das Manuskript lag auf dem kleinen Tisch, an dem Harry gearbeitet hatte. Sie nahm es und wickelte ein Gummiband darum, dann öffnete sie die Tischschublade und schaute hinein. Die gerahmte Fotografie einer Frau und eines Jungen lag darin. Sie standen mit dem Rücken zum Meer. Sie erkannte sie sofort, denn hatte sie sie nicht diesen Morgen noch gesehen? Sie legte das Foto auf den Boden ihres Koffers und zeigte es niemals einer anderen lebenden Seele.

Unten betrachtete Eric seine reduzierte Kundschaft. Sie schienen sich auf die Nacht vorzubereiten, wie sie über ihren randvollen Gläsern hockten und mit leisen Stimmen von Katastrophen erzählten.

»Ich hatte eine Freundin, deren Tante ertrunken ist«, sagte Anita. »Im Hyde Park, im Serpentine-See.«

»Ich dachte, im Serpentine-See könnte man nicht ertrinken«, sagte Mrs. H.

»Man kann in der Badewanne ertrinken«, sagte der Professor. »Man könnte in einer Pfütze ertrinken, wenn man sein Gesicht unten läßt.«

»Warum sollte das jemand wollen?« fragte Anita. »Die Tante meiner Freundin fiel aus einem Boot, und als sie bei ihr ankamen, war sie tot.«

»Vielleicht hatte sie einen Herzschlag«, sagte der Professor.

»Sie ist ertrunken«, sagte Anita. »Man veranlaßte eine Autopsie, und sie war ertrunken.«

»Wie ist sie hineingefallen?« fragte Mrs. H.

»Ich kenne die Details nicht«, sagte Anita. »Meine Freundin war zu erschüttert, um mir alles genau zu erzählen.«

Eric wollte zu Bett gehen, denn die Ereignisse des Tages hatten ihn erschöpft. Für sie war das etwas anderes, sie hatten nichts weiter zu tun, als herumzusitzen und über die Todesfälle von Fremden zu tratschen. Er hatte Finlays Schwägerin gefragt, ob sie länger bleiben könnte, aber sie schien Wichtigeres zu tun zu haben. Obwohl er wußte, daß ein Whisky ihn nicht frisch machen würde, schenkte er sich trotzdem einen Doppelten ein. Noch ein paar davon, und er wäre wieder auf dem Damm, denn es sah nicht so aus, als käme er heute früh ins Bett. Anita saß neben Ronald wie seine Frau, Knie zusammen, ohne zu lächeln, aber nicht unfreundlich und jederzeit bereit zu schweigen, sollte Ronald Anstalten treffen, sprechen zu wollen. Eric hätte ihr einen Tritt verpassen können. Zurückblickend stellte er fest, daß er es als beruhigend empfunden hatte, den Gasthof voll mit Singles zu haben, ohne verliebte Paare, die seinen Neid erregen und sein Unglück damit hätten verschlimmern können. Wäre Mabel anders gewesen, hätte er verliebte Paare vielleicht mit anderen Augen betrachten können, so wie die Dinge standen, machten sie ihn krank. Er wünschte, er könnte aufhören, an seine Frau zu denken. *Ehefrau*, dachte er. Was soll das schon für eine Ehefrau sein, die ihren Mann allein zurückläßt, damit er sich ohne Hilfe um ein Hotel kümmert. Angewiesen auf einen betrunkenen Seemann und eine komische Frau, die jedesmal abtanzte, wenn er sie brauchte. Während er Anita beäugte, dachte er, daß Mabel nie so neben ihm gesessen, niemals darauf gewartete hatte, daß er sprach, und ihre Knie hatte sie auch nicht geschlossen gehalten. Rumgehangen hatte sie und ihre Glieder dabei gleichgültig jedem zur Schau gestellt, der sie sehen wollte, und sie hatte über alles gelacht, was ihr gefiel, und sich nicht darum geschert, ob ihm das recht war oder nicht. Sie hatte niemals vorgegeben, zu ihm zu gehören, und wenn er – egal wie diskret – seinen Besitz angemeldet hatte, war sie bleich vor Wut explodiert und mit der schlüpfrigen Stärke eines großen Fisches von ihm weggesprungen. Zweifellos war er ohne sie besser dran, aber er vermißte sie, bis er dachte, ihm würde das Herz brechen. Gelassen sagte er sich, daß dieses Elend eine Reaktion auf die grauenvollen Ereignisse des Tages war. Er hatte noch nicht die –

wie Ronald es ausgedrückt hätte – volle Bedeutung verarbeitet und die nötige geistige Anpassung vollzogen. In ein oder zwei Tagen wäre er wieder ganz er selbst und damit in der Lage, rationale Entscheidungen zu treffen. Im Hinterkopf lauerte bereits das Bewußtsein, daß es ihm nicht leicht fiele, das Gasthaus zu verkaufen, und die einzige Entscheidung, die ihm letztendlich blieb, war, sich zur Decke zu strecken und das Beste daraus zu machen – ohne seine Frau. Er war entsetzt, daß er jetzt heulte, und er eilte aus der Bar auf den Hof hinaus, wo er in der Kälte tief ein- und ausatmete. Von der Küste, von dort, wo das Haus des Professors stand, tönte Musik: Die Einheimischen machten wieder ihre Dummheiten. Er hörte eine Zeitlang zu. Halb war er empört darüber, daß sie sich vergnügen konnten, während zwei Leute ertrunken waren, halb freute es ihn, daß sie wahrscheinlich gerade den Rasen des Professors versauten. Er dachte flüchtig daran, wer sie sein könnten, und plötzlich ergriff ihn zu seinem eigenen Erstaunen die Neugierde. Er zog seine Schuhe aus, überquerte die schmale Straße und ging über den Strand, um die schleichenden Tänzer auszuspionieren. Auf seinen kalten Wangen trockneten die Tränen, der Mond leuchtete ihm den Weg.

Bis ans Ende seiner Tage war sich Eric nicht im klaren darüber, ob er sich wünschte, er hätte das nicht getan. Bis ans Ende seiner Tage konnte er sich nicht im klaren darüber sein, ob er tatsächlich gesehen hatte, was er glaubte, gesehen zu haben, oder ob er momentaner Umnachtung zum Opfer gefallen war. Die Toten kehren nicht zurück, um am Ort ihres Todes zu tanzen. Das konnte nicht Harry sein zusammen mit einer Frau und dem Jungen mit der Angelrute, der auf dem Weg zum Meer so oft am Gasthof vorbeigekommen war. Das konnte auch nicht Jon sein, der auf den Überresten vom Zaun des Professors saß und lachte.

Eric stand barfuß im eiskalten Sand, rieb sich die Augen und versuchte Finlay zu rufen, der auf seiner Flöte herumspielte, aber er schien seine Stimme verloren zu haben, wie man ja auch in Träumen oft seine Stimme verliert. Die Musik war so lieblich, sie floß über sein Bewußtsein wie die warme Sommerflut über den Strand, und Eric hatte das Gefühl, die Besinnung zu verlieren. Er warf den Kopf zurück, damit der Wind ihn abkühlte, aber der Wind war abgeflaut, und die Musik wurde lauter, der Tanz wilder. Andere waren dabei, die er erkannte, aber viele blieben ihm fremd. Er hatte nie gewußt, daß so viele Menschen auf der Insel lebten; der Mond verschwand hinter einer Wolke, etwas schubste ihn, und er taumelte, wieder lachte jemand, und er roch Seetang, der Geruch war sehr intensiv. »Vorsicht«, dachte Eric, aber kein Wort kam heraus. Nervenzusammenbruch, dachte er. Ich habe einen Nervenzusammenbruch, und es erstaunt mich nicht mal.

»Das ist jetzt aber wirklich kein Witz mehr«, sagte eine Stimme, und Eric blinzelte, als die Lichter im Cottage angeschaltet wurden und den zertrampelten Rasen beleuchteten. »Diesen Bastarden schicke ich die Polizei auf den Hals«, fuhr der Professor fort, »oder ich besorg' mir ein Gewehr und warte die ganze Nacht, bis ich sie dabei erwische. Ich...«

»Ach komm, laß uns hineingehen und die Türen schließen«, riefen seine Mädchen. »Was soll's?«

»Was meinst du damit – was soll's?« wollte der wütende Hausbesitzer wissen. »Das wird ja immer schöner. Das ist illegal. Das ist unbefugtes Betreten und krimineller Vandalismus...«

»Es ist kalt«, jammerten die Mädchen.

Eric konnte sich nicht bewegen. Er stand am Strand wie ein Fels.

»Wer ist da?« schrie der Professor, als er ihn gewahrte. »Komm her, du...«

»Ich bin's«, sagte Eric und fand seine Stimme wieder. Jetzt war niemand mehr im Garten. Niemand außer dem angestachelten Professor, denn die Mädchen waren hineingegangen.

»Was, zum Teufel, machen Sie da?« fragte diese Person und kam zu falschen Schlußfolgerungen.

»Ich war's nicht«, sagte Eric, denn der Ton in der Stimme des Professors verriet dessen Verdacht. »Ich meine, ich habe Ihren Zaun nicht umgeworfen.«

»Was machen Sie denn dann da?« fragte der Professor nicht ohne Grund.

»Ich dachte, ich hätte Geräusche gehört«, sagte Eric.

»Warum haben Sie mir denn nichts gesagt?« sagte der Professor. »Wir hätten sie schnappen können.«

»Ich war nicht sicher«, log Eric, dessen einzige Besorgnis war, der Professor möge nicht bemerken, daß er keine Schuhe trug. Das erschien ihm irgendwie lebensnotwendig.

»Haben Sie jemanden gesehen?« wollte der Professor wissen, und es folgte eine lange Pause.

»Nein«, sagte Eric schließlich, und der Professor stampfte mit dem Fuß auf die vom Seewasser nasse Erde.

»Das sind Tiere«, sagte er. »Ganz abgesehen vom Schaden, den sie anrichten, wie können sie denn so was tun, nach allem, was heute morgen passiert ist?«

Aber Eric stimmte ihm nicht zu. Er hatte das starke Gefühl, daß es nicht die Tänzer, sondern der Professor war, der hier als Eindringling betrachtet werden mußte. Seine Wahrnehmung hatte sich während des Tanzes verändert. Er fragte sich, wie er die alltäglichen Belange des Gasthofs von jetzt an mit Finlays Schwägerin besprechen sollte, da er sie hier zuletzt gesehen hatte, wie sie mit den Toten tanzte.

Am Morgen warf Jessica den Farn um. Es geschah nicht absichtlich, jedenfalls nicht bewußt. Sie schaute gerade aus dem Fenster, wußte nicht einmal, auf was genau, und als sie nichts sah, drehte sie sich weg, und der Kupfertopf mit dem Farn kippte mit einem fürchterlichen Schlag um.

»Weinen Sie doch nicht«, sagte Anita, als sie sich von dem Schrecken erholt hatte.

»Ich weine nicht«, sagte Jessica und atmete tief aus. Ihre Schuhe waren voller Blumenerde. Jetzt, da Harry nicht mehr da war, hatte sie niemanden, mit dem sie reden konnte, und sie konnte sich nicht daran erinnern, jemals eine grausamere Entbehrung erlebt zu haben.

»Das ist die Reaktion«, sagte Anita und gab ihr ein Papiertaschentuch aus ihrer Handtasche.

»Das macht nichts«, sagte Eric und hantierte mit Kehrblech und Handbesen. Er fragte sich, was als nächstes passieren würde. »Ich werde ihn umtopfen.«

»Es tut mir leid«, sagte Jessica. »Ich bin manchmal hoffnungslos ungeschickt.« Sie zog einen Schuh aus und leerte die Erde auf das Kehrblech. Sie schluchzte noch ein wenig.

»Vielleicht mache ich mir nicht mal die Mühe«, sagte Eric und packte den Farn – man hätte gesagt – am Kragen, wenn es ein Tier gewesen wäre.

Jessica dachte, wie ironisch es war, daß Jon sie für eine solche Pflanzenliebhaberin gehalten hatte, wenn ihr Gefühl gegenüber wachsenden Dingen eigentlich nichts anderes als Abscheu war. Sie schüttete ihren anderen Schuh aus.

»Wie spät ist es?« fragte sie. Jetzt konnte sie es kaum noch erwarten, die Insel zu verlassen.

»Es könnte sein, daß Sie für die gerichtliche Untersuchung zurückkommen müssen, ist Ihnen das klar?« fragte Eric und ließ den Farn achtlos in den Topf zurückfallen.

Das war Jessica noch nicht in den Sinn gekommen. »Wir alle?« wollte sie wissen.

»Ich weiß nicht«, sagte Eric. »Ich kenne das Verfahren nicht.«

»Vielleicht kann ich nicht«, sagte sie. »Auf keinen Fall, wenn ich Proben habe.«

»Ich glaube aber, Sie müssen«, sagte Eric.

»Wie eine Verzauberung«, sagte Jessica und dachte an solche Orte – meistens Inseln –, die Menschen mit einem Zauberbann belegten, damit sie immer zurückkommen mußten.

»Das Gesetz«, sagte Eric. »Mit denen sollte man sich nicht anlegen.«

»Nein«, sagte Jessica und akzeptierte seine trockene Bemerkung. »Vielleicht nicht.« Sie ging nach oben und warf ihre Sachen in den Koffer. Den Sweater ließ sie auf dem Bett liegen.

»Ich habe den Sweater auf dem Bett gelassen«, sagte sie zu Eric, als er kam, um ihr beim Koffertragen zu helfen.

»Sie können ihn behalten, wenn Sie wollen«, sagte er gleichgültig, aber Jessica glaubte nicht, ihn nochmals zu benötigen. Sie hatte sowieso zu viele Sachen. Finlays Schwägerin begegnete ihnen unterwegs, sie ging in die Zimmer, um die Betten abzuziehen und alles aufzuräumen. Jessica dankte ihr dafür, daß sie sich so freundlich um sie gekümmert hatte. Die Frau lachte und sagte die ersten Wörter, die Jessica je aus ihrem Mund gehört hatte.

»Se kommen wieder«, sagte sie.

Auf dem Bahnhof in Glasgow entwischte Jessica Ronald und Anita. Sie wollte sie nicht mehr sehen. Auf dem ganzen Heimweg las sie *Die Herrin von Wildfell Hall* – einiges las sie zweimal, denn ihre Aufmerksamkeit verließ sie oft. Ihr gefiel der Teil, als Helen zu Lady Lowborough sagt, sie solle verschwinden, obwohl sie selbst diesen Text auf der Bühne nicht gern gesprochen hätte: »... weil es schmerzhaft ist, meine wirklichen Gefühle Ihnen gegenüber ständig zu verstellen, und ich immerzu damit ringe, einen Anschein von Höflichkeit und Respekt gegenüber einer Person zu wahren, für die ich nicht die geringste Achtung empfinde...« Schwer ist das, dachte Jessica, murmelte die Worte vor sich hin und dachte, daß sie sie an Harry hätte ausprobieren können, wenn er nicht ertrunken wäre. Die Dame auf der anderen Seite des Gangs hielt sie offensichtlich für exzentrisch. Jessica gewahrte, daß sie für eine alleinreisende Passagierin einen unangemessenen Gesichtsausdruck aufgelegt hatte: Sie schaute hochmütig von oben herab an ihrer Nase entlang und versuchte, wie Helen Huntington auszusehen. Sie empfand es im Moment leichter, Helen zu spielen, als sie selbst zu sein. Dann nahm sie Harrys Manuskript zur Hand. Den Anfang hielt sie für besonders gut. Sie blätterte den Rest durch, und als sie zur letzten Seite kam, sah sie, daß er »Ende« geschrieben hatte. Sie war froh, von der Bürde befreit zu sein, es selber fertig zu schreiben, denn sie hätte es nicht gekonnt. Harry und General Gordon schienen ihr mehr und mehr zu einer Person zu verschmelzen. Irgendwie machte das alles einfacher.

Anita führte Ronald in einen leeren Teil des Zugs. Auf einen unbeteiligten Zuschauer hätte sie wie ein kleines Tier gewirkt, das ein großes herumkommandiert, so wie ein Corgi eine Kuh, was Ronald zwangsläufig dümmlich wirken ließ. Sie hatte beschlossen, die Angelegenheit zur Entscheidung zu bringen und sich aus diesem Grund schon in den frühen Morgenstunden die Haare gewaschen, was allerdings bedeutete, daß sie im Moment ungewöhnlich müde war. »Ich bin furchtbar müde«, sagte sie wehleidig, aber Ronald gab keine Antwort. Auch schien er ihr leuchtendes Haar nicht zu bemerken.

Anita versuchte eine neue Taktik und nahm heimlich eine ihrer Vitamintabletten. »Ich fühle mich schon besser«, sagte sie nach ein paar Kilometern. »Ich glaube, ich werde den Schock verwinden. Solche Ereignisse haben eine viel größere Wirkung auf einen, als man sich vorstellt.«

»Mmh«, sagte Ronald und dachte an sein kaltes, leeres Haus und seine Patienten, die auf ihre neurotische Weise verärgert über ihn wären, weil er in Ferien gefahren war. Er betrachtete sie als selbstsüchtig und gedankenlos und hatte immer weniger Interesse an ihren langweiligen Problemen. Wo sollte er denn heute abend essen? Und was wäre morgen?

»Was dachten Sie, als Sie sie untergehen sahen?« fragte Anita, denn sie dachte, eine so persönliche Frage müßte sie unweigerlich näher zusammenbringen, aber Ronald dachte jetzt über Krafft-Ebing und Probleme des Sadomasochismus nach und fragte sich gerade, ob überhaupt noch irgend etwas Sinn machte. »*Ronald*«, rief Anita.

»Was?« sagte er.

»Als sie untergingen«, sagte Anita und fand ihre Frage näher betrachtet inzwischen ziemlich dumm. »Was haben Sie da empfunden?«

»Wer?« sagte Ronald und versuchte sich in die Gegenwart zurückzuholen. Ungläubig sah Anita ihn an: Konnte er denn tatsächlich schon vergessen haben, daß vor seinen Augen zwei Menschen ertrunken waren? Man konnte von ihr nicht erwarten zu verstehen, daß er an Horror gewöhnt war, weil er täglich eingebildete oder wahre Geschichten von dunklen Geschehnissen und unverdauten Tragödien hören mußte.

»Harry und Jon«, erinnerte sie ihn.

»Ich dachte, jemand hätte sie herausziehen sollen«, sagte er gleichgültig.

»Sie haben es versucht«, sagte Anita. »Wir sind *alle* so nah ans Wasser gegangen wie möglich, aber es war zu spät.«

»Ja«, sagte Ronald, »also konnte man nichts mehr tun.«

Das war eine Tatsache, aber Anita fand seine Haltung verwirrend. Sie war unmenschlich – nicht so sehr, weil es schien, als sei es ihm egal, vielmehr weil er nicht neugierig war. Vielleicht, dachte sie, war es sein Beruf, der ihn von der menschlichen Rasse entfernt hatte, aber vielleicht war er gerade durch diese Unbefangenheit ein besserer Mensch.

»Was glauben Sie, um wieviel Uhr sie hier das Mittagessen servieren?« fragte er.

Anita sehnte sich danach, ihn dafür zu maßregeln, in solchen Zeiten an Essen zu denken, aber sie wagte es nicht. Er schien ihr jetzt ein ganz anderer Mann, anders als der, mit dem sie auf der Insel Spaziergänge gemacht und sich unterhalten hatte, und sie fürchtete, er könnte ihr entgleiten, wie Harry und Jon... Sie fürchtete jeden Moment, weinen zu müssen, und erkannte gleichzeitig, daß es Ronald wahrscheinlich nicht aufgefallen wäre. Alles lief falsch. Es war wie eine Romanze auf einem Schiff, dachte sie traurig, und sie wußte nicht, was sie tun sollte, um die Situation zu retten. Es sah so aus, als würde sie doch wieder in ihre Abteilung zurückmüssen. In Wirklichkeit hatte sich nichts verändert. »Ich habe Ihnen noch gar nicht meine Telefonnummer gegeben«, sagte sie, schrieb sie auf die Rückseite eines Umschlags und gab sie ihm.

Er schaute sie mit offensichtlichem Unverständnis an und steckte sie in seine Brusttasche. Die würde irgendwann in die Reinigung gehen, dachte Anita, und ihre Nummer wäre auf immer verloren.

Jessica vermied es, Ronald und Anita zu treffen, als sie in Euston eintrafen, und nahm gleich ein Taxi. Anita blieb allein zurück, als Ronald sagte: »Entschuldigen Sie mich einen Moment«, und in Richtung von Bahnsteig 2 verschwand. Er hatte eine Frau gesehen, die seiner Frau ähnlich sah.

Finlay fuhr im dichten Regen zur Insel zurück, zurück zum *Turncoat Inn*. Bekleidet mit einem neuen Pelz, saß Mabel in der Kabine. Sie wirkte recht fröhlich. Wenn ihr Mann sie fragte, woher sie ihn hatte, würde sie sagen, sie hätte ihn spottbillig in einem Laden gekauft, der von einer Gruppe von Tierschützern besetzt worden war.

»Hast du Feuer?« rief sie. Sie steckte ihren Kopf gerade in dem Moment aus der Kabine, als Finlay drei Seehunden zuwinkte, die in der entgegengesetzten Richtung schwammen. »Du bist wahnsinnig«, sagte sie, »du bist komplett wahnsinnig.« Sie hielt ihre Hände um das Zündholz, um es gegen Wind und Regen zu schützen, und das Licht leuchtete durch die Transparenz ihrer schwimmhäutigen Finger.

»Bäh«, sagte sie, »Scheißwetter... ich muß auch wahnsinnig gewesen sein, zurückzukommen.«

»Och«, sagte Finlay, »ihr kommt alle wieder. Am End.«